– Acorde, Sr. Stark! Essa sua preguiça é inaceitável. Você tem um negócio para comandar.

Sra. Rennie? Dentro do casulo de alta tecnologia, Tony fez de tudo para abrir os olhos. Não conseguiu.

– A diretoria exige agora mesmo uma resposta sua sobre o teste de campo que você fez com o celular novo. O Sr. América, dos Vingadores, ligou várias vezes... Ele mencionou algo sobre uma luta que viu no noticiário e parece bastante preocupado com a possibilidade de você ter morrido. Seus fãs não ficaram nada contentes com a situação na Wonder Wheel, o que não é surpresa alguma, dado o desastre que foi aquela excursão. Querem ver o Homem de Ferro fazer truques para eles. E onde está você, seu inútil? Responda imediatamente, Sr. Stark.

Tony, contudo, não conseguia falar. Só podia estar imaginando tudo aquilo. A Sra. Rennie estava em Coney Island; ele, no Texas. Não havia como ela estar ali, do lado de fora do casulo biometálico, berrando ordens para ele. Além de ser bem provável que Maya nem a deixasse entrar no laboratório.

Foi quando ele percebeu que ela realmente não estava na sala. A grande e flutuante cabeça da Sra. Rennie estava dentro do casulo, com ele.

Tony não esperara delírios tão vívidos como efeito colateral do Extremis.

Fique calmo, Tony recomendou a si mesmo. *Descanse. Espere que o Extremis reconstrua o centro de regeneração do seu corpo. Reorganizando.*

HOMEM DE FERRO
EXTREMIS

HOMEM EXTR

UMA HISTÓRIA DO UNIVERSO MARVEL
MARIE JAVINS

ADAPTADO DA GRAPHIC NOVEL DE WARREN ELLIS E ADI GRANOV

marvel.com
© 2018 MARVEL

E FERRO

EMIS

São Paulo, 2018

Iron Man Extremis

Published by Marvel Worldwide, Inc., a subsidiary of Marvel Entertainment, LLC.

marvel.com
© 2018 MARVEL

Equipe Novo Século

EDITORIAL
João Paulo Putini
Nair Ferraz
Rebeca Lacerda
Talita Wakasugui
Vitor Donofrio

TRADUÇÃO
Caio Pereira

PREPARAÇÃO DE TEXTO
Maria Marta Cursino

P. GRÁFICO, CAPA E DIAGRAMAÇÃO
Vitor Donofrio

GERENTE DE AQUISIÇÕES
Renata de Mello do Vale

REVISÃO
Alline Salles
Vitor Donofrio

ILUSTRAÇÃO DE CAPA
Will Conrad

Equipe Marvel Worldwide, Inc.

VP, PRODUÇÃO & PROJETOS ESPECIAIS
Jeff Youngquist

EDITORA-ASSOCIADA
Sarah Brunstad

GERENTE, PUBLICAÇÕES LICENCIADAS
Jeff Reingold

SVP PRINT, VENDAS & MARKETING
David Gabriel

EDITOR-CHEFE
Axel Alonso

PRESIDENTE
Dan Buckley

DIRETOR DE ARTE
Joe Quesada

PRODUTOR EXECUTIVO
Alan Fine

Texto de acordo com as normas do Novo Acordo Ortográfico da Língua Portuguesa (1990), em vigor desde 1º de janeiro de 2009.

Dados Internacionais de Catalogação na Publicação (CIP)

Javins, Marie
Homem de Ferro: Extremis
Marie Javins [tradução de Caio Pereira].
Adaptado da graphic novel de Warren Ellis & Adi Granov
Barueri, SP: Novo Século Editora, 2017.

Título original: Iron Man: Extremis

1. Literatura norte-americana 2. Super-heróis 3. Super-vilões – Ficção I. Título
II. Ellis, Warren. III. Granov, Adi IV. Pereira, Caio

17-0463 CDD-813

Índice para catálogo sistemático:
1. Literatura norte-americana 813

Nenhuma similaridade entre nomes, personagens, pessoas e/ou instituições presentes nesta publicação são intencionais. Qualquer similaridade que possa existir é mera coincidência.

NOVO SÉCULO EDITORA LTDA.
Alameda Araguaia, 2190 – Bloco A – 11º andar – Conjunto 1111
CEP 06455-000 – Alphaville Industrial, Barueri – SP – Brasil
Tel.: (11) 3699-7107 | Fax: (11) 3699-7323
www.gruponovoseculo.com.br | atendimento@novoseculo.com.br

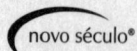

Três pessoas – Steve Buccellato, David Wohl e Marc Siry – me convenceram a dar uma passada na Marvel depois do meu estágio, em 1988. Fiquei lá por treze anos. Warren, Bob e Polly foram uns dos motivos; depois, Stuart me trouxe de volta, como escritora, em 2012. Esta história é para eles.

PRÓLOGO

TONY STARK, O INVENCÍVEL HOMEM DE FERRO, não fora uma criança das mais atléticas, mas também não era o último a ser escolhido no parquinho para jogar bola. Foi um garoto precoce, um gênio, e era o herdeiro da fortuna da Stark Internacional – o que, claro, todo mundo sabia. Pelo menos, ele nunca passara vergonha nas aulas de Educação Física. Ser um crânio não significava necessariamente o mesmo que ser um *nerd* comum. Ele passava muito mais tempo com as garotas *geeks* da escola do que as revistas e os tabloides de hoje nos fariam acreditar.

É que os tabloides fazem a gente acreditar nas coisas mais malucas, como Tony Stark ser um cara frívolo e superficial, um ricaço oportunista, um playboy milionário e mulherengo.

Talvez essa última alcunha fosse verdadeira. Ou tivesse sido algum dia. Tony andava tentando parar com as aventuras sem compromisso. Contudo, quando mulheres das quais ele mal se lembrava eram citadas em letras garrafais na capa da *Estrela Mundial* por terem dito "STARK NÃO TEM NADA DE FERRO", ficava difícil ignorar as manchetes, fossem fabricadas ou não.

O restante – sobre ele ser um babaca cheio da grana – era totalmente falso. Ou pelo menos não representava a realidade toda. Tony se comportava mal às vezes, mas aprendera a ter compaixão quando se tornou o Homem de Ferro. Uma compaixão parcial – se é que podemos dizer que existe algo assim. Era nisso que Tony pensava, coçando a testa, na calçada em frente ao centro de convenções de Dubai. Não sentia compaixão. Estava irritado.

Ele escutou a voz de um homem, vinda do outro lado da fonte:

– Não é possível que aquele rico mequetrefe tenha nos deixado pra trás!

Tony tinha a sorte de ser mais ligado ao pragmatismo das coisas do que à própria dignidade, ou teria ficado envergonhado por estar escondido debaixo da orla mais distante de uma fonte.

– Não sei, Joe, ele tá em forma.

Dessa vez, quem havia falado era uma mulher. Tony reconhecia vagamente aquela voz – era de uma repórter de televisão. Talvez a tivesse visto nua alguns anos antes, tarde da noite, num cassino, durante um show de equipamento eletrônico em Las Vegas.

No entanto, não havia tempo para pensar nisso.

– Aquilo é um pé?

Já era. Tony podia deixar o sapato e despistá-los por mais alguns segundos. Mas ele realmente gostava daqueles sapatos e já estava com o terno cheio de areia. Então engatinhou mais alguns metros, pretendendo alcançar o estacionamento ao lado do centro de convenções.

Não lhe ocorrera que os *paparazzi* estariam de tocaia na saída da Exposição de Tecnologias Emergentes de Dubai para flagrar, com suas câmeras e microfones, o famoso Tony Stark. Não pensara muito nas consequências quando, umas poucas semanas antes, admitira para o mundo todo, por impulso, que era o super-herói que a mídia batizara de Homem de Ferro. Não lhe passara pela cabeça que ele se tornaria o assunto mais quente para os tabloides desde... bem, nunca houvera nada igual. Tony tinha certeza de que era mais famoso que a princesa Diana ou Michael Jackson um dia haviam sido.

– Sr. Stark.

Tony ergueu o rosto e viu uma lente SLR gigante apontada para a cara dele.

– Você deve ser o Joe.

O cinegrafista ficou vermelho ao sacar que Tony escutara seu comentário sobre o "rico mequetrefe".

Clique. Bipe. Clique. Bipe. Clique. Mais meia dúzia de câmeras em tripés haviam se somado àquelas apontadas para o rosto de Tony, junto de três microfones.

Tony ficou de pé. Os repórteres avançaram, esbarrando seu equipamento uns nos outros, na ânsia de chegar mais perto.

– Sr. Stark – desenrolou as sílabas lentamente o cinegrafista. – Que diabos o senhor estava fazendo deitado na calçada? Sabia que Dubai fica fervendo nesta época do ano?

– Claro que sim – disse Tony. – A Stark Internacional está trabalhando num novo dispositivo que resfria calçadas. Para a sua informação, o calor é a causa número um de...

Tinha que pensar rápido. Era mais provável uma calçada ser degradada pelo frio que pelo calor.

– ... deformações em calçadas. Quando uma calçada se deforma, ela fica desigual. Alguém pode cair. Um beagle pode tropeçar, sabe, com aquelas perninhas curtas. Olhe, tipo ali.

Tony apontou para uma placa lisa, perfeita, de concreto. Ninguém nem olhou.

– Sr. Stark – Joe voltara a falar. – Como espera que a Stark Internacional ganhe dinheiro agora que o senhor abandonou seu contrato lucrativo de armamentos militares? – O cinegrafista sorriu. – Está pensando em colocar o Homem de Ferro para trabalhar no circo?

– Joe, está insinuando que é errado eu trabalhar a favor da paz mundial?

– Estou insinuando que o senhor fez pouco caso das suas responsabilidades para com conselheiros, acionistas e funcionários.

Tony não podia vencer essa discussão. Não podia subitamente declarar um repentino interesse na fabricação de armas.

Todos os outros repórteres dispararam perguntas, berrando cada vez mais alto para se sobrepor aos demais.

– Homem de Ferro... armas... segurança pública... o nome dela...

Conforme o pessoal avançava em sua direção, Tony recuava um pouco mais para perto da fonte. Agora, em vez de abaixar-se na calçada, ele saltou para dentro da fonte, molhando-se todo ao cruzar até o outro lado, por onde saiu. Ele correu para o estacionamento, grato pela vantagem ganha enquanto seus perseguidores juntavam tripés e equipamentos antes de ir atrás dele. Tony subiu às pressas uma escadaria que levava ao andar superior. A vantagem foi pouca, mas o suficiente para ele poder se jogar por cima da lateral da estrutura sem que os repórteres o vissem.

Pousou na areia lá embaixo. *Ufa.* Andando agachado, Tony fugiu para o outro lado do centro de convenções. Testou as portas, mas elas abriam somente por dentro – ele não estava na entrada principal. Avistou um par de corrimãos de madeira numa porta próxima, que ladeavam o corredor que dava para uma barreira alta de concreto. Foi então que percebeu que estava em frente a uma arena a céu aberto. *Ótimo.* Que os repórteres continuassem procurando por ele na saída do centro de convenções ou no estacionamento.

Tony adorava atenção, claro. Contudo, quando revelou ao mundo que era o Homem de Ferro e que a Stark Internacional iria alterar seu escopo, estava preparado somente para a bajulação, não para interrogatórios sem fim sobre seu trabalho anterior e para as dúvidas acerca de sua sinceridade. Certamente, não contara com as manchetes sensacionalistas que os tabloides publicavam nem com comentários devassos – e totalmente falsos – sobre seus amigos e colegas.

Ele entrou na arena, sentou-se na arquibancada que circundava a empoeirada faixa central do lugar e sacou o celular.

– *Ligar para Pepper.*

A tela piscou e escureceu. Sem bateria. *De novo.* Seria preciso checar o progresso da equipe de telefonia quando voltasse aos Estados Unidos. O mundo precisava de um *starkphone. Ele* precisava de um *starkphone.*

Alguma coisa úmida e macia roçou-lhe o ouvido. Tony deu um pulo e deparou-se com um camelo de pernas compridas fitando-o por debaixo de compridos cílios. *Eca.* Nariz molhado de camelo. E o que era aquilo nas costas do animal? Parecia uma espécie de sela, mas quem o montava não era humano.

Aquilo fora mencionado na Exposição, Tony lembrou-se. Os mais recentes robôs jóqueis de camelo estavam à mostra, mas, por estar palestrando, ele perdera a demonstração. Sensores acoplados no peito, nos joelhos e na boca do camelo enviavam dados para os robôs e para o treinador do animal. Os robôs, então, evoluíam artificialmente, avaliando movimentos futuros com base em análises de cada medição, experiências e fatores como vento e areia. Ao olhar leigo, sem treinamento, os jóqueis-robô pareciam capazes de aprender tudo sozinhos, em vez de serem pilotados remotamente por treinadores, como no passado.

Tony riu ao ver a cabeça de Robby, o Robô, no topo do jóquei. Alguém andara brincando com uma impressora 3D. O restante do robô era apenas uma caixa de aço coberta com algo semelhante a uma meia de cano alto gigante.

– Parado aí – murmurou Tony para o camelo, levando as mãos à sela.

Ele queria aquele robô. Não somente por curiosidade – estava morrendo de vontade de ver como ele era por dentro –, mas também por saber que onde havia um robô havia fonte de energia.

Pretendia usar o jóquei-robô para reavivar seu celular.

Tony soltou as fivelas que mantinham o robô preso no lugar e o retirou da meia. Então destravou dois ganchos de metal que protegiam um painel de acesso e abriu o robô para alcançar a bateria.

– Sr. Homem de Ferro. Posso ajudá-lo em alguma coisa?

Um afegão de meia-idade, metido em camisa *shalwar*, colete e sandálias, observava Tony.

– Ah, olá. Vou apenas... pegar emprestado seu piloto de camelo por um minuto – disse Tony, abrindo um sorriso.

– Faça como quiser, Sr. Homem de Ferro. Posso ajeitar meu robô depois.

– Obrigado, ãh...

– Meu nome é Ahmed.

– Obrigado, Ahmed. Meu nome é Tony. Gosta de robôs? Ou de corrida de camelo? Ou dos dois?

– De eletrônica. Sempre gostei de circuitos e robôs. Mas de onde eu venho temos pouquíssimas oportunidades de trabalho nessa área.

– Engraçado isso, não? – comentou calmamente Tony, enquanto desmantelava o robô com os dedos e uma tampa de caneta. Ele pegou a bateria e a arrancou do soquete. – O Afeganistão tem uma das maiores reservas de lítio do mundo...

– ... mas não tem indústria para usá-la. – Ahmed riu. – Meu irmão sempre dizia isso. Ele também adorava Ciência.

Tony ficou hesitante, captando certo pesar na voz de Ahmed.

– Onde está o seu irmão? – perguntou Tony, baixinho, enquanto plugava a bateria no celular.

O aparelho acendeu, e a palavra "carregando" apareceu na tela.

– Ele aderiu à milícia. Não havia emprego na área da Ciência. Nem em nenhuma outra. Um defeito na arma dele o matou.

– Era... era uma arma da Stark?

O celular de Tony passara a exibir na tela as manchetes do dia seguinte – hackear os computadores dos jornais era muito simples –, junto a mensagens SMS, chamadas perdidas e a hora em três continentes. Tony, contudo, não conseguia tirar os olhos de Ahmed.

– Não, Sr. Stark. Era uma imitação barata produzida no Paquistão. Falsificada. Uma arma Stark jamais teria explodido.

Tony apertou os lábios e assentiu. Sua inocência sobre questões como essa era meramente técnica. Ele fizera parte da indústria da guerra, lucrando com a morte de gente como o irmão de Ahmed. O afegão continuava a sorrir, mas com o olhar gasto de um homem cansado de forçar sorrisos.

Uma manchete no celular chamou a atenção de Tony. "RED HOT PEPPER POTTS! A HISTÓRIA SEXY QUE STARK NÃO QUER QUE O MUNDO SAIBA!"

Ah, não, pensou ele. *A Estrela Mundial foi longe demais. Tudo que falam sobre mim é parcialmente justificável. Mas Pepper não tem nada a ver com isso.*

Tony mandou um e-mail para a equipe de advogados da empresa com o link da manchete, dando instruções para que ameaçassem o editor com toda acusação aplicável, caso publicasse calúnias a respeito de sua assistente. Depois ligou para Pepper.

– *Tony, cadê você? Você tem reunião com experts em tecnologia emergente às 15 horas... E tinha uma meia hora atrás também!*

Estava irritada, mas não histérica. Não sabia das manchetes.

– *Paparazzi* – explicou ele. – Pepper, você pode fazer duas coisas pra mim? Primeiro, preciso de uma retirada discreta e eficiente. Uma lacuna na segurança que me permita passar pelos repórteres e chegar em paz até o avião para voltar pra casa. Peça ao Happy que monte um quartel pra mim num local seguro. Tente a oficina de Coney Island. Mande que ele fique por perto... Vou ficar lá por um tempo, deixar as coisas se acalmarem.

– *Claro. Imaginei mesmo que você precisaria de umas férias de toda essa maluquice. Por que você disse a todos que o Homem de Ferro é...*

– Pepper, espere. A segunda coisa. É importante.

Pepper aguardou.

– Tenho uma tarefa secreta e urgente pra você. Não posso confiar isso a mais ninguém. Junte remédios antimaláricos, sua carteira de vacinação, sais de reidratação e roupas de trabalho para pelo menos um mês. Você deve partir imediatamente. Toda a comunicação será feita estritamente por satélites Stark criptografados. Mandarei os detalhes assim que estiver no avião e puder me conectar. Agora vá.

Subitamente cansado, Tony recostou-se na arquibancada. Seus sapatos estavam arruinados, e talvez nunca fosse possível remover toda a areia que havia em seus bolsos. Ahmed fuçava no robô, e o camelo fungava a sujeira no terno de Tony. Mais alertas pipocaram no celular, então Tony o desligou.

E o deixou desligado por um bom tempo.

••••

Os faróis da vã cinza 1990 de Nilsen iluminaram o cruzamento da estrada nos arredores de Bastrop, no Texas.

– Não vá atropelar a placa de pare, Nilsen – sibilou Beck, sentado no banco do passageiro. – Não queremos ser parados pela polícia hoje.

– Hoje? – O homem maior brecou, depois fitou Beck. – E por acaso a polícia pode nos parar em qualquer outro dia? Não tenho seguro e sou procurado por não pagar multas de estacionamento em

San Marcos. Não quero ver ninguém consultando a minha habilitação nem hoje nem em dia algum.

– Você nem tem habilitação, imbecil – grunhiu Mallen, dos fundos obscuros da van, agachado contra a porta de correr. – Coloquem o cinto de segurança. Se aparecer alguma visita inesperada, teremos que nos separar, e rápido. Você já é feio demais sem um pedaço de vidro fincado no queixo.

– Não tem seguranças lá, Mallen. Já disse, meu primo trabalhava naquele lugar – disse Beck. – Não tem ninguém lá agora. Está abandonado desde o incêndio. É assustador. Nem mesmo os ratos entram.

– É porque todos morreram, Beck. Quando o incêndio acabou com a energia e o abatedouro ficou bloqueado, nenhum bombeiro quis entrar lá pra recuperar as peças de carne. Os ratos conseguiram entrar, mas morreram por causa da carne podre. Ratos mortos e carne rançosa apodrecendo por semanas... Nem mesmo a bandidagem entra lá. Metade de Bastrop fedeu por quatro meses, até que o xerife finalmente invadiu o lugar e encontrou a fonte do mau cheiro.

– Tem certeza de que isso é uma boa ideia, Mallen? – Nilsen olhou para trás, deixando a cabeça raspada visível no retrovisor. – Você vai ficar preso lá dentro por uma semana. Completamente sozinho. Não poderemos ajudá-lo depois que tiver começado.

– Três dias. E já está tudo limpo.

– É, agora só fede a amônia.

O furgão parou em frente a um prédio imerso em sombras. O abatedouro D. R. Cole era especializado em gado e suínos alimentados com pasto, até que os federais resolveram dar início a sua caça às bruxas em prol da verdade nos anúncios publicitários.

– Que seja. Não viemos conferir a atmosfera do ambiente. Viemos porque o lugar está vazio, e ninguém vai se meter comigo.

Mallen deu mais um gole em sua cerveja, estendeu o braço para fora da janela, atrás do ombro de Beck, e arremessou a garrafa na soleira de concreto da porta do abatedouro, cujas paredes eram de tijolos aparentes. O vidro se estilhaçou contra as pichações antigas e o que restava das placas de "proibida a entrada".

– Olha a bomba – brincou Beck.

Mallen abriu a porta traseira do furgão e ganhou a rua. A porta lateral, de correr, não funcionava desde que Nilsen a raspara deliberadamente contra uma caminhonete Volvo, em frente a um hortifrúti orgânico, em Austin.

– Tragam a maleta – disse ele ao caminhar até as pesadas portas de madeira do abatedouro. Ele então as abriu. – Cuidado.

Beck e Nilsen seguiram Mallen pelos escuros corredores de concreto do lugar abandonado. Beck carregava a maleta com uma gentileza incomum. Mallen os guiou até uma grande câmara de refrigeração cuja energia fora cortada há um tempo. As paredes e o piso tinham sido limpos dos restos de bois, porcos e ratos.

Enquanto Beck agachou-se para abrir a maleta, Mallen retornou à porta, de onde olhou, uma última vez, para o corredor que levava até a saída. As luzes do furgão brilhavam, fracas, lá fora, tentando-o a voltar, como se o passado estivesse acessível logo ali, atrás da porta. Contudo, se o que Beck trazia na maleta fizesse o que era esperado, Mallen não precisaria mais da van, nem de seus amigos, nem do homem que fora um dia. Seria mais forte, mais rápido, mais esperto. Daria ao mundo o que o mundo precisava – ajudaria, de certo modo. Colocaria tudo de volta nos trilhos.

Ele deu as costas para a porta e voltou-se para Beck e Nilsen.

Beck havia destravado a maleta e aberto a tampa. Os três homens fitaram o conteúdo: uma pistola de injeção a gás e dois cartuchinhos pretos, mantidos no lugar por um molde cinza.

Ocorreu a Mallen que ele poderia acabar morrendo com aquela injeção. Ele observou Beck preparando a pistola, acoplando os cartuchos de gás um por um para abastecer os disparos de líquido.

– Mallen, tem certeza de que aguenta o tranco? – hesitou Beck.

– Vai logo – ralhou Mallen, soando mais grosseiro do que pretendia, e agachou no piso de concreto.

Nilsen posicionou-se em frente a Mallen e colocou as mãos com firmeza nas laterais da cabeça dele. Mallen focou o olhar na barriga de cerveja que pulava para fora da camiseta preta do grandalhão. Nilsen tentara cobri-la, como sempre, sob um moletom verde-oliva grande demais para ele. Não havia, porém, como não reparar em sua barriga naquele momento, uma vez que era a única coisa a ser vista se não quisesse encarar os olhos de Nilsen enquanto sua vida era transformada.

Beck apontou a pistola para a nuca de Mallen, bem entre seus cabelos castanhos e a jaqueta de couro que usava normalmente já havia uma década, mesmo no verão.

Beck pressionou o gatilho com o dedo indicador. *Fsssht*. O líquido espremeu-se pela ponta da injeção, atravessou os poros de Mallen e entrou em sua corrente sanguínea.

– Aaahhh!

Mallen deu um pulo quando o soro misturou-se ao seu sangue, causando uma sensação semelhante a um choque elétrico. O choque foi intensificando-se, até um ponto em que Mallen mal podia se aguentar. De olhos esbugalhados, ele mostrou os dentes, lançando-se para longe de Beck. Nilsen soltou a cabeça do colega e abriu-lhe caminho.

Mallen caiu de joelhos, cuspindo, muito surpreso.

– Hunf!

Não conseguia falar. Suas mãos foram involuntariamente até o ponto da nuca por onde o soro entrara em sua corrente sanguínea.

Tire. Pare. Doendo. Mallen agarrou o ar, contorceu-se e caiu no chão, onde permaneceu, parecendo um defunto.

Por um bom tempo, Mallen não pôde se mexer nem escutar nada. Então começou a ouvir um zumbido. De onde vinha aquele som? Da cabeça dele, ele concluiu. O barulho diminuiu e foi substituído por uma pulsação martelante. Um pouco distante, ele ouviu a voz de Nilsen, abafada como se ele estivesse em outro cômodo.

– Não aconteceu nada, Beck. Deveria ter acontecido alguma coisa.

Mallen tossiu, mexeu-se um pouco e pigarreou, tentando sentar-se.

– Uhng.

– Escute – disse Beck. – Eu, ãh... acho que enrolaram a gente. Recupere o fôlego, Mallen. Vamos voltar pro furgão do Nilsen e... enfim, começar de novo. Ainda não acabou.

– Uhng – gemeu Mallen, com dificuldade de levantar, cobrindo os olhos com uma das mãos.

Foi quando, de súbito, ele passou a sentir o soro em todas as moléculas de seu corpo – na cabeça, nos membros, nas entranhas. E doeu. Tudo estava queimando por dentro, era uma dor alucinante.

– AAAHHHGH! – berrou ele, o rosto contorcido, as veias inchando, os olhos injetados de sangue e medo.

Suas entranhas estavam derretendo, ele tinha certeza disso, e seus órgãos implodiam e se liquefaziam, transformando-se num líquido preto e grosso, que ele pôs para fora violentamente, no piso da câmara de refrigeração.

Beck saiu correndo. Estava a meio caminho da saída quando Nilsen flagrou-se estático e boquiaberto, imediatamente pondo-se a correr para alcançá-lo. Mallen ouviu a porta de ferro se fechar, a braçadeira ser posta no lugar e o som dos passos dos colegas retornando para o furgão. E então não ouviu mais nada além do martelar crescente dentro de sua cabeça.

Mallen estava sozinho, trancado no abatedouro abandonado.

Tremendo, sufocando, ele desabou. Líquidos cálidos vazaram de seu nariz, boca e ouvidos. A boca parecia cheia, e ele sentia um gosto amargo, metálico. *Sangue*, pensou ele, *tem gosto de moeda suja*.

Deitado no concreto frio do abatedouro, as violentas contrações e os espasmos de seu corpo foram atenuando-se de forma lenta e gradual. A cabeça ainda doía infernalmente, mas ele não mais ouvia a pulsação martelante, e sua respiração passara de rápida e ofegante para quase imperceptível. Morrer era assim? Só podia ser. Ele estava deitado, em silêncio, sobre uma poça fumegante formada por suas próprias entranhas liquefeitas.

Fede como o inferno, pensou ele. *Devia ter pedido ao Beck para se certificar de que não havia mesmo mais ratos aqui.*

Mallen sofreu mais uma convulsão e desmaiou.

1

— SR. STARK?

Tony rolou para o lado quando a crepitante e ensurdecedora voz eletrônica retumbou por toda a sua garagem.

— *SR. STARK, BOM DIA! HORA DE ACORDAR.*

Tony resmungou e sentou-se na cama, pondo o cobertor de lado, enquanto procurava pela fonte daquela voz. Avistou-a e então jogou, meio sem ânimo, um travesseiro manchado de suor na caixa de som fixada à parede. O arremesso não foi dos melhores.

— Pega leve nesse *reverb* aí. Tô tentando dormir.

— *Sabe quem está falando, Sr. Stark?*

— Não – disse Tony, irritado, fazendo careta.

— *É a Sra. Rennie. Sua secretária particular temporária. Você sabe quem você é?*

— Não faço ideia.

Por um instante, ele ficou pensando em modos de vingar-se de Pepper por ter contratado aquela professora de álgebra de Ensino Médio do Brooklyn em vez de Rockette, a secretária que tivera anteriormente e que era funcionária da mesma agência de temporárias.

— *Está na hora de sair dessa garagem nojenta e acordar para a vida, Sr. Stark.*

Tony franziu a testa e pensou em se levantar, mas estava se dando muito bem com a garagem – sem falar da cama. *Como foi que a Sra. Rennie conseguiu enfiar-se no sistema de comunicação?*, pensou. Ele avistou o celular no chão, a alguns metros da cama, perdido entre uma bagunça de fios, aparelhos, meias e baterias. Dez chamadas perdidas da Sra. Rennie apenas naquela manhã, todas dentro da última meia hora. *Ah. Desespero, hein?!*

Ele respondeu com a eloquência que considerou cabível no momento.

— Vá te catar.

— *Jovens como você costumavam respeitar os mais velhos, Sr. Stark.*

— Dois mil anos atrás, a gente costumava mandar os mais velhos pra morrer no deserto quando começavam a encher o saco.

Tony girou as pernas despidas para fora da cama e pôs os pés no chão da garagem. Deu uma conferida alarmante em si mesmo. Desde quando estava usando apenas camiseta preta e cueca?

— *E agora temos salários e pensões. A vida é dura.* — A Sra. Rennie diminuiu a reverberação para falar sobre negócios. — *O senhor tem aquela entrevista ridícula às 10 horas.*

Tony resmungou e levou as mãos à testa. Ele pensou em possíveis maneiras de se livrar daquilo, mas não arranjou nenhuma plausível, então desistiu.

— Bellingham? Já?

— *Faz semanas que está marcada, Sr. Stark. Eu sugeri que a evitasse e fizesse uma reunião com a diretoria no lugar, mas o senhor não me ouviu.*

Semanas. Ele estava ali fazia semanas. A garagem não tinha janelas, e ele perdera a noção da passagem do dia para a noite ao alternar entre sono e trabalho sem seguir horário algum. Quantos recipientes vazios de comida estariam largados ali? Quanta comida chinesa o Happy teria lhe trazido? Quantos *shawarmas*? Cadê o Happy? Não estava na hora do café?

Tony levantou-se. Queria encontrar-se com Bellingham — uma lenda entre benfeitores e diretores de documentários — por motivos pessoais. Era hora de emergir.

— Beleza. Que horas são?

— *Oito, Sr. Stark* — respondeu a Sra. Rennie, *orgulhosa de ter vencido.*

— Oito. Oito da manhã. — Tony ficou em silêncio por um instante. Não havia motivo para estar de pé tão cedo. — Sua sádica.

– Coisas terríveis acontecem com quem não respeita os mais velhos, Sr. Stark.

– Mas foi *você* que começou...

Um alerta pipocou no notebook, do outro lado da sala, em cima da mesa de trabalho cromada. Era Pepper enviando mensagem de Kinshasa. Mas ele a estava evitando. Tinha mandado a assistente sair do país para trabalhar em seu projeto confidencial, claro, mas também porque não queria que ela lesse as toscas – e presumivelmente falsas – alegações feitas pelo colunista de fofocas da revista *Estrela Mundial*. A despeito disso, talvez fosse mesmo a hora – hora de ele se levantar, fazer a barba, inteirar-se do status da corporação multinacional que levava seu nome, checar o progresso dos advogados quanto aos freios que deveriam ser colocados na *Estrela Mundial* e finalmente emergir de sua garagem-casulo. Depois – e somente depois – disso tudo, ele poderia parar de evitar falar com Pepper. Sentia falta do entusiasmo e da honestidade dela, embora também gostasse de quando ela ficava atipicamente brava com ele, como ficaria quando descobrisse que ele andara hibernando, escondendo-se do mundo.

Pelo menos assim ele receberia toda a atenção dela.

– Certo, Sra. Rennie. Mande roupas limpas e café aqui pra garagem. Um barril de café. Se possível, um que dê pra injetar direto na veia.

Tony se inclinou para trás e esticou os ombros, ouvindo a nuca estalar enquanto virava a cabeça de um lado para outro.

Espero que ela não mande descafeinado. Seria bem a cara da Sra. Rennie fingir que não tinha entendido a ordem.

O alerta na tela do notebook desapareceu assim que ele cruzou a sala, indo em direção ao banheiro.

Tony barbeou-se e desenhou com cuidado o cavanhaque – a combinação de barba e bigode que as crianças vinham chamando de "Tony Stark" desde o dia em que impulsivamente revelara ao mundo que era o Homem de Ferro. Ele caiu no riso e se pegou observando seu reflexo no espelho. Fez uma careta, apertou os olhos, virou de lado. Tentou lembrar-se de como era ver um cara charmoso no espelho – o gênio bilionário e autocentrado que as mulheres desejavam. Contudo, o que viu foi apenas a sofrida expressão de culpa de um homem que arruinara milhares de vidas com suas armas, um homem que não merecia ainda estar vivo depois de tanta gente ter morrido por causa de suas invenções.

Um homem que merecia desprezo.

Ele baixou o rosto por um instante, depois o ergueu lentamente.

– Tá olhando o quê?

Tony olhou feio para si mesmo, instigando o impertinente e brilhante Tony Stark das antigas a possuí-lo, pelo menos o bastante para que sobrevivesse àquela entrevista.

Lembre-se de quem você era antes do Afeganistão. Forte. Capaz. Confiante. Até ter os olhos abertos para a tragédia que seu lucro causava na vida dos outros.

Você era fútil, lembrou ele também.

E foi assim que perdeu a disputa de olhares contra o próprio reflexo, que não concordaria com suas ilusões de grandeza, por mais passageiras que fossem, e dali se afastou.

– Odeio quando você me encara assim – disse, voltando os olhos para trás.

Uma hora mais tarde, Tony cruzou o pátio que levava de sua garagem até a entrada de serviço dos fundos do quartel-general da Stark Internacional, em Coney Island.

Quando Tony entrou na recepção do lobby, Happy, surpreso, tirou os olhos do jogo que o entretia no celular. Teria ele estado ali o tempo todo em que Tony permanecera encasulado? Seria por isso que o motorista estivera sempre disponível para buscar comida? Tony acenou para Happy.

– Bondade sua aparecer, Sr. Stark.

A Sra. Rennie baixou os modestos óculos até a ponta do nariz e fitou Tony. Estivera resmungando ao telefone, mas encerrou a ligação quando percebeu a oportunidade de censurar o chefe, o que era muito mais divertido do que planejar congressos.

Tony ia começar a responder, quando avistou uma multidão de manifestantes pela janela, atrás do cercado. Quando o viram, ergueram placas e cartazes, mas não era possível ler o que estava escrito.

– Que estão fazendo aqui? Pensei que tivessem parado de protestar quando largamos o comércio de armas.

– Protestar? Não. Eles estão aqui porque querem ver seu alter ego, o querido Homem de Ferro. Essa multidão irada, Sr. Stark, são seus... – Ela até estremeceu – ...*admiradores*.

Um largo sorriso abriu-se no rosto de Tony. Ele tinha fãs. *Mas é claro*. Ou os fãs eram do Homem de Ferro? Ele refletiu por um segundo, tentando diferenciar fãs do Homem de Ferro dos fãs de Tony Stark. *Ah, é a mesma coisa*, concluiu. Agora ele era publicamente o Homem de Ferro, pronto para salvar o mundo, defender os inocentes e compensar a todos pelos anos de lucro com o comércio de armamentos. Já até se esquecera do recente embate com o espelho. *Claro que eles me amam. Como não amar?*

O mais importante, porém, é que havia uma oportunidade ali. E uma daquelas que não se pode perder.

– Como souberam que estou aqui?

– Posso sugerir que, na próxima vez que desejar anonimato e discrição, não pose para dezenas de selfies com as sereias burlescas do time de nado sincronizado de Coney Island?

– Sra. Rennie, até mesmo mulheres-peixe merecem ser tratadas com um pouquinho de respeito. Quanto tempo faz que meus adoráveis fãs estão esperando para me ver?

– Eles vêm todos os dias, Sr. Stark. Têm vindo desde que você se enfiou na sua caverna nojenta. Não sei onde dormem... se é que dormem.

– Ora, arranje banheiros químicos! Leve água e uns lanchinhos pra eles! Não os deixe ali, ao léu, esperando pra me ver.

– Ah, eu não deixei. – Ela sorriu. – Mandei Happy zanzar pelo lobby vestindo uma fantasia de Homem de Ferro.

Happy ficou subitamente ainda mais concentrado no jogo do celular.

— Bom trabalho. Mas tem mais uma coisa que quero fazer por eles.

Tony fez uma breve pausa, querendo que sua ordem seguinte tivesse o máximo de efeito. Ele sorriu docemente para a Sra. Rennie, que ficou tensa.

— Tome aqui duzentos mangos. — Tony sacou duas notas fresquinhas da carteira. — Seja boazinha e leve todos à Wonder Wheel, por favor. Diga que é cortesia do amigão deles, Tony Stark. Não, não, diga que é do Homem de Ferro.

A Sra. Rennie olhou feio para Tony e não estendeu a mão para apanhar as notas. Ele então largou o dinheiro em cima do teclado dela e deu o maior sorriso que conseguiu.

— Compre uns *funnel cakes* pra eles também, meu bem. Ou milho na espiga, caso evitem o glúten. *Funnel cake* tem glúten? Happy, pode pesquisar isso? Não, ligue pra Pepper. Pergunte a ela se *funnel cake* tem glúten. E se também se chama *funnel cake* em Coney Island, ou se a Sra. Rennie deve pedir dizendo *zeppole*. Use a linha do satélite Stark... Pepper está em Kinshasa agora. Não se esqueça de perguntar a ela se lá em Kinshasa tem *funnel cake* também. Temos que ter certeza de que ela está se cuidando e se alimentando direito. — Ele se voltou para a Sra. Rennie. — Muito obrigado. Você é *mara*. Espero que a Pepper nunca mais volte pra casa, para continuarmos a compartilhar esses momentos de amor e ternura.

No canto, Happy soltou café pelo nariz. A Sra. Rennie olhou feio para ele.

— Sr. Hogan — ela disse. — Para os que não consomem glúten nem milho, sua tarefa será ganhar ursinhos de pelúcia no arco e flecha. Se não houver ursinhos de pelúcia disponíveis, providenciarei o material necessário para que *você mesmo os costure*.

Tony, entusiasmado, acenou da janela para seus fãs, que se empurravam e se acotovelavam por uma visão melhor do herói.

Ele estalou os dedos e apontou com as duas mãos para a multidão, todo sorrisos. Então piscou para Happy, que se esforçava muito para recobrar a compostura.

Tony deu meia-volta e caminhou com determinação por entre as portas do elevador. Quando elas se fecharam atrás dele, ele riu e relaxou – *A cara da Sra. Rennie!* –, depois se lembrou da câmera de segurança que havia no teto. Sem fazer som, ele disse "Bom dia, Sra. Rennie" para a câmera, coçando lenta e deliberadamente o queixo com o dedo do meio.

....

Enquanto isso, em Austin, Texas, o Dr. Aldrich Killian estava sentado em sua escrivaninha marrom, numa sala enfadonha. *Por que*, perguntava-se, *a Futurepharm optou por um escritório tão sem graça, aqui nesse prediozinho de dois andares, num parque empresarial genérico como esse?* Dependiam de contratos erráticos, certamente, e fora que os havia retirado do norte de Parmer Lane, a meio caminho de Pflugerville, e os levado a um bairro quase deserto, longe de lojas e restaurantes. Mas uma pinturazinha com um pouco mais de cor não devia ser tão mais cara assim. Dr. Killian passava boa parte do tempo dentro daquela caixa bege, trabalhando febrilmente contra o relógio, com orçamentos impossíveis de tão apertados, alcançando inovações médicas de sucesso moderado. Teve de sacrificar muito sua vida pessoal. Não era pedir muito à Futurepharm, portanto, que tornasse um pouco mais agradável o local em que ele parecia passar sua vida toda.

– É, o cofre dos projetos especiais foi comprometido. – Dr. Killian ouvia sua colega, a Dra. Maya Hansen, falando ao telefone com um repórter do *Estado*, na salinha ao lado. – Sim, estamos cuidando disso agora, como já disse ao seu amigo do *Crônicas*. Sim, eu sei que você é de outro jornal, mas mesmo assim tenho que transferir sua ligação para o general Fisher, pois temos protocolos a seguir. Não, não, o Dr. Killian está coordenando os esforços deste lado.

Maya estava enfurecida com o jornalista, falando duro, tentando ansiosamente encerrar o telefonema. Tinha ainda menos paciência com a mídia do que o Dr. Killian. Assim como ele, ela passava muitas horas ali, na Futurepharm. E a equipe toda estava de pavio curto naquele momento, depois dos eventos ocorridos nos dias anteriores.

– Eles sabem que o Extremis foi tirado do cofre. – Dr. Killian retornara ao documento que começara a digitar no Word na noite passada. – Está um caos fora desta sala. Este lugar é tão mal organizado... Parece que ninguém sabe o que foi roubado nem o que fazer a respeito.

Ele fez uma pausa, franziu a testa, tamborilou um dedo na mesa e contemplou a tela do computador, pensando no que escreveria em seguida. Deu vontade de fumar. Muito antes de Maya Hansen entrar para a Futurepharm, quando ela ainda estava na faculdade, impressionando os professores de biologia e pensando em seguir carreira na Ciência, o Dr. Killian parara de fumar, sob pressão do conselho diretor durante os experimentos da AeroVapor, uma pesquisa sobre enfisema. Fumou cigarros eletrônicos por meses para livrar-se do vício no tabaco. Pelo menos com estes ele não tinha que sair a céu aberto toda vez que queria fumar. Dr. Killian desejou poder tragar um deles agora, para acalmar os nervos e ajudá-lo a ignorar a barulheira raivosa de Maya ralhando com o jornalista, mesmo sabendo que, logicamente, isso não adiantaria de nada.

Maya era uma moça atraente, também brilhante e cheia de opinião. O Dr. Killian não era tão inteligente quanto ela, mesmo com décadas a mais de experiência e conhecimento, e isso o incomodava. Maya, contudo, tinha poucos colegas. *Faz sentido*, pensou ele. *Ela não tem tempo para colegas, amigos ou qualquer tipo de relacionamento. Talvez nem tenha paciência para humanos mentalmente inferiores. Deve ser difícil ser tão brilhante assim.* As contribuições das pesquisas dela haviam propalado o Extremis uma década adiante. Eles não estariam nem perto de fazê-lo funcionar – e muito menos perto de seu lançamento, certamente – se ela não tivesse se tornado a pesquisadora-chefe da equipe do projeto. Sem a abordagem inovadora e a técnica única de pesquisa da Dra. Hansen, o Extremis não seria pouco mais do que apenas um conceito no qual Killian fuçava aos fins de semana.

"Maya Hansen esteve aqui hoje cedo" – digitou o Dr. Killian. "Gritou comigo. Ela sempre grita... Nunca está de bom humor. É só uma questão de tempo até que quem roubou o Extremis seja descoberto e interrogado. Sei que não vou passar por um interrogatório, pois mal consigo almoçar no refeitório sem soltar a verdade para quem está por perto. Ou para a máquina de lavar louça. Ou para o caixa. Ou para qualquer um, na verdade... Sei que libertei algo terrível."

Dr. Killian observava seu reflexo na tela do computador. Parecia cansado, envelhecido, gasto pelo tempo. Ainda tinha cabelo, que começava a ficar grisalho – era bege, como tudo mais na sala. Todos aqueles anos praticamente morando no laboratório – de verba em verba, projeto em projeto – haviam deixado seu rosto marcadamente exausto.

"Saber que isso tinha de ser feito não alivia o peso. Todos os e-mails estão neste computador, se souber encontrá-los. É tudo o que posso dizer. Mas compreenda: eu tinha que fazer isso."

Tinha mesmo? O Dr. Killian havia se perguntado isso por semanas. E não, não havia outra saída. Ou havia? Ele estaria certo? E se estivesse errado? Se você faz algo terrível à custa de umas dezenas de vidas para salvar milhares de outras, vale o sacrifício? Os números faziam sentido. Estatisticamente, ele estava certo. Afinal, era um cientista, acreditava em fatos. Ocorrera-lhe nos últimos dias, porém, que ser lógico não o liberava de ser humano. Sentia-se culpado e não conseguia conviver com a culpa, assim como sabia que não conseguiria sobreviver a um interrogatório.

"Estou tremendo. Difícil digitar. Adeus."

Dr. Killian mandou imprimir o documento, mas não fez menção de levantar-se e ir até a impressora para pegá-lo. Era melhor deixá-lo ali, onde permaneceria limpo.

Ele desligou o computador. Sim, daria toda a informação de que precisavam, mas, para isso, seria necessário decifrar a criptografia de ponta que codificava o disco rígido. Isso daria ao Extremis tempo suficiente para dominar e demonstrar poder e habilidades incríveis e inovadoras, impedindo que tentassem interrompê-lo – com exceção dos mais determinados engenheiros de hardware e software, claro. Talvez o FBI conseguisse acessar depois de semanas de esforço, mas com certeza nenhum de seus colegas conseguiria. Eram brilhantes em biologia e medicina, não em hackear softwares.

Tive de fazê-lo, Dr. Killian tornou a pensar. Ele abriu a gaveta à sua direita, revelando uma pistola carregada. Na sala ao lado, escutou a Dra. Hansen desligar o telefone e soltar um palavrão. Ela arremessou alguma coisa, que bateu na parede que os separava. Os repórteres estavam dando nos nervos. Num minuto, ela entraria ali e pegaria o recado na impressora. Em seguida, ligaria para os paramédicos com o celular. Era preciso executar tudo direito, para que ela ligasse direto para o IML.

Com cuidado, o cientista liberou o mecanismo de trava da arma, checou o pente e virou o cano. Mais uma vez, verificou o site em que comprara a pistola, para confirmar se fizera tudo corretamente – nunca antes usara uma arma. Ele posicionou o cano bem no meio dos olhos, depois o levou à boca e o apontou para cima. Veio-lhe à mente a frieza das placas das pontes que ficavam no caminho de sua casa, no leste, onde crescera, que imploravam a quem quisesse de lá pular para que ligasse para um número de telefone em vez de concretizar o ato. *Preferia morrer em casa*, pensou ele, onde acabaria enterrado num simples parágrafo de um tabloide diário, em vez de tornar-se personagem de um drama de página principal, que muito provavelmente se desenrolaria a partir dali. Passara a vida toda dentro daquela caixa e a terminaria ali. Estourar os miolos parecia-lhe um pouco nojento, mas pelo menos traria um pouco de cor ao monótono cubículo bege – piada que ninguém mais entenderia. Sua esposa talvez compreendesse, caso tivesse uma.

– Eu nunca me apaixonei – disse ele em voz alta. Não importava se ninguém o estivesse ouvindo. Dentro de poucos instantes, nada do que dissesse importaria mais. – Nunca. Ninguém nunca me amou.

Killian sentiu lágrimas cálidas brotando dos olhos, pinicando seus poros ao descer por suas bochechas. Nunca imaginara que sua vida acabaria assim. Nunca considerara tal desfecho. Suas atitudes em relação ao Extremis foram necessárias, claro, mas ele não previra a culpa, a vergonha. *Meu Deus, que vergonha!* Ele era um cientista respeitado. Não conseguiria viver com a culpa. Com o tempo, quando o Extremis passasse a ser usado para salvar vidas, talvez as pessoas pudessem compreender seus motivos.

Dr. Aldrich Killian puxou o gatilho.

2

DO NONO ANDAR, em sua mesa de carvalho no escritório, Tony contemplava a vista da janela de vidro de pouco mais de três metros de altura a sua frente, que abrangia o Luna Park, o Ciclone, a passarela, uma faixa de areia e parte do Atlântico. Também era possível ver seus fãs atrás dos portões da Stark Internacional. Alguma coisa acontecia ali. Todos se empurravam e se amontoavam. Ou o Homem de Ferro acabara de aparecer – o que era improvável, visto que *ele* era o Homem de Ferro –, ou alguma alma generosa acabara de lhes dar bilhetes para Wonder Wheel, a famigerada roda-gigante.

A Sra. Rennie com certeza inventará alguma coisa nova para se vingar, ocorreu a Tony. Ela odiava altura. Com um pouco de sorte, seria colocada num dos carrinhos que não eram fixados no aro. Esses carrinhos eram totalmente seguros, mas deslizavam, o que provavelmente a impediria de apreciar suas especificações de segurança, quando subitamente começasse a escorregar pelo trilho, percorrendo todo o aro.

Ele até que gostava da sisudez da assistente. Não que planejasse lhe dizer isso algum dia. Da mesma forma que jamais contaria a Pepper o quanto a Sra. Rennie era divertida. Queria que Pepper retornasse, claro. Sua eficiência e sua competência eram essenciais ao funcionamento da Stark Internacional, e ele não sabia se a companhia sobreviveria sem ela. E havia também o charme de Pepper, sua vivacidade, seu humor e o fato de ela ficar estonteante em vestidos com decote nas costas. A Sra. Rennie sem dúvida não podia ser comparada a Pepper nesse quesito.

A porta do escritório se abriu. Tony não se virou. De onde estava, ele podia ver o próprio reflexo – num belo terno enviado pela Sra.

Rennie, no qual ele ficara muito elegante – e, atrás de si, duas figuras adentrando a sala com tripé e câmera. Era a equipe do documentário.

– Coney Island – Tony comentou casualmente, acenando com o braço, indicando a vista panorâmica da janela. – Meu pai me dizia que Coney Island é o lugar mais fabuloso do mundo. Os parques de diversão, as construções... Estão vendo o Parachute Jump? Uma maravilha de aço da engenharia da Feira Mundial de 1939, a torre Eiffel de Nova York. Amelia Earhart fez o primeiro salto de seu precursor, e ele ficou aceso durante todos os blecautes da Segunda Guerra Mundial. E quanto à Wonder Wheel? Forjada *in loco*, em 1920. As pessoas achavam que só podiam estar vivendo no futuro por terem a chance de visitar um lugar tão incrível quanto Coney Island. À noite, não iam pra casa. Dormiam na praia pra acordar aqui, no futuro. Mas não fazem mais isso. O Parachute Jump não funciona desde que eu nasci.

Tony deu meia-volta. O cinegrafista – que estava mais para estagiário do que para profissional – já montava o tripé. O chefe dele, um homem grisalho de uns 60 anos, parecia um pouco mais velho do que aparentava nas fotos de publicidade que Tony vira.

– Perdoe-me – disse Tony. – Sr. Bellingham, certo?

– John Bellingham. Obrigado por me receber.

– Não tem de quê. Sou fã dos seus documentários, Sr. Bellingham. Podemos começar?

Bellingham sentou-se primeiro, usando os braços como apoio para baixar o corpo lentamente na cadeira acolchoada em frente à mesa de Tony. Movia-se de maneira arrastada, como alguém que carrega um fardo. Como quem vivera muitas coisas ao longo das décadas e agora sentia o peso de tudo sobre o seu ser.

– Você é muito gentil – disse Bellingham. – Gary, como quer fazer?

Bellingham dirigiu-se ao cinegrafista sem tirar os olhos de Tony. Embora as ações de Bellingham fossem mecânicas e aparentemente inócuas, Tony reparou que os olhos dele assimilavam tudo. A mente do documentarista absorvia tudo o que via. Mas Tony vinha sendo totalmente transparente nos últimos meses, desde que admitira ao mundo ser o Homem de Ferro. Não tinha nada a esconder.

– Está tudo certo – afirmou Gary. – Contanto que você fique aí, e o Sr. Stark, atrás da mesa. Só vou fechar as persianas. Que bela vista.

O rapaz foi até a janela e olhou de um lado para outro. Confuso, voltou-se para Tony, que logo compreendeu o embaraço do jovem cinegrafista:

– Desculpe – apressou-se em dizer. E dirigiu-se ao celular. – Fechar persianas.

As persianas deslizaram silenciosas, na vertical, por sobre as janelas, bloqueando o sol.

Tony estendeu a mão por cima da mesa para cumprimentar Bellingham.

– Como é mesmo o nome do filme, Sr. Bellingham?

– *Fantasmas do Século XX*.

– Hum. Certo.

Tony não tinha certeza de ter gostado muito do título. Pensou no Parachute Jump, abandonado – e na velha Thunderbolt, a montanha-russa, antes uma maravilha da inovação, mas que fora monstruosamente demolida uma década antes. Qual seria de fato o ponto de vista de Bellingham?

– Pronto, Gary? – Bellingham não pareceu interessado na hesitação de Tony.

– Pronto. Quando quiser, John.

Gary apertou o botão de gravar e acenou para que Bellingham começasse assim que estivesse pronto.

O homem ajeitou-se na cadeira e ergueu um envelope pardo para o campo de visão da câmera.

– Estou aqui no escritório da Stark Internacional em Coney Island, com o fundador, CEO e cientista-chefe da companhia, Anthony Stark – começou Bellingham.

– Pode me chamar de Tony.

– Tony. – Bellingham mirava o entrevistado por cima da mesa, o rosto plácido subitamente assumindo uma expressão acusadora. – Seria justo defini-lo como vendedor de armas?

Tony previra essa linha de abordagem e estava pronto para ela.

– Absolutamente. Sou um empreendedor social, e a Stark Internacional encerrou toda sua pesquisa sobre armamentos. Admito que até recentemente...

Bellingham o interrompeu.

– Mas a Stark projetou e vendeu armas por décadas, não?

Tony não alterou a expressão em seu rosto.

– Não nego que já projetamos armas para o exército norte-americano, claro. Isso está bem documentado.

– De fato – continuou Bellingham. – É seu patrimônio, o modo como ganhou milhões, o motivo pelo qual pode agora afastar-se das armas e ainda ter uma companhia de sucesso. A Stark Internacional foi fundada para fabricar armas, se não me engano.

– Meu primeiro grande contrato foi com a Força Aérea dos EUA, sim.

– Que contrato foi esse?

O rosto de Tony permanecia sereno. Até o momento, a linha de ataque de Bellingham fora precisa e não inesperada.

– Meus interesses iniciais na engenharia eram voltados para a miniaturização. A aeronáutica vislumbrou possibilidades de aplicação no ramo das munições, então...

– Isso resultou na bomba sementeira, certo? – Bellingham fizera a lição de casa.

– Exato. O mesmo processo, contudo, levou a...

– A sementeira foi usada pela primeira vez na Guerra do Golfo? Quantos anos você tinha?

Tony não pensava nisso fazia anos. Era moleque, brincava de montar brinquedos no quarto, à noite.

– Eu era adolescente.

– Agora, me corrija se eu estiver errado, mas a sementeira dispersava centenas de micromunições "inteligentes" de uma só cápsula, certo?

– Como eu disse antes, a Stark já não fabrica armas, inclusive a sementeira – disse Tony. – Mas, sim, essa bomba foi projetada para destruir campos de pouso e avariar comboios blindados.

— Todas funcionaram? — Agora Bellingham conseguira surpreender Tony. — Todas essas pequenas bombas detonaram conforme o previsto?

Tony pensou rápido. Bellingham estava apresentando informações confidenciais em frente à câmera.

— Terá que perguntar aos militares. Nós nunca recebemos um relatório operacional sequer sobre a micromunição. E havia dezenas de milhares de...

— Talvez você queira dar uma olhada nestas fotos.

Bellingham entregou a ele o envelope pardo.

Ciente de que sua reação poderia revelar muito do conteúdo do envelope, Tony apanhou-o e abriu-o com cuidado. Ele puxou um grupo de fotos e as folheou, desviando cautelosamente as imagens perturbadoras de mortos e feridos das lentes da câmera.

— Cada uma das suas "bombinhas" tinha a potência de três bananas de dinamite — prosseguiu Bellingham. — Cerca de 18% delas apresentaram falhas no temporizador e se disseminaram indiscriminadamente pela área de conflito. Muitas foram encontradas por crianças, Tony.

Tony pôde ver o cinegrafista dando um zoom no rosto dele, mas não demonstrou reação alguma.

— Pode nos dizer o que é a Sentinela Stark? — Bellingham não perdoava.

— É uma mina terrestre. — Claro que Tony sabia o que era. Projetara-a aos 20 e poucos anos. As minas terrestres formavam uma linha defensiva entre as Coreias do Norte e do Sul. *Onde Bellingham quer chegar?*

— Não está ciente de que há minas terrestres Stark, digamos, no Timor Leste?

— Não.

Tony não estava ciente de arma Stark alguma no Timor Leste, mas sabia, por experiência própria, que as armas arranjavam um jeito de acabar indo parar onde não deviam. Esse foi um dos motivos pelos quais ele parara de projetá-las.

E ele era muito íntimo da Sentinela Stark. Era a mina terrestre que quase o matara no Afeganistão.

– Conte-me sobre quando foi ferido na província de Kunar, Sr. Stark. Foi um AEI?

Bellingham sabia que um artefato explosivo improvisado por pouco não ferira Tony no Afeganistão. *Ele está me instigando*, pensou Tony. As dunas douradas, secas, e a vegetação raquítica do deserto afegão estavam vividamente impressas em sua memória, tanto quanto a imagem dos soldados descarregando minas Sentinelas Stark de veículos militares blindados.

– Nosso comboio tinha parado em frente a uma base – disse Tony, recusando-se a responder à pergunta. – Fui até lá como consultor.

– Por consultor você quer dizer que foi até lá mostrar suas mais recentes invenções mortíferas? Tentar vendê-las?

Tony ignorou a provocação.

– Quando pesquisei sobre a base na internet, os soldados tinham postado alguns pareceres sobre ela: "Ótimo lugar para trazer a família. Só falta mesmo um carrossel". E você devia ter visto os vídeos falsos, estilo programa de culinária, que eles postavam de refeições semiprontas. Não dá para acreditar no que aqueles caras conseguem fazer com molho de jalapeño e queijo. Nossos soldados são jovens ganhando a vida, são patriotas com família, projetos e sonhos. Merecem ser protegidos, Sr. Bellingham. E, sim, eu estava ganhando um belo dinheiro protegendo-os. Não dá pra entender? Eu de fato os protegia. Centenas de vidas foram protegidas do perigo pela tecnologia Stark, e muitos milhões foram salvos pelos avanços na medicina proporcionados por essa mesma tecnologia.

Tony não estivera no Afeganistão procurando maneiras de conter revoltas, salvar vidas e manter o mundo em paz. Não estivera no Afeganistão por ter um bom coração. Fora até lá para ganhar dinheiro vendendo mais uma fornada de armas para os militares. Não se orgulhava disso. Era um homem brilhante, um dos visionários mais inteligentes do planeta. Então como foi que não lhe ocorrera antes que suas poderosas armas, impossíveis de replicar, eram unicamente letais e que despertariam a ganância dos corruptos por seus altos preços no mercado negro?

Perdido em pensamentos, ele se lembrou dos militares cujo futuro vira ser evaporado numa confusão de tiros e sangue. O general ao lado de Tony também caíra, amassando o chapéu e o charuto ao desabar, sem vida, na estrada, salpicado de estilhaços de um projétil de RPG. Minas terrestres jorraram do caminhão dos soldados, mas as Sentinelas Stark não explodiam por conta própria, tinham de ser armadas.

Mais tiros foram disparados. De onde? Tony não teve tempo de considerar que, na época dos testes de campo, ele falhara quanto a estudar o efeito de balas ao atingir minas desarmadas. Ao ver as minas serem acionadas, explodindo, não pôde pensar em nada além de impacto, fogo, poeira, dor e o calor do próprio sangue espalhando-se por seu peito.

– Mas estou bem agora, obrigado.

De volta ao presente, Tony percebeu que dera automaticamente sua costumeira resposta à pergunta que sempre ouvia sobre o ferimento que sofrera no Afeganistão. Contudo, Bellingham não tinha perguntado nada.

– Isso foi antes ou depois de vender a superarma a uma nação do Golfo?

– Infelizmente, essa é uma informação confidencial.

– Mas você projetou uma arma com cano de 800 metros de comprimento, capaz de disparar projéteis nucleares táticos a 600 quilômetros de distância, certo?

Tony tinha acesso a essa informação, mas todo mundo que assistiria ao documentário ainda não.

– Eu adoraria falar sobre isso, mas sou proibido por contrato.

– Entendo – disse Bellingham. – Quantos desses equipamentos levaram-no a criar a armadura do Homem de Ferro?

Ah, agora Tony entendeu onde Bellingham queria chegar. A entrevista toda era sobre o Homem de Ferro. Queria demonizar sua brilhante invenção.

— Toda ferramenta tem potencial destrutivo. — Tony pegou caneta e caderno para desenhar um rápido esquema da armadura do Homem de Ferro. Ele anotou uma ideia nova: um jeito de usar vidro de janela para capturar sons por meio de um laser acoplado à placa do peito. Em seguida, voltou-se ao interlocutor. — Os repulsores podem ser aplicados em lançamentos espaciais baratos, sem uso de produtos químicos.

Ele vinha pensando nisso havia um tempo, porém a recente falta de financiamento militar da Stark Internacional limitava as possibilidades de pesquisa.

— Entendo. E você está pesquisando sobre isso?

— No momento, não.

Tony parou de desenhar e coçou o queixo. Estava comprometido com a nova missão da Stark Internacional. No entanto, mesmo com toda a sua inteligência, não sabia como tornar o mercado da paz mais compensador financeiramente do que a tão lucrativa guerra.

— A armadura do Homem de Ferro é apenas mais uma ferramenta da indústria de defesa, não? Você a usa em operações de manutenção da paz, como com os Vingadores. Mas isso é segurança privatizada. O que você acaba de desenvolver, então, é apenas um novo equipamento de defesa, certo?

— O que quero dizer... E não quero atropelar sua fala, John, mas você não está me dando crédito por nada de bom que resultou do nosso antigo financiamento militar... O que quero dizer, John, é que todos os avanços microeletrônicos da Stark geraram tecnologias úteis para a sociedade *após* terem sido inicialmente financiadas pelos militares.

Tony apontou o dedo para o entrevistador, irritado.

— Não, eu não achava, no começo, que levar microchips ao limite do nanômetro seria proveitoso para fazer bombas. Mas foi assim que ganhamos dinheiro para expandir nossa pesquisa, e o dinheiro da sementeira foi revertido em medicina biométrica e bombas de analgésico internas. Não estou envolvido com projeção de armas agora. Mas, sim, estive. E me pergunto todos os dias se foi a coisa certa a fazer: fabricar bombas em troca de avanços na medicina.

Bellingham recostou-se na cadeira e cruzou os braços.

– Acredita que suas bombas de analgésico são usadas no Iraque? Acha que uma criança afegã que teve os braços arrancados por uma mina terrestre se impressiona, o mínimo que seja, com a armadura do Homem de Ferro?

Tony ficou calado por um momento. Andava debatendo isso consigo mesmo fazia semanas, imaginando se essa criança ferida não seria, na verdade, várias.

– Nunca disse que sou perfeito – Tony falou baixinho. – Sim, tenho as mãos sujas de sangue. Mas estou tentando compensar... O Homem de Ferro é o futuro. Eu estou tentando melhorar o mundo.

– Melhorar o mundo. Certo. Obrigado pelo seu tempo.

Bellingham levantou-se. Gary apertou o botão de pausa na câmera, depois o stop. E então desmontou o tripé num segundo.

Bellingham tornou a falar com Tony.

– Estou curioso, pra ser sincero. Se conhece o meu trabalho, claramente sabia que eu não facilitaria a sua vida... Por que concordou em conceder esta entrevista?

– Primeiro eu – disse Tony. – Por que sou um fantasma do século XX?

– Porque as armas fabricadas por você ainda assombram os países assolados pela pobreza e pela guerra nos quais foram empregadas.

– Eu queria conhecer você – Tony explicou. – Você tem feito seus filmes investigativos faz quanto tempo, vinte anos? Queria perguntar: conseguiu mudar alguma coisa? Faz duas décadas que vem revelando coisas perturbadoras por todo o mundo. *Conseguiu mudar alguma coisa?*

Bellingham ficou quieto por um instante. Estava acostumado a fazer as perguntas difíceis, não a respondê-las.

– Após tanto esforço, a maioria das pessoas pelo mundo não faz ideia do tipo de trabalho que você realiza. A não ser intelectuais, críticos e ativistas, que acompanham de perto seus documentários. Mas culturalmente você é quase invisível, Sr. Bellingham.

Tony parou bem na frente do diretor.

– Conseguiu mudar alguma coisa?

Bellingham pensou por um momento e respondeu honestamente:

– Não sei.

– Nem eu – disse Tony. – Foi uma honra conhecê-lo, Sr. Bellingham.

Tony foi sincero. Bellingham não facilitara nem um pouco sua vida na entrevista, mas ele admirava a determinação canina do homem em fazer diferença no mundo.

– Sim, obrigado por me receber, Sr. Stark.

Bellingham e o cinegrafista foram embora. Tony considerou voltar a dormir, mas não, ele tinha o mundo para defender, mesmo sem as armas Stark. Ele então deu as costas para a porta e pegou o celular.

– Abrir persianas.

A luz fluiu de volta para dentro, revelando a gloriosa vista de Coney Island e do Atlântico. Coney Island vinha se reinventando desde que Ulysses S. Grant ocupara a Casa Branca. Tony poderia fazer o mesmo: revitalizar a Stark Internacional e ajudar a construir um mundo melhor.

Poderia ser o piloto de testes do futuro.

••••

Mallen já não sentia a viscosidade úmida de seu próprio sangue no piso do abatedouro, não sentia mais o frio do suor. Podia sentir somente uma dor de cabeça martelante, uma náusea fraca e um vago formigamento de seus membros, rijos, imóveis. Permaneceu deitado onde desabara após a injeção, incapaz de ver qualquer coisa além das próprias bochechas inchadas sob os olhos e a mão direita esticada à frente. Estava coberto de montes gordurentos e entrelaçados de tecido cor de cobre, de aparência quase alienígena. E via tudo isso através de um filtro vermelho, como se os próprios olhos tivessem adquirido essa coloração.

Ganhava e perdia consciência, muito tonto – num momento, ciente de seu estado, no seguinte, alucinando e delirando. Viu seu primeiro pai adotivo num borrão de memórias misturadas a pesadelos, deitado imóvel – como ele mesmo estava agora –, sem se mexer, no piso do trailer, entre garrafas de uísque. Mallen passou, então, para a visão de uma assistente social, uma mulher cansada que usava sombra e base demais no rosto, notando subitamente o jovem Mallen quando ele perguntou por que seu pai adotivo sempre morria.

Lembrou-se de um bondoso casal mais velho. Eram uma imagem borrada de panquecas para o jantar e de um balanço na varanda. Um deles fora parar na sala de emergência e nunca regressara.

Logo o filtro vermelho retornou, e ele sentiu a dor das pancadas que levara dos espasmos perfurantes em seus órgãos em transformação. Das crianças mais velhas e dos professores, dos pais adotivos que ficavam bravos quando ele se metia em brigas... Quando roubava... Quando se recusava a ser educado com as visitas. Conforme foi crescendo, começou a devolver as bordoadas que recebia, principalmente quando eram as crianças mais novas que acabavam sendo punidas. Ele, então, era mandado de volta ao abrigo, onde brigava de novo. Mais tarde veio a escola militar, mas não demorou para que ele fosse expulso e, mais uma vez, devolvido ao abrigo, após ter arrancado uma pia da parede do banheiro dos meninos com uma clava medieval que comprara na internet, numa loja de réplicas.

Mallen tinha gostado da ideia de frequentar uma escola militar, de ainda ter uma chance de ser alguém na vida, mas sabia que ninguém lhe daria uma arma. E ele só queria um rifle, como quando era garoto e o pai o levava para competir num tiro ao alvo organizado anualmente por bombeiros voluntários.

O garoto jamais acertara o alvo, muito menos chegara a vencer. Mas o pai, sim – e não ganhara apenas um peru, mas todo tipo de prêmio: tiras de bacon, facas de caça, cidra. No fim, a mãe também saía ganhando. O pai lhe mostrava os alvos, indicando quão perto atingira. O garoto, no começo, não entendeu nada. Achava que estavam indo caçar algum bicho, não atirar em alvos de papel.

Mallen sentiu uma câimbra na perna, mas não conseguiu se mexer. Quando ia caçar veados com o pai, tinha de ficar sentado sem se mexer por horas, sem fazer barulho. Agora, porém... não era uma questão de horas. Quanto tempo fazia que ele estava ali? Dias?

Estava preso dentro do próprio corpo, que não mais reconhecia como seu. Preso num casulo biometálico. Incubado. Transformando-se. Mas em quê?

3

O HOMEM DE FERRO SALVA VIDAS.

Saindo do escritório e seguindo para o elevador, Tony pensava na entrevista com Bellingham. Estava atuando no ramo de ajudar o planeta, não de prejudicá-lo.

Certo?

O celular tocou. *Sra. Rennie, como sempre.* Tony ficou olhando para o celular, garantindo que a câmera do elevador capturasse a imagem dele ali, apenas parado e olhando para o aparelho. Somente no quinto toque ele atendeu.

– Como está indo o treinamento para a competição de comer cachorro-quente no Nathan's? – perguntou ele.

– *Seus fãs podem cuidar sozinhos dessa tarefa importantíssima, Sr. Stark. Só como* junk food *quando vem no espeto.* – A assistente fez uma pausa, depois mudou de assunto. – *Informei à diretoria que está disponível para uma reunião, já que finalmente resolveu emergir daquela garagem horrenda.*

– Nada de reuniões, Sra. Rennie. Tenho trabalho de verdade a fazer.

– *Tocar a Stark Internacional é parte do seu trabalho, Sr. Stark, visto que delegou o cuidado e a alimentação dos seus ávidos fãs para mim...*

– Depois, Sra. Rennie, depois... – disse Tony, e encerrou a ligação. Ela realmente deveria estar prestando atenção no vendedor de entradas no caixa da Wonder Wheel, em vez de ficar dando sermões desnecessários. Além disso, Tony sabia muito bem de suas responsabilidades como CEO da Stark Internacional.

John Bellingham acha que a armadura do Homem de Ferro é um equipamento militar, pensou. *Eu disse a ele que estava errado. O Homem de Ferro foi feito para ser usado em situações de resgate extraordinárias. Para ajudar pessoas em perigo. Correto?*

E se eu estivesse mentindo?

O celular tocou de novo. O nome GEOFF PETERSON apareceu na tela. Ele era membro da diretoria da Stark – um burocrata bobalhão que Tony promovera do departamento de contabilidade. Não levava jeito com a mulherada, mas era excelente com detalhes e números. Tony detestava ficar perto dele. *Melhor resolver isso logo.*

– Geoff, como você está? Me diga uma coisa, o Homem de Ferro salva vidas, né?

– *Tony, o que Bellingham fez você falar na frente daquela câmera?*

– Nada que não fosse verdade. Foi tudo bem. Falamos sobre a entrevista depois.

– *A Sra. Rennie organizou uma reunião da diretoria às 16:00. E precisamos atualizá-lo no...*

– Quê? Geoff, estou no elevador. Sua voz tá cortando. Cuide daquele celular novo da Stark, a gente vai dominar esse mercado. Nossos satélites alcançam qualquer lugar. Não consigo ouvir você. Tá vendo? O mundo precisa do *starkphone*.

Rindo, ele encerrou a ligação. O elevador chegou ao térreo, e Tony saiu pela entrada de serviço.

Ao entrar na garagem, largou o celular em cima de uma mesa. Afrouxou a gravata, tirou o paletó e começou a falar:

– Diário vocal Stark. Gravar data e horário. O Homem de Ferro representa o futuro. Nunca vendi nenhum elemento da armadura do Homem de Ferro para os militares.

Nu, Tony parou, no escuro, em frente à armadura do Homem de Ferro. A única luz no lugar era o brilho fraquinho que vinha do próprio peito dele – do reator ARC circular acoplado, que salvara sua vida e alimentava a armadura vermelha e dourada do Homem de Ferro. Imensa, robusta e poderosa, Tony fizera, previamente, uma versão portátil da armadura, que cabia numa maleta, mas as modificações acabaram deixando-a grande demais. Ele não soubera como fazê-la ser poderosa e portátil ao mesmo tempo.

Tony vestiu primeiro a sobrepele de circuitos de polímero, cobrindo-se dos pés à cabeça. Essa membrana-substrato flexível, composta de microscópicos condutores fisiológicos, foi projetada para interagir via unidades sensitivas miniaturizadas com a armadura, na rede sem fio da área ao redor do corpo dele, ou WBAN. A armadura precisava agir quase com a mesma prontidão que os membros dele, responder na velocidade do pensamento. Do contrário, Tony poderia ter problemas.

— Aquela mina terrestre incrustou um estilhaço a dois centímetros do meu coração — continuou Tony, ainda gravando o diário vocal. — Cada movimento meu o fazia chegar um pouco mais perto. Tive que projetar um sistema que mantivesse o estilhaço no lugar, imóvel, e incorporá-lo a um aparelho de autodefesa que me libertasse do cativeiro. Foi a primeira vez que tive de projetar algo que pudesse de fato *salvar* vidas.

Ele entrou na armadura e foi abrindo e fechando cada pedaço por vez. O protetor do queixo. As botas. As manoplas. Cada componente era ajustado metodicamente, numa ordem precisa. Ele preferia o processo automático que instalara tanto no centro corporativo de Midtown quanto no quartel Stark da costa oeste, mas ali, em Coney Island, Tony tinha que vestir a armadura manualmente.

— Foi uma medida pra tapar buraco, mas me trouxe de volta para casa. Venho melhorando, fuçando nela, desde então. No começo, não sabia muito bem por que estava fazendo tudo isso... A não ser que não tinha nada a ver com o futuro, apenas com o *meu* futuro. A armadura me ajudava a fingir que eu não era somente o cara que produzia minas explosivas. O reator, a armadura... eles me mantêm vivo. Não sou o homem preso num traje de ferro. Sou o homem libertado por ele.

Após vestir o elmo, Tony Stark ficou completamente coberto por tecnologia avançada, décadas à frente de qualquer outro sistema do planeta. Bastou baixar o visor para transformar totalmente seu visual de humano para máquina.

– Sistema de comando do Homem de Ferro. Iniciar.

Os olhos e o reator ARC do peitoral do Homem de Ferro brilharam com uma luz branca. Dentro da armadura, Tony visualizou os dados no display holográfico interno do elmo. A palavra CARREGANDO apareceu.

– Sistemas experimentais/alterar sistema de leitura óptica de movimentos para sistema de controle baseado em captação visual biológica. Iniciar.

Os níveis de propulsão e repulsão acionaram-se num instante.

– Lançar.

Os jatos das botas do Homem de Ferro emitiram chamas cinéticas, propelindo-o ao alto numa névoa de emissões atóxicas. Ele subiu lentamente, depois acelerou. Quando focalizou o teto da garagem, viu a mira se ajustar. Era legal ver que a mira ocular estava acionada, mas estourar o teto para sair dali não seria necessário.

– Desligar sistema de mira – disse Tony, enquanto as portas de aço do teto, controladas por sensores de movimento, deslizaram para os lados, abrindo um portal da garagem para o mundo exterior.

Após semanas de reclusão, o Homem de Ferro voou feito um foguete pelo céu azul de uma luminosa tarde no Brooklyn. Lá embaixo, dezenas de cabeças viraram-se para o alto, todas de uma vez. O Homem de Ferro – no fundo, no fundo, um exibicionista, como fora seu pai, Howard Stark – deu uma cambalhota, perdeu o equilíbrio por um segundo, depois acenou, animado, para a multidão lá de baixo. Aproveitou e mandou um beijo para os fãs.

– Recalibrar controle de mobilidade, Jarvis – disse Tony, falando com o supercomputador de inteligência artificial aumentada, a espinha dorsal da armadura do Homem de Ferro. Tony concentrou-se na interface visual do sistema de voo, o HUD, isto é, o mostrador interno do elmo, que projetava informações holográficas do seu campo de visão. – Coloque a estabilidade no automático pelos próximos dois minutos. Estou sem prática.

– Certamente, senhor.

Tony programara a inteligência artificial (IA) com os atributos de seu antigo mordomo, Edwin Jarvis, que fora empregado de seu pai e agora era chefe da equipe de apoio dos Vingadores. Como o próprio Jarvis, a IA de Tony era geralmente eficiente, mas, ao contrário do mordomo de carne e osso, não era sempre muito boa com ironias e sutilezas.

Voando baixo – baixo o bastante para ver estranhos boquiabertos dizendo coisas como "o Homem de Ferro!" e "ele é tão legal!" –, Tony passou raspando pela rua a caminho da praia, deixando trilhas de vapor até alcançar o Atlântico. Disparou em linha reta, para o alto, rompeu a barreira do som, ganhou altitude, depois planou, enquanto checava as leituras do painel. Tudo normal.

– Hahahaha!

Tony passara tempo demais enfurnado na garagem. A entrevista com Bellingham lhe renovara a fé em sua missão e no novo direcionamento da Stark Internacional. Agora, ele voava porque podia, porque queria voltar a acreditar em si mesmo. Tornara tudo aquilo possível graças à engenharia, à sua genialidade inata e à convicção de que havia um futuro melhor pela frente.

– Jarvis, rode os diagnósticos de plasma. Confirme se toda a cibernética e os sistemas de resfriamento estão operando em potência máxima. Faça checagem completa. A armadura passou tempo demais hibernando.

Enquanto aguardava pelo relatório da checagem de sistemas, Tony reparou no esplendor do entardecer – as ondas do mar, o passado vivo de um ecossistema de bilhões de anos de idade. Depois olhou para a desordem do presente e sua esperança de um futuro melhor, com os milagres da engenharia e da inovação humanas. Em seguida, fitou a Ponte Verrazano e os brinquedos de Coney Island.

Dava para ouvir os gritos dos aventureiros voando baixo pelos trilhos da montanha-russa Ciclone, como muitos faziam desde 1927. Os gritos competiam com o pulsar dos alto-falantes de uma verdadeira festa dançante na vertiginosa Polar Express. Havia também o som do estalo de um taco de beisebol no parque que, após anos de altos e baixos, ajudara a revitalizar a área, mais uma vez empurrando-a rumo a um futuro próspero.

Tony ficou esperando os gritos de quem estava na Wonder Wheel. *Ninguém está gritando*, pensou ele. Alguma coisa devia estar errada.

A Wonder Wheel, no Luna Park, estava parada. Todas as luzes, desligadas. Isso nunca acontecia. Bem, quase nunca. Somente durante blecautes gigantescos ou tempestades que afetavam toda a costa.

– Abra uma linha para a Sra. Rennie – solicitou Tony.

No minuto seguinte, a voz dela preencheu o elmo.

– *Rápido, Sr. Stark. Um adolescente imbecil saiu de um dos carrinhos da Wonder Wheel enquanto ela estava em movimento. Já pararam o brinquedo, mas ele está pendurado no carrinho e parece prestes a cair. Seus fãs não estão gostando nada disso. E nem eu, pois, além de tudo, uma criança vomitou no meu pé.*

– Cessar diagnósticos, Jarvis.

– *Sistemas de resfriamento estão desligados para a realização de testes. Tempo mínimo de reinício: dezoito segundos. Usar sistemas de repulsão sem resfriamento não é recomendado.*

– Dezoito segundos é tempo demais. Mantenha o resfriamento desligado. Vou me apressar.

O Homem de Ferro hesitou somente o necessário para o fim do processamento, então saiu voando de volta a Coney Island.

Como e por que um garoto saíra do carrinho da Wonder Wheel? Aposta? Tentativa de suicídio? Brincadeira boba? Ninguém descobre acidentalmente como destravar a porta de um carrinho deslizante a mais de 40 metros do chão. Mas não havia tempo para especulações. O Homem de Ferro passou de raspão pelas ondas e pela areia da praia, sobrevoando a passarela e o parquinho infantil, até chegar à roda-gigante, por baixo. Mentalmente, Tony calculou a trajetória do garoto, caso caísse.

– Jarvis, estou muito quente?

Nesse momento, Tony ficou contente por não ter incluído o senso de humor do mordomo na IA da armadura.

– Está dentro de parâmetros aceitáveis. Você tem dez segundos até começar a suar profusamente. Em aproximadamente dois minutos, correrá sério risco de desidratação. Passar além desse ponto não é recomendável. A liga composta da armadura do Homem de Ferro não foi testada para assar.

– Mande mensagem para o Happy. Diga-lhe que me encontre na Wonder Wheel com um *smoothie*. E anote aí que preciso tentar fazer um brownie aqui dentro qualquer dia desses.

Ao aproximar-se da Wonder Wheel, Tony avistou o garoto precariamente pendurado na porta aberta de um dos carrinhos. O menino teve o azar de embarcar num dos vermelhos, que deslizam violentamente pelo trilho, acompanhando os movimentos da roda-gigante. O mínimo de agitação poderia fazer o carrinho deslizar, levando o garoto consigo.

O Homem de Ferro desacelerou para conseguir pairar logo abaixo do carrinho.

– Vamos lá, rapaz. É só soltar o corrimão. Vou pegar você e colocá-lo de volta no carrinho.

– De volta no carrinho, não!

O garoto tinha os olhos arregalados. Parecia aterrorizado.

– Ãh, beleza. De volta no carrinho, não. Vamos pro chão, então. Chão é legal.

Tony acionou a menor repulsão possível e gentilmente ergueu-se no ar, pairando ao lado do garoto. Estava fritando dentro da armadura, que ameaçava superaquecer a qualquer instante. Aquilo tinha que acabar logo.

– N-n-n-não!

O garoto não facilitava nem um pouco.

– Olha, garoto, você não pode ficar aí para sempre. Vai ficar com fome. Vai ter que ir para a escola. Vai ter que usar o banheiro. Você tem que se soltar, pra eu poder ajudar. É você que manda nos seus músculos. Controle. Sei que isso aqui é um evento inesperado no seu dia, mas você é forte o bastante para mostrar a esses músculos quem é que manda.

– Não... não consigo.

– Filho, eu entendo. Sei que agora pareço durão dentro desta armadura toda bonita, mas, uma vez, quando eu tinha mais ou menos a sua idade, fui mergulhar perto de San Diego com meu... bom, com o piloto do meu pai. Queria poder dizer que fui com o meu pai, mas ele vivia ocupado, então foi o piloto que me levou, porque ele não tinha muita coisa pra fazer quando meu pai não precisava ir de avião a algum lugar. Mas então, eu não sabia o que estava fazendo. Nunca tinha nem tentado mergulhar, não tinha licença nem nada... É que, às vezes, quando você é rico, as pessoas não ligam pra esse negócio de licença. E, pior ainda, você acaba tomando decisões erradas. Acabei fazendo besteira, então me agarrei na corrente da âncora do barco e fiquei ali pipocando pra cima e pra baixo, na movimentação das ondas, com medo de afundar, com medo de me soltar dali. Achei que fosse afundar no oceano e ser comido por uma morsa ou algo assim. Mas eu tinha que soltar, ou ninguém poderia me puxar pra cima, de volta pro barco.

– Você... Você soltou?

– Soltei, sim. Mas só depois que o capitão meteu a cabeça por cima do corrimão e me disse, como estou agora fazendo com você, que, se eu não soltasse, ele não poderia me ajudar. Ele explicou que, se eu soltasse, as ondas me carregariam pra frente do barco, e ele me pegaria. Falou que eu tinha que confiar nele.

O garoto pareceu finalmente começar a relaxar.

– Vou tentar.

Subitamente, uma adolescente enfiou a cabeça pra fora do carrinho.

– Não achei que ele fosse se dar tão mal desse jeito. Espere aí! É o Tony Stark dentro desse metal todo, né? O bilionário gato? Quer comer uma pizza depois disso aqui? – perguntou ela, toda risos.

– Eu também sairia do carrinho se estivesse com uma pessoa insensível dessas ao meu lado – disse o Homem de Ferro, baixinho, para o garoto.

A menina mudou de posição e estendeu o braço para fora, posicionando-se para tirar uma foto do Homem de Ferro com o celular.

– Venha um pouco pra cima, quero sair na foto também – ordenou ela.

– Espere, não se mexa!

Tarde demais. O gesto da garota fez o carrinho começar a deslizar pelo trilho. O menino esforçou-se para se agarrar ao carrinho em movimento, mas já não tinha mais força.

E então despencou com tudo. Entre ele e o solo havia mais de 40 metros de trilhos de aço.

– Jarvis, iniciar extenuação.

O Homem de Ferro alcançou o adolescente quase instantaneamente, apanhando-o pela cintura e pelo peito, e depois o liberou da roda-gigante, antes que ele colidisse com um dos aros principais.

Tony desacelerou em direção ao solo, segurando firme o assustado garoto pelo tronco. Pousaram um pouco mais abruptamente do que Tony pretendia, pois fora distraído pelo suor que escorria por cima de seus olhos.

– Jarvis, reative o sistema de resfriamento – disse Tony. – E rápido. Meus olhos parecem estar em chamas, e minha visão está embaçada.

– *A base de dados recomenda uma bandana removedora de umidade.*

– Obrigado, Jarvis. Isso ajuda muito.

Tony removeu o elmo, piscando e apertando os olhos, cheios de água.

– Sr. Homem de Ferro?

Tony pôde discernir somente a forma do garoto que acabara de salvar. Ele estendia-lhe uma garrafinha de água.

– Obrigado. Só jogue em cima da minha cabeça, por favor.

Ele se inclinou para a frente, e o garoto limpou-lhe os olhos. Tony tentou evitar que escorresse água em cima da malha de circuitos, que já estava encharcada de suor.

– Tudo bem, garoto? Não foi muito esperto da sua parte, hein?! Ela não vale nem um pouco a pena! Qual é o seu nome?

O garoto engoliu em seco e concordou. Ele ia ficar bem.

– O-Owen.

– Bem, Owen, você ainda é jovem. Algum dia vai se lembrar disso e...

Tony foi interrompido por uma conhecida e esganiçada voz de autoridade. A Wonder Wheel tinha voltado a girar e, quando um dos carrinhos passou de raspão pelo solo, a Sra. Rennie saltou dele.

Owen recuou um passo. Soube que estava em apuros no instante em que aquela diminuta – porém severa – cidadã aproximou-se bruscamente dele.

– Owen, meu nome é Sra. Rennie. Vamos ter uma conversinha. Você vai me dizer exatamente o que tinha na cabeça ao fazer aquilo, depois vamos ligar para a sua mãe.

Tony sorriu e correu para sair de perto, pois assim o garoto não veria sua expressão.

– Senhor?

Happy entrou em cena, oferecendo um *smoothie* a Tony, que, com entusiasmo, agarrou o copo da mão do corpulento amigo, tirou a tampa e deu um golão. *Humm, manga e iogurte*. Ele ouviu o clicar de algumas máquinas fotográficas e deu uma olhada no nome da marca da bebida. Ocorreu-lhe que talvez a empresa Manga Sereia fosse alegar que o Homem de Ferro endossava o produto. *Ah, bem, sem problemas. Os advogados estão ocupados, e a Stark Internacional apoia os negócios locais.* Ele terminou de tomar o *smoothie*, sorriu para as câmeras, colocou o elmo de volta e devolveu o copo a Happy.

– Boa sorte, Owen.

Dizendo isso, o Homem de Ferro acionou seus repulsores e disparou a todo vapor para o céu, ganhando altura para planar por cima do Atlântico.

– Jarvis, continue com os diagnósticos. Vou flutuar por aqui enquanto você termina. Ligue pra Pepper.

– *O celular da Srta. Potts está desligado.*

– Use o servidor do satélite. Ela está fora do alcance das torres.

Pepper atendeu, sem fôlego.

– *Tony, não posso falar. Estou para encontrar um possível parceiro para jantar.*

– Jantar? Parceiro? – Tony não gostava muito quando Pepper tinha planos dos quais ele não sabia. – Qual é o nome dele? Ele que convidou, ou foi você? Ele é solteiro?

– *É uma mulher. Eu tenho permissão para me alimentar, sabia? E estou com uma ótima perspectiva de liderança pro seu projeto.*

– Eu mandei você para... Espere, esqueci. O dia foi longo. Em que país você está agora?

– *Outro lugar cujo visto toma uma página inteira do meu passaporte. Já é o meu segundo documento em oito meses.*

– Vou lhe dar um passaporte tamanho luxo na próxima vez, Pepper. Tenho contatos, sabe?

– *Que charmoso. Você e todo esse seu jeitinho com as mulheres, não é mesmo? Sinceramente, na próxima vez...*

Jarvis interrompeu.

– *Ligação da Sra. Rennie.*

– Estou numa conversa importante. Diga-lhe que espere.

– *Sr. Stark, não farei nada disso. Não sou muito boa em ficar esperando. Boa noite, Srta. Potts. Desejo tudo de bom e muito sucesso em sua jornada* – intrometeu-se a Sra. Rennie.

Tony precisava mesmo dar uma melhorada nas configurações de privacidade da armadura.

– *Sr. Stark, tem uma tal de Srta. Maya Hansen na linha* – Sra. Rennie continuou. – *Ela insiste que o senhor vá querer falar com ela, independentemente da escapadela com a qual possa estar ocupado agora. Diz que o senhor prometeu isso a ela. Num bar. Tomando drinques.*

Pepper pigarreou e desligou. A Sra. Rennie riu malignamente, e Tony soltou um suspiro. A assistente temporária conseguiu se vingar por toda a diversão que ele tivera à custa dela de manhã. Sem dó nem piedade.

Ponto pra Sra. Rennie, pensou ele.

– Pode passar a ligação.

4

— *TONY?*

— Maya! Que surpresa! Como tem passado? Quanto tempo!

— *Anos, Tony. Vi você no noticiário. Parece que anda bem ocupado... E que progrediu na miniaturização da tecnologia de repulsão. Lembra-se do que combinamos no congresso de tecnologia da costa leste? Prometemos atender às ligações um do outro e responder as mensagens. Sempre.*

— Foi isso o que combinamos naquele bar fajuto? Depois de você me convencer de que alguém já tinha sobrevivido àquela cerveja?

— *Isso. Duas vezes. Olha, sei que liguei assim, do nada, mas preciso muito falar com você. Aconteceu uma coisa aqui e... bem, foi a gota d'água.*

— Onde você está, Maya?

— *Na minha mesa na Futurepharm. Nos laboratórios principais. Arredores de Austin.*

— Por que eu? Precisa da ajuda do Homem de Ferro?

— *É confidencial, Tony. Engenharia biomédica. Você tem habilitação de segurança, e ninguém mais além de você conseguiria entender o que deu errado.*

— Tem o Sal.

— *Ele está longe, no Condado de Sonoma. Sei que ele é um gênio da biotecnologia, mas você tem a vantagem de possuir um celular. É uma emergência, Tony. Preciso de você.*

Tony fitou as leituras na armadura, depois olhou para trás e viu suas instalações em Coney Island. Que ótimo era estar fora da garagem. Que ótimo era voar. Voaria o dia todo se pudesse, e ter que viajar até o Texas lhe daria essa oportunidade. Contudo, ele ainda tinha um negócio para administrar, e não queria ir de armadura à reunião do conselho diretor na Stark Internacional. Rapidamente, então, tomou uma decisão.

– Vejo você em algumas horas. Vou pegar meu jatinho.

– *Você mesmo não é um jato?*

Maya começou a rir, mas sua risada acabou em tosse – ou teria sido um soluço? Tony se lembrava de Maya como uma cientista brilhante e charmosa, mas, naquele momento, ela parecia ter na cabeça muito mais do que apenas uma vontade repentina de flertar.

– Talvez a gente resolva visitar umas vinícolas. Ou comer um sanduíche.

– *Ouvi dizer que você parou de beber. Mas ok, tudo bem. Traga o jatinho. E... Tony?* – Ela fez uma pausa tão longa que ele chegou a ficar incomodado. – *Vai ser legal ver você.*

– Digo o mesmo, Maya. Logo eu chego.

Tony encerrou a ligação e voltou para a linha direta com a Sra. Rennie.

– Mande o pessoal no JFK aprontar o jatinho novo. Vou enviar a eles a rota do GPS para o voo. A armadura do Homem de Ferro vai comigo, por via das dúvidas, mas trata-se de uma expedição pessoal de Tony Stark.

– *Bom, isso é óbvio, ou você apenas voaria até lá com a armadura, poupando-nos o gasto. E por acaso se esqueceu da reunião com a diretoria à tarde?*

– Providencie uma teleconferência pra mim no jatinho. Mande Happy até a garagem pra pegar minha mala e aquele terno legal que você escolheu pra mim. Entregue a ele tudo o que Geoff quiser que eu veja antes da reunião. Encontro Happy no aeroporto. E mais uma coisa, Sra. Rennie.

– *Diga, Sr. Stark.*

– Obrigado por me ajudar com aquele garoto, o Owen.

– *Não tem de quê. Mas nunca mais me coloque deliberadamente na linha de fogo do* funnel cake. *Detesto fritura.*

– Só se for no espeto.

– *Só se for no espeto* – concordou a Sra. Rennie. Ela soltou um raro repique de riso, surpreendendo Tony. Ele não estava acostumado a ouvi-la admitindo se divertir com alguma coisa. – *Agora me conte, quem é essa Maya Hansen?*

– Uma velha... amiga – disse Tony. – Muito inteligente.

– *Sei que não pediu, mas vou lhe dar um conselho, Sr. Stark. Quando me contratou, perguntou se eu tinha "um olho no futuro ou se eu carregava o passado por aí como se fosse a minha armadura". Eu respondi corretamente, pois queria o emprego e estava claro para mim qual resposta o senhor queria ouvir. Agora é a sua vez. Não se esqueça de deixar o passado no lugar dele. Talvez sua intenção seja apenas ajudar uma amiga, mas Maya Hansen não me pareceu muito formal e profissional. Eu a ouvi muito bem flertando com o senhor. Devo perguntar à Srta. Potts se ela também reparou nisso?*

– Eu... Ãh... Eu mesmo pergunto a ela. Não precisa perguntar nada. Tenho que desligar. Tem um bando de gansos canadenses vindo na minha direção, e eu estou no caminho deles. Ouça, dá pra ouvir? Bom, daria, se eu pudesse estender o celular, mas ele é acoplado à armadura. Eles fazem assim: *quén, quén.* – Tony aumentou o volume e usou os controles oculares para acrescentar um pouco de distorção à sua voz.

– *Não sobrevoe a reserva florestal, Sr. Stark* – lembrou-lhe a Sra. Rennie antes de desligar.

Tony tinha tempo suficiente, mesmo se decidisse circular por toda a Reserva Florestal da Baía da Jamaica. O aeroporto ficava a pouco mais de vinte quilômetros, e uma das vantagens de ser o Homem de Ferro era não ter que enfrentar trânsito algum.

Só pássaros, pensou Tony ao voar ao redor da reserva, por cima do oceano Atlântico.

Maya Hansen soara exausta e abalada ao telefone. Não parecia a mesma pessoa entusiasmada de quando eles haviam se conhecido, quando ela o provocara naquele bar, na Techwest. Quanto tempo fazia isso? Dez anos? Mais?

— Puxa, você é o único de terno por aqui, o que o deixa vinte anos mais velho — dissera Maya, a dois bancos de distância.

Ela usava um jeans gasto e uma blusinha justa, com o símbolo do número Pi estampado. O cabelo castanho era curto e, na época, tinha um corte desarrumado, de moleca.

— Estou aqui a trabalho — Tony respondera, meio brusco. Passava por uma fase em que levava tudo muito a sério. — Eu comando uma corporação.

— O restante de nós veio pra conversar, sabe? A gente adora falar.

Maya sorriu para ele por cima do copo. O que ela bebia naquela noite? Ele não se lembrava. Não era cerveja. A cerveja veio depois, quando Sal juntou-se a eles.

— É. Isso eu percebi. Falam pra caramba. — Na idade em que estava, Tony não tinha mais paciência para conversar educadamente com pessoas mais jovens. — Falam sobre reajustar aspiradores de pó robóticos para missões militares. Falam sobre telefonia via satélite. Credo.

O comportamento de Maya mudou. Pelo visto, não gostava de ser julgada.

— Você não gosta de falar? — Seu tom de voz ganhou um quê ameaçador.

— Gosto. Mas de coisas que funcionam — Tony respondeu. — Gosto de falar sobre avanços significativos para o futuro. Não de aspiradores de pó assassinos e de telefones que ninguém vai comprar nem dar bola. Por que o assunto tem que ser bens de consumo? Por que presumir que o futuro não passará de novas oportunidades de compra? Sei lá. Isso me incomoda.

Maya sorriu de novo, e as covinhas de suas bochechas tornaram-na ainda mais adorável. Ela passou para o banco ao lado de Tony.

— Você é estranho — ela disse, cutucando-o no peito.

— Por quê?

Tony não estava acostumado com esse tipo de reação vindo de uma mulher. Nem de ninguém.

— Olhe só pra você — disse Maya. — Mal passou dos trinta e está metido num terno, numa conferência sobre o futuro da tecnologia. De terno! Por acaso percebeu que estamos na baía? E ainda fica reclamando sobre a sociedade de consumo, como se fosse melhor do que isso. Sem contar o fato de você ter ganhado seu dinheiro com militares.

– Você sabe quem eu sou?

– *Todo mundo* aqui sabe quem você é.

– Hum. Não devia ficar surpreso. Sou famoso... e fascinante, claro. Mas você é a primeira pessoa a trocar duas palavras comigo.

– Todos morrem de medo de você – Maya explicou. – Você reinventou a microtecnologia na garagem do seu pai. Seu cérebro está no mínimo três passos à frente do de qualquer um aqui. Ou do de qualquer outra pessoa, em qualquer outro lugar, acho. Você é Tony Stark. – Ela estendeu a mão. – E eu sou Maya Hansen.

– Você é a médica cientista? A que está reprogramando o centro de recuperação?

A Dra. Maya Hansen era muito mais jovem e bonita do que Tony imaginara. Ela então se levantou, olhando para o relógio preso ao pulso por uma pulseira de couro preto.

– Isso. Bom, Sal Kennedy está para palestrar. Quer ir assistir comigo?

Tony não sabia quem era Sal Kennedy, mas estava pronto para ir a qualquer lugar que aquela gracinha superinteligente o convidasse a ir.

– Quem é ele?

– O Kennedy? Começou no ramo da informática, tornou-se etnobotânico, depois aprendeu muito sobre biotecnologia. Agora trabalha como futurista.

– Parece que vai ser, no mínimo, interessante – mentiu Tony. – Talvez ele ensine como fazer um telefone via satélite com um robô aspirador de pó.

Maya pegou-o pela mão.

– Então venha. E afrouxe essa gravata.

· · · ·

Pela primeira vez desde a injeção, dois dias antes, Mallen sentiu uma brisa leve afagar seu ombro. Ele estremeceu e puxou a jaqueta de couro mais para perto, usando-a como cobertor. Estava nu debaixo dela. Sua pele estava grossa, um pouco bronzeada e coberta de pústulas de sangue seco e muco.

Onde tinham ido parar suas roupas? Ele se lembrava do estupor de febre e dor. Em pânico, despira-se, acreditando que as roupas fizessem parte do casulo talhado que começara a desenvolver no meio da noite. Àquela altura, a sala estava toda vermelha, como se ele enxergasse através de uma neblina de sangue. Mallen sentia-se desorientado, confuso e ultrajado pelo assomo de dor que percorria suas vias neurais.

Em certo momento, ele ficou de pé num salto, coçando-se feito uma hiena amedrontada, e socou furiosamente as portas de aço da câmara de resfriamento. Elas dobraram sob o impacto daqueles punhos de aparência alienígena e estremeceram quando ele jogou o corpo cheio de escamas, em plena transformação, contra as dobradiças. O ferrolho, porém, resistiu. Conforme o planejado, Nilsen e Beck haviam trancado Mallen quando o deixaram ali, sem saber os efeitos do soro que tinham acabado de injetar no amigo. Mal sabiam se ele estaria vivo quando retornassem. Poderiam encontrar apenas uma poça de meleca, Mallen dormindo sob efeito do soro ou uma forma de vida única e evoluída.

O casulo cheio de cicatrizes amolecera e se desintegrara, revelando uma nova pele por debaixo – e, dentro dela, um homem que agora era mais do que humano. Mallen sentia-se mais forte, durão, determinado e pronto para mudar o mundo. Sentia calor na garganta e sangue envolvendo seus dentes. Evoluíra. Deixara para trás a fraqueza da humanidade.

Ninguém mais lhe proibiria o uso de armas de fogo. Não precisava mais de armas. Ele próprio era uma poderosa arma ambulante, mais forte do que qualquer armamento, bomba ou mina terrestre.

A brisa tocou-lhe o rosto. Uma porta que dava para o lado de fora se abrira em algum ponto do abatedouro.

Mallen ouviu passos. Teria sua audição melhorado ou seria apenas porque o abatedouro passara dias no mais absoluto silêncio? Não.

Todos os seus sentidos estavam realmente mais aguçados. Deu para sentir até o cheiro dos amigos. O de Nilsen era mais forte que o de Beck, ele devia tomar banho com menos frequência.

Vozes abafadas aproximavam-se da câmara fria. A trava da porta deslizou para dentro. Quem entrou primeiro foi Beck, de punhos cerrados pela tensão e pelo nervosismo, com uma expressão apreensiva sob o boné. Nilsen entrou logo depois, abrindo totalmente as desgastadas portas. Os dois entreolharam-se, mirando Mallen logo em seguida, deitado debaixo do casaco, sobre uma mancha de sangue seco no meio da câmara.

– Estou vivo – disse ele.

....

– Talvez Sal Kennedy seja só um maluco – disse Tony, pensando alto enquanto pegava um punhado de amendoins do bar, após a palestra da Westech.

– Tem gente que diz o mesmo sobre você – Maya retrucou friamente. – Moça, mais um uísque com soda, por favor.

– Ele começou afirmando que, no futuro, no mundo industrializado, usinas nucleares serão inevitáveis até para se ter energia para utilizar uma torradeira. E então acabou expondo elaborados relatos de seus experimentos farmacológicos com psicotrópicos inibidores de dopamina.

– Isso não estava na pauta, mas pelo menos ele respondeu à pergunta do repórter.

– Fiquei impressionado com o escopo da apresentação – admitiu Tony. – Não estou dizendo exatamente que ele está errado, mas suas projeções para o futuro baseiam-se em fatores que certamente vão evoluir. Estou trabalhando em soluções que mudarão nosso conceito de energia no futuro, Maya. E ele tem tanta certeza de que nada vai mudar, de que as pessoas não podem mudar...

– Não podem. Não mudam – disse Maya bruscamente.

– Nisso ele está errado, Maya, e você também. Vou modificar esses fatores nos quais ele se baseia. Sal Kennedy vai ficar somente fazendo truques de bar para os colegas, enquanto eu mudo o meio de campo do jogo.

– Os truques de bar ele só faz para descontrair a plateia, Tony. Ninguém naquela sala realmente acreditou que ele podia enxergar mentalmente o interior de um limão, mesmo ele sendo etnobotânico. Estamos num congresso de Ciência, afinal.

– Até eu posso fazer aquele truque – disse Tony. – Ei, você! Tem um limão aí pra me emprestar?

A balconista, uma moça de vinte e poucos anos, cabelos castanhos, que vestia uma blusinha de lã de manga curta e jeans manchados de branco, entregou um limão a Tony.

– Vai me devolver, né? Promete que não vai espremer?

Maya interviu, pegando o limão da mão da balconista.

– Tony, *não*.

Ela fitou a parte superior do limão por um segundo e rapidamente contou as pequenas secções do estema.

– Dez. Existem dez segmentos neste limão. Viu? Também sei fazer. Agora é só abrir e checar – Maya afirmou, devolvendo o limão à balconista.

– Não – Respondeu a moça, parecendo irritada ao depositar o limão em algum lugar atrás do balcão. – Se querem provar um pro outro o quanto são espertos, façam de outro jeito. Sem usar meu limão.

– Beleza, então me arranje um copo e um fósforo – retrucou Tony. – Se não posso ser o vidente dos cítricos, vou mostrar minha maestria em telecinese.

– Você não é mais inteligente que eu, Tony – disse Maya. – Não existe um truque de bar que você me mostre que eu não possa explicar em cinco segundos.

– Observe.

Tony sacou uma caneta e duas moedas do bolso da camisa. Ele colocou uma das moedas no balcão, ajeitou a outra por cima e equilibrou o fósforo no topo das duas. Depois, cobriu o conjunto com um copo.

– Posso usar sua blusa rapidinho?

Tony inclinou-se sobre o balcão e friccionou a caneta na blusa da balconista, que não perdeu a oportunidade de lançar um flerte.

— Claro. Se precisar que eu chegue mais perto, é só falar.

Maya olhou feio para a moça do balcão.

Tony circundou o copo com a caneta. Lá dentro, o fósforo girou, acompanhando o movimento do objeto.

— Viu? Meus poderes mágicos estão fazendo o fósforo se mover — disse ele.

— Claro, se por poderes mágicos você está se referindo à eletricidade estática, supergênio... — rebateu Maya. — Tente de novo, mas desta vez use a *minha* blusa.

Maya inclinou-se para a frente.

— Já que insiste.

Tony chegou perto da cientista e friccionou a caneta no ombro dela.

— Ãh... Desculpe, Maya. Não tem muito terreno aqui, as mangas são curtas demais. Você se importaria se eu...

— Você é *tão* estranho.

Ele levou a mão à barriga dela.

— Esse negócio de ficar mostrando a barriga... Pele demais, tecido de menos. Vou ter que subir um pouco a mão, para encontrar a combinação certa entre o material da blusa e um espaço de trabalho mais amplo. — Ele ergueu a mão lentamente pelo abdômen dela e parou logo abaixo dos seios. — Que tal aqui?

— Como um verdadeiro cientista, encontrando a melhor solução...

— Maya, não sei muito bem se isso vai dar certo. Eu realmente preciso de lã. E se a gente fosse ver se você tem alguma outra coisa com mais tecido no seu quarto no hotel? Acho que li no informativo que as camas têm cobertor de lã.

— Então vamos ter que ser rápidos. Eu disse ao Sal que vamos encontrá-lo aqui no bar em meia hora.

— Tem alarme nesse seu relógio, não tem?

Tony sorriu ao ver Maya deslizando do banco e rumando para o elevador. Ele se virou para segui-la, mas antes parou para devolver o copo à balconista.

A moça passou seu telefone para ele num pedaço de guardanapo. Tony piscou e saiu para acompanhar Maya até o quarto.

5

— NÓS MANDAMOS O NOVO CELULAR para o seu avião. Está com ele aí?

Geoff, do corpo diretor da Stark Internacional, falava pelo grupo de cinco pessoas que estava reunido em torno da mesa de conferências, na sede da corporação.

— Sim, Geoff — disse Tony, dirigindo-se à tela de videoconferência. Distraído, virava na mão o smartphone que encontrara na mesa do escritório móvel do avião. *Parece um celular*, pensou ele, *mas faz barulho, e o revestimento é genérico demais.* Geoff e sua equipe de engenharia não tinham estilo algum. — Escute, fiz anotações sobre um novo sistema de controle ocular. Em parte, é como controlo a armadura do Homem de Ferro.

— *Tony...*

— É um spray de laser de baixíssima intensidade, que faz leitura de alteração cinética e de pressão nos olhos. Basicamente, ele diz para onde você está olhando. Jarvis consegue saber o que o Homem de Ferro vai perguntar antes mesmo de ele dizer.

— *O celular, Tony.*

Ao lado de Geoff, os outros quatro diretores exibiam expressões neutras e sem emoção. Usavam a melhor das máscaras na tentativa de não deixar Tony notar o quanto tinham ficado felizes com a decisão dele, no começo do ano, de não aceitar mais contratos militares. Tentavam não revelar, ainda, que estavam passando para o lado de Geoff, posicionando-se contra o CEO.

Tony percebeu que seu longo retiro na garagem em Coney Island provavelmente só havia ajudado a piorar essa situação.

— Ah! Este é o Stark 99?

Tony ligou o aparelho. Fez algumas anotações mentais: não conseguia enxergar a tela do celular por estar sentado perto da janela do avião. Teve que baixar a persiana. *Acrescentar tela antirreflexo*, digitou ele na função de notas do telefone, testando, assim, o teclado. Se o celular tivesse controle ocular, ocorreu-lhe, seria possível eliminar a digitação, contanto que o usuário mantivesse o aparelho diretamente em sua linha visual. *Mandar memorando para o departamento de testes de engenharia, assunto: teclado ocular*, Tony digitou. *E mais, testar projeção do teclado com uso ocular*. Apesar de nada suave, a responsividade das teclas era adequada. Ele gostou da tela ampliada, de poder desbloqueá-la com sua digital e de o celular ser à prova d'água, mas estava claro que aquele aparelho havia sido confeccionado apressadamente. *Por que aqueles idiotas usaram plástico? Como se o vidro antirreflexo tivesse sido inventado ontem.*

– *Você andou meio distante. Nós o batizamos de Starknet 01. Concordamos com você que seria melhor incluir o sistema de mensagens instantâneas via satélite. As empresas de telefonia vão nos odiar por isso, mas há muito mais consumidores do que empresas. Ah, e esse seu protótipo tem um elemento especial de funcionalidade. Ele se conecta diretamente com a Constelação Starksat.*

Pelo monitor do avião, Tony observou os cinco executivos reunidos em torno da enorme mesa de madeira da sala de conferências. Ele sorriu um pouco. Alguns dos diretores chegaram à sua posição atual por meio de aquisições corporativas ou por expertise em administração e, assim como Geoff, não possuíam o que Tony chamava de estilo Stark. Os engenheiros de hardware que trabalhavam nas entranhas dos produtos da Stark, porém, eram realmente visionários.

– Ele acessa a internet via satélite?

Subitamente, o aparelhinho feio de plástico pareceu tornar-se uma maravilha.

– *Assim que nós... digo, que o Homem de Ferro fizer uns poucos ajustes na placa-mãe do satélite principal da Starksat, sim. O celular vai ter acesso de banda larga mais rápido que o de qualquer rede de telefonia. Você vai poder começar a ver* Os sete samurais *em menos tempo que o que demanda apertar o botão "comprar". Ou baixar uma temporada inteira de* Garotos bilionários e seus brinquedos *em trinta segundos.*

– Beleza, Geoff. Já planejaram como me levar à Starksat ou tenho que resolver por minha conta?

– *A Sra. Rennie conseguiu uma passagem de cortesia para hoje à tarde, num voo espacial suborbital com a FLX Galáctica S.A. Vão deixá-lo na extremidade mais alta da mesosfera. Cabe a você chegar à termosfera dali em diante.*

– A Sra. Rennie é boa mesmo em negociar – reconheceu Tony, sinceramente impressionado.

Conseguir de última hora um lugar num lançamento espacial particular não era coisa fácil.

– *Ela tinha um trunfo na manga: você concordou em autografar 1750 fotos do Homem de Ferro para a equipe do Foguete FLX, que vai partir de McGregor, Texas, em 52 minutos. Happy já colocou a armadura para uso espacial no avião, junto à regular.*

Tony olhou para baixo tempo suficiente para mandar uma mensagem a Maya. *Talvez me atrase uns minutos, tenho que resolver uma questão de trabalho.*

Mensagem enviada. Tony voltou a fitar o monitor do avião.

– Que outras surpresas este celular tem?

– *É possível conectá-lo a qualquer computador via cabo ou não. Se clicar em ajustes, vai ver opções de diversos sistemas operacionais...*

– Se tivéssemos controle ocular, não teríamos que clicar em ajustes – murmurou Tony.

Geoff ignorou-o e continuou a falar.

– *Esse celular vai enlouquecer os consumidores. Só temos que fazer um bom acordo com alguma empresa de telefonia.*

– Quem vai querer fazer negócio com a gente, se não precisamos deles pra metade das funções do nosso celular?

– *É uma questão complicada* – Geoff admitiu.

– Então compre uma empresa de telefonia.

– *Tony, estamos ficando sem financiamento. O seu showzinho na TV com os contratos militares bloqueou todos os nossos fluxos de receita da próxima década. Por que acha que lhe arranjamos vaga num lançamento espacial em vez de mandá-lo para lá em sua própria nave? O que nos leva a outra coisinha...*

– Ah, por favor, Geoff. Não comece de novo.

– *Entendemos que a Stark precisa de novas receitas. Estamos dispostos a trabalhar em outros projetos e deixar para trás os armamentos, ainda que o financiamento de armas possibilitasse que avançássemos em causas a favor da Ciência, da engenharia e na pesquisa química. Mas o CEO precisa estar no escritório, Tony.*

– Tenho que ir a Austin. Uma velha amiga precisa de mim.

– *Sabe que não é disso que estamos falando. É sobre o Homem de Ferro, Tony. Ele mantém você ocupado... Buscas e resgates, combater o crime, estar à disposição da S.H.I.E.L.D. e dos Vingadores. E todos nós sabemos que não existe Stark sem você. O mesmo vale para quando você resolve se esconder na garagem. Esse celular já estaria pronto se você estivesse envolvido, você sabe disso. E também não seria tão feio assim. Os engenheiros são bons, mas não são o Tony Stark.*

Tony ergueu a persiana do avião para que Geoff não o visse revirar os olhos sob a luz do sol. *Não sou eu que pago esse povo?*, pensou ele. *Como se atrevem a me dizer o que devo fazer?*

Ele então apertou o botão do interfone no descanso de braço do seu assento. Hora do almoço. Lembrou-se de uns sanduíches que vira no banco do passageiro quando Happy pusera o carro a bordo. E daquele *smoothie* de manga, que agora era apenas mera lembrança.

Geoff ainda estava falando.

– *Assumir o cargo de cientista-chefe não tira o seu controle sobre os negócios. Mas deixe outra pessoa comandar a empresa.*

– Se eu concordar com isso, a primeira coisa que vai acontecer é que nós voltaremos a fechar contratos com os militares.

– *Você ainda inventa coisas para a S.H.I.E.L.D., Tony.*

– Mas não são armas. Invento aparelhos de rastreio, equipamento de segurança, veículos de resgate. É diferente. – Tony estendeu o Starknet 01 para o monitor. – Nós acabamos de inventar o melhor celular do planeta. Não precisamos mais de dinheiro militar.

Do outro lado da tela, em Nova York, a equipe permaneceu calada. Todos olharam para baixo, virando folhas nervosamente. Aqueles papéis deviam conter os desagradáveis números que sustentavam as preocupações de Geoff. Tony também sabia desses números. Chegara até a calcular alguns deles. Mas isso não mudava aquilo em que acreditava.

Após um minuto, Geoff tornou a falar. Tony podia ver que o homem tinha os punhos cerrados, enquanto os demais membros da diretoria se limitavam a estudar avidamente o centro da mesa da sala de conferências.

— *Tony, estamos até o pescoço de pesquisas sobre mil coisas diferentes. Cerca de 80% disso não vai render um centavo sequer nos próximos três anos. O financiamento militar é a melhor saída para regular o fluxo de caixa.*

— Pense em outra solução, Geoff. Tudo o que estou vendo você fazer é reclamar de que não estamos mais no passado, de que não podemos mais fazer algo que fazíamos. Olhe, é muito simples. Não fazemos mais aquilo. Chega de dinheiro dos militares. Pare de se apegar ao passado. Vamos falar do futuro. Nosso futuro. Só escuto *não dá, não dá, não dá*. Quero ouvir algo que *dê* pra gente fazer.

— *Certo, nós poderíamos licenciar nossas tecnologias para outros lugares, mas precisamos que assine os contratos. E fica difícil quando você simplesmente passa seis semanas na garagem...*

— Não podemos licenciar assim. O fato de nossa tecnologia ser exclusiva e única é o que nos dá toda essa aura de magia, de astúcia. Além do mais, se deixarmos outros usarem nossa tecnologia, vão fazer as mesmas coisas que a gente fazia, mas não tão bem. Resultado? Muito mais armas com defeito explodindo na hora errada, munições clonadas da Stark destruindo o terceiro mundo... Não estou preparado para ser responsabilizado por isso.

— *Então não sei o que dizer, Tony. Se quer fazer do mundo um lugar melhor, tem que deixar alguém ajudá-lo. Estamos tentando dar ideias aqui, mas você não colabora. Nem o Bill Gates...*

— A Stark é única entre as companhias, e não me baseio em outros empresários pra saber como tocar o meu negócio. Encontrem outras soluções. Falem com o Markko, da engenharia, sobre os aquecedores alimentados por plasma. Eles têm inteligência artificial e seguem você pela casa... Se pisar em um, ele grita até desligar. Falem com o pessoal de pesquisa e desenvolvimento, pra saber do progresso com as turbinas subaquáticas. Vamos poder substituir carvão e petróleo daqui a uns 25 anos, mas precisamos nos empenhar para descobrir o que fazer quanto aos animais marinhos que ficam nadando para dentro das turbinas. Quero saber de coisas em que possamos trabalhar *agora*, não daqui a três anos.

Chega, pensou Tony. Ele então apertou o botão "desliga" em seu descanso de braço. O monitor já começava a escurecer quando ele viu Geoff abrir a boca para começar a retrucar.

• • • •

— Mallen, consegue se levantar? Era para você estar diferente agora. Com superpoderes, algo assim. Tipo um Capitão América de jeans.

Beck estendeu a mão para ajudar a colocar o amigo de pé. Mallen segurou-o e acidentalmente atirou-o contra o piso de concreto do abatedouro.

— Ai! Por que você fez isso?

Beck sentou-se, esfregando o queixo no ponto em que raspara no chão.

Mallen deu de ombros.

— Desculpe. Que estranho. Me sinto... Estou me sentindo muito bem. — O homem apoiou-se numa das pernas, testando o joelho, então fez o mesmo com a outra. Até deu uns pulinhos sem sair do lugar. — Minhas pernas estão boas. Nada machucado. Meu joelho ficava meio duro e dava umas estaladas quando eu dobrava. Agora, nada.

— Você pode... sei lá, voar? — Beck levantou-se, olhando com expectativa para o amigo. — Temos que descobrir o que aquela injeção fez com você. Com certeza não lhe deixou mais bonito.

Mallen ergueu os braços, apontando as mãos para o alto, e pulou. Pousou logo em seguida.

– Não, não posso voar.

Nilsen olhou o amigo de alto a baixo.

– Bom, você não tá brilhando nem nada. Não tá nem um pouco diferente do que era antes. Tirando o fato de estar sem roupa. Velho, isso tá me doendo os olhos!

– Vamos, a gente descobre seus poderes depois. Vamos arranjar umas roupas pra você e dar o fora daqui. Nilsen tem algumas no furgão – disse Beck.

– Por que Nilsen tem roupas no furgão?

O mais robusto fez cara de bobo.

– Eu... Ãh... Não consegui pagar o aluguel na semana passada. Então é isso... Beleza, tô morando no furgão. Tenho lido mais e assistido muita TV. Já viram *Garotos bilionários*? Velho, que monte de coisa inútil. Descobri que existe, sim, gente que tem dinheiro até demais. Este país está tão fora do lugar que tem gente tão rica que tem até cachorro robô, e eu não arranjo dinheiro nem pra pagar uma porcaria de um pensionato. – O rapaz sacudiu a cabeça, desconsolado. – Mas não pega nada, não... morar no furgão. Tenho tempo pra fazer outras coisas, em vez de tentar arranjar o dinheiro do aluguel. Tomei banho lá no Beck ontem.

– Como nos velhos tempos. – Mallen riu. – Eu tomava banho lá no Beck quando morava naquele barracão e trabalhava fritando frango no Rocket Dog's Snack Shack. Lembra disso? Daquela vez em que resolvi não voltar pro abrigo?

– *Qual* vez em que você resolveu não voltar pro abrigo?

Mallen ignorou o comentário provocativo de Nilsen.

– Naquela época, a gente não precisava de papelada pra arranjar emprego. Era só chegar, perguntar se precisavam de ajuda e já contratavam você.

O grupo chegou ao furgão.

Beck caminhou até o outro lado e saltou a bordo. Mallen deslizou a porta traseira e entrou, enquanto Nilsen assumiu seu lugar de costume, em frente ao volante. Ele deu a partida no furgão e deixou para trás o abatedouro, seguindo para o centro da cidade.

– Contanto que você dissesse que tinha mais de dezesseis, mesmo não tendo, e ninguém perguntava nada – Beck prosseguiu com o assunto. – Lei idiota. Se você precisa de um trampo e alguém precisa que alguém lave pratos, não deveria ser tão difícil, sabe? A pessoa não tem que ter dezesseis anos pra saber lavar pratos. Não entendo isso! E agora não consigo arranjar trabalho algum, já que não tenho RG. Não é da conta dos federais como eu ganho dinheiro!

Mallen fez uma pausa e depois continuou:

– Quando o Snack Shack pediu meu telefone, eu dei o número do telefone público da rua 7 com a 11. Assim, quando eles ligassem para me passar a agenda da semana, falariam com aquele traficante, e ele anotaria o recado atrás da capa da lista telefônica pra mim. Como ele se chamava mesmo? O cara de bandana e camiseta do Van Halen?

– Ah, mano, não lembro o nome dele – disse Beck. – Tenho cara de dicionário, por acaso? De membro da Família Dicionário?

– A Família Dicionário! Eles sempre acharam que eram melhores do que a gente. Mesmo morando no mesmo quarteirão que a sua avó, bebendo da mesma água, respirando o mesmo ar. – Fazia anos que Mallen não se recordava dos velhos tempos. Ele não via a hora de consertar as coisas, deixar tudo como era antes. Sentia-se muito bem por poder rir com os amigos. – Lembra daquela mina que ficava zanzando com um monte de livros? A gente ficava sentado no jardim, falando merda, jogando garrafa de uísque nos esquilos, e aquela mina passava toda serelepe com aquele monte de livros debaixo do braço. Lembra de quando a irmã dela jogou de volta uma garrafa e abriu a cabeça do Beck?

Os rapazes rolaram de rir. O furgão chegou a pender para o lado. Nilsen teve de manobrar vigorosamente para acertar o automóvel de volta na pista.

– Ainda tenho a cicatriz, olha. – Beck tirou o boné, separou os cabelos e inclinou-se para trás. – Lembra que os policiais vieram e a gente fingiu que a coisa era tão séria que acabaram levando *ela* pra delegacia?

– O jeito é saber como enrolar os policiais – disse Mallen, agora falando sério. – *Negar, negar, negar*. Isso eles não ensinam em livros, certo, Família Dicionário? Quando os policiais aparecem, você tem que ficar firme na sua história e dizer que não machucou ninguém. Dá certo toda vez, contanto que você seja consistente e que seus amigos não estraguem tudo ao representar o papel de testemunhas. Não tem nada que os policiais possam fazer. Não é da conta deles o que você está fazendo no jardim. Como é que pode um cara ser enquadrado por estar se divertindo com os amigos no quintal? Ei, imagino se alguém da Família Dicionário conseguiu um emprego melhor que trabalhar no bufê de salada do Rocket Dog's Snack Shack.

– Meu primo cruzou com a mina dos livros no último dia de Ação de Graças – disse Beck. – Ele sempre achou ela gatinha. Quando ele levava o próprio copo, ela dava mais refil pra ele. E também deixava que ele pegasse picles à vontade do bufê de salada. Ela disse que está em Nova York, trabalhando com revista ou livro de criança, algo assim.

– Pessoal metido e fracassado. – Mallen parecia muito desgostoso. – Achavam que eram melhores que a gente, mas, naquela época, a mina dos livros tinha que trabalhar do meu lado no Snack Shack. Eu cuspia na alface quando ela estava distraída, xavecando os clientes. Ela tinha que usar aquela camiseta idiota com o beagle no foguete, e eu usava o que queria, porque trabalhava nos fundos. Eu podia ter ido pra Nova York também, mas tá tudo errado com o mundo hoje, e lá e em Washington está ainda pior. Além disso, eu não ia deixar meus *brothers*. A gente é um time.

– Olhe, é ali – anunciou Nilsen. Ele apontou para um prédio num canto. – Agora é um café gourmet, como em todo lugar. – Ele sacudiu a cabeça. – Era o Snack Shack antes. Tem uma escada na lateral, perto das lixeiras. Eu costumava subir para a cobertura às vezes, à noite, quando não suportava dormir de novo no abrigo. Era bom ficar sozinho ali de vez em quando.

O grupo passou pelo local em silêncio, como que por respeito.

– Esperem. Ouvi alguma coisa – disse Mallen, subitamente alerta. Beck e Nilsen prestaram atenção, mas não ouviram nada.

– Acho que aquela injeção melhorou os meus sentidos. Ouvi vocês lá no abatedouro antes mesmo de entrarem no prédio. Tenho certeza de que acabei de ouvir uma mulher gritar.

Beck observou Mallen por um segundo.

– Bom, aquele cara do laboratório que deu o Extremis pra gente disse que ele iria aguçar os seus sentidos e deixá-lo mais forte. Vamos ver se deu certo. De onde veio o grito?

– Vire à direita, depois pare no meio do quarteirão. Acho que foi perto do ringue de patinação, do lado do supermercado – Nilsen virou à direita. – Estacione – disse Mallen. – Me deixe sair. Vocês são lerdos demais.

Mallen saltou da traseira do furgão e disparou quarteirão abaixo. Ainda podia ouvir Beck e Nilsen enquanto corria. Ouvia-os claramente, como se ainda estivesse com eles dentro do furgão.

– Ele está mais rápido e tem superaudição – constatou Beck. – Nada mal, depois de três dias rolando no chão do abatedouro. Será que tem como ganhar dinheiro com isso?

– Ué, tá pensando em botar o Mallen pra fazer truques na praça de alimentação do shopping enquanto você passa o chapéu? A ideia não é ganhar dinheiro, imbecil. Vamos libertar os EUA.

– Eu entendi, Nilsen, mas a gente também não tem que comer enquanto liberta os EUA? E não dá pra nós três morarmos no seu furgão, né?

No fim do quarteirão, Mallen deparou-se com uma mulher largada na calçada. Ela carregava uma sacola de compras, que derrubara, espalhando comida pelo chão ao seu redor. Mallen lembrou-se de já ter visto essa cena.

Beck e Nilsen chegaram correndo, ofegantes.

– O que aconteceu? Viu algum ladrão? Tô pronto, mano – disse Beck. – A gente pega ele.

– Não tinha ladrão nenhum – explicou Mallen. – Ela está tendo um ataque. A senhora que trabalhava na grelha do Snack Shack tinha essas coisas também.

– Nilsen, põe a carteira na boca dela! Ela pode acabar engolindo a língua – instruiu Beck.

– Se eu tivesse dinheiro suficiente pra precisar de uma carteira, não teria que morar no meu furgão – respondeu Nilsen. – Põe *você* a carteira na boca dela.

– Isso é bobagem, seus imbecis – disse Mallen. Com cuidado, ele rolou a mulher de lado. – Ninguém engole a língua. A evolução não foi *tão* idiota assim. É só esperar. Ela vai ficar bem.

– Velho, você acredita mesmo que a gente veio do macaco? – perguntou Beck, aparentemente chocado.

Nilsen olhou feio para ele.

– Não seja burro, Beck. Leia alguma coisa de vez em quando.

A mulher, desorientada, abriu os olhos, e Nilsen a ajudou a se sentar. Devia ter meia-idade: os cabelos tingidos de preto revelavam raízes grisalhas, e ela pintava as sobrancelhas com maquiagem demais, o que lhe conferia uma expressão semipermanente de surpresa.

– Olá, senhora. Estamos aqui para ajudá-la e para consertar o país. Trazer a liberdade de volta à terra da liberdade.

A mulher fitou Mallen, confusa, enquanto Beck e Nilsen pegavam as compras espalhadas pelo chão e colocavam de novo na sacola. Mallen prestava atenção a tudo. Suas novas habilidades auditivas informaram-lhe que Beck quebrara três ovos e esmagara um tomate. Quando ele acidentalmente colocou algo pesado em cima de uma banana, ocorreu a Mallen que o amigo podia também dar uma melhorada no odor corporal.

– Vamos – disse Nilsen. – Não podemos ficar muito tempo aqui. Parei o furgão em frente a uma igreja.

– Onde a senhora mora?

Tonta, a mulher não respondeu. Mallen já estava se cansando de ser gentil e bondoso. Estava mais a fim de uma briga, para poder testar seus novos poderes.

– Não posso ajudá-la se a senhora não falar nada – rosnou. Ele deu as costas para a mulher. – Isso é bobagem. Vamos dar o fora daqui.

Mallen abaixou-se e pegou a mulher, colocando-a em cima do ombro. Ele disparou pelo quarteirão, na direção de um banco de praça, com a cabeça dela pipocando enquanto ele corria.

– Pronto, senhora. Fique deitada aqui e logo vai se sentir bem. – A cabeça da mulher bateu com força no banco quando ele a largou ali. – Beck, tinha alguma coisa de bom na sacola?

– Não tinha cerveja, se é isso que quer saber. Nilsen pegou costeletas de porco, mas não sei onde ele acha que vai poder preparar isso. Até onde eu sei, o furgão não tem cozinha.

– Vou cozinhar na sua casa, idiota. Ei, olhe, caíram dez pratas da bolsa dela.

Mallen pegou o dinheiro do chão e meteu no bolso.

– Foi bom poder ajudá-la, senhora. – A mulher o encarava, em silêncio. Mallen sentiu-se incomodado, sem saber por que a mulher que ele socorrera não demonstrava gratidão. – Ãh... Deus abençoe a América.

O grupo deixou a mulher no banco e saiu dirigindo noite afora.

6

– ESTÁ PRONTO, SR. STARK? *O avião espacial Tavares X-2 voltará à sua direção em vinte minutos. Isso lhe dá cerca de três minutos para terminar tudo, se quiser uma carona de volta à estratosfera.*

– Beleza, Hudson. Vou voltar pro ponto de encontro na marca três. Obrigado pela informação.

A voz de Tony sempre soava estranha na armadura espacial Mark II, mesmo ele tendo acrescentado um zumbido fraquinho e constante de um ruído branco, depois de constatar, em expedições prévias, o quanto o espaço é quieto.

Tony cortou o som do microfone embutido em seu elmo pressurizado com uma olhada direta no HUD e notou um alerta piscando: o software dentro da armadura precisava ser atualizado. A Mark II sempre fora mais exigente do que as outras armaduras, por ser tão especializada.

– Jarvis, envie um comando ao notebook para configurar um lembrete na próxima vez em que eu colocar minha senha em Coney Island. Comando: sincronizar o software em todas as armaduras.

Em seguida, ele retornou sua atenção para o satélite à sua frente.

Tony já tinha reconfigurado manualmente a placa-mãe do satélite com diversos *jumpers* que guardava no compartimento de ferramentas na cintura da armadura. Estava prestes a substituir os selos da camada protetora da placa-mãe quando teve um *insight*. Após arrancar alguns dos braços robóticos miniaturizados de uma baía de expansão inutilizada, conectou-os à placa-mãe com um *jumper*. Logo depois, começou a retirar o mecanismo de vídeo e um LED de seu novíssimo Starknet 01.

Preciso muito mais de um sistema de atualização remoto via satélite do que de uma luz de flash ou de uma câmera de vídeo no celular, pensou ele. Tony gostava de viajar para o espaço, mas fazer atualizações do solo parecia uma estratégia muito mais prática para realizar alterações futuras na Starksat.

Como não tinha trazido um kit de solda espacial, teve de usar um adesivo químico para derreter os componentes acrescentados e fixá-los no lugar. *Cuidado*, pensou ele. *Não queremos acabar grudados na Starksat*.

Rapidamente, ele terminou e revisou o trabalho feito. Fora algo de rotina, tirando o fato de estar a mais de 400 quilômetros da superfície da Terra.

Bom trabalho, Stark, pensou ele. Usando as câmeras da armadura, Tony salvou imagens da configuração exata que deixara na placa-mãe, depois fechou o satélite. Acionando o interruptor principal de energia da Starksat, ele reiniciou o software e religou as comunicações.

– Jarvis, use o Starknet 01 para ligar para o pessoal da engenharia. Mande todo o registro em foto e vídeo das atualizações da Starksat ao Markko. Confirme o recebimento.

– *Transmissão completa, Sr. Stark.*

Excelente. A Starksat estava on-line e funcionando.

– Testar voz. Abra uma linha com... Tente a Pepper.

– *Alô, Tony?* – *A voz dela estava animada, vinda do distante planeta lá de baixo.*

– Pepper! Quer ir a um restaurante na lua?

– *Pra quê, Tony? Não tem atmosfera! Espere aí... Você está no espaço?*

– Como você sabe? Acabei de fazer umas mudanças na Starksat. Agora podemos trocar mensagens sem depender de empresas de telefonia.

– *É seguro? Tenho umas atualizações sobre Kinshasa para mandar pra você. Estou no aeroporto, indo para Cabul. Me dê um minuto, tenho que passar pela inspeção do passaporte.*

Tony ouviu um ruído do outro lado quando Pepper baixou o celular e falou em francês com um funcionário que parecia estar longe.

Ele então checou a Starksat uma última vez e desenganchou seu arreio do satélite, deixando que os cabos retráteis encolhessem de volta para dentro da armadura. Em seguida, pôs-se a caminho do ponto de encontro.

O Homem de Ferro disparou na direção da Terra, primeiro seguindo as coordenadas, depois somente a própria visão, logo avistando o avião espacial, com as asas voltadas para cima. O Tavares X-2 usava foguetes para decolar, mas suas asas se mostravam quando alcançava porções mais altas da atmosfera. Assim que o avião chegasse a 25 quilômetros do planeta, elas retomariam a configuração inicial, para realizar uma aterrissagem comum, em pista de pouso tradicional.

– Jarvis, tire umas fotos, pode ser? Mas que belo trabalho da engenharia! Mande uma para Geoff e para a diretoria, com uma nota anexa: "Queria que estivessem aqui".

Ele tornou a ouvir Pepper, que agora discutia com alguém no aeroporto.

– *Não são antiguidades inestimáveis coisa nenhuma! Não tenho que levar multa! Isso aí foi cavado ontem, na minha frente, num vilarejo. Você só quer me extorquir dinheiro. Deveria ter vergonha.*

Tony dirigiu-se para o avião espacial. Entediado, procurou na superfície da Terra objetos feitos pelo homem. Mesmo com visão aprimorada, porém, não viu nada além da mistura do azul do oceano, dos continentes de um marrom mesclado com verde e de nuvens brancas.

– Jarvis, mande um recado pra National Geographic. "Stark confirma que não é possível ver a Muralha da China do espaço."

– *Tony, ainda tá aí?*

– Ei, Pepper. Você parecia estar se divertindo. Sabe por que a vaca foi pro espaço?

– *Pra pular por cima da lua?*

– Não. Pra visitar a Via Láctea.

Pepper riu um pouquinho. Parecia cansada após a discussão com as autoridades do aeroporto congolês.

– Pepper, estou voando para encontrar um avião espacial e... Sabe, estou vendo a Terra. A vista é incrível. Não envelhece jamais. E faz você se sentir tão pequeno e insignificante... A vida passa tão rápido. – Tony teve uma súbita vontade de contar a Pepper o que realmente sentia por ela. – Pepper, tem algo que venho querendo lhe dizer...

Ela o interrompeu.

– *Tony, você está usando calças espaciais?*

– Quê? Por quê?

– *Porque sua bunda é de outro mundo! Tenho que ir, vamos decolar. Ligo de novo quando você voltar à terra firme.*

A linha ficou muda assim que Tony aproximou-se do Tavares X-2. O avião já descia, com o nariz apontado para a Terra, que ainda estava lá longe.

– Homem de Ferro abordando. Hudson, está na escuta?

– *Hudson aqui. Estamos na escuta, Stark, mas recebendo leituras incomuns dos equipamentos. Alto potencial de mau funcionamento aqui. Desculpe, Homem de Ferro. Queríamos fazer-lhe um favor, mas pelo visto nós é que vamos precisar da sua ajuda. Pode dar uma olhada nas nossas asas? Tem alguma coisa errada com elas.*

– Sem problema. Devo uma a vocês. Vão me poupar muito tempo e gasolina com essa carona.

O Homem de Ferro ativou os propulsores das botas e voou para mais perto do avião espacial. Ele o circulou duas vezes e notou uma mancha escura perto de uma das asas.

– Hudson, vou me aproximar e acoplar a estibordo. Não se preocupem. Vou olhar mais de perto.

Tony chegou ainda mais próximo, contente com a precisão do sistema de navegação da armadura. Ele foi desacelerando ao longo da lateral do avião, liberou seus cabos retráteis e acoplou-os a dois ilhós de aço adjacentes.

– Gravar missão: reparo no Tavares X-2 em execução. Local: mesosfera da Terra. Data e hora... Ahh, espere! *Argh* – interrompeu Tony. – Que enjoo. Acho que vou vomitar. Sem dúvida, prefiro voar por conta própria. – Ele então continuou: – Homem de Ferro acoplado ao avião espacial. Gravando vídeo dos danos perto da asa. Jarvis, mande fotos para a Galáxia FLX. Requisite informações de reparo.

Tony sabia que não tinha muito tempo para solucionar o problema. Em questão de minutos, readentrariam a estratosfera, e as asas tinham de estar baixas se o avião quisesse ter um pingo que fosse de esperança de pousar em segurança. Ou de conseguir pousar de algum jeito. Sem asas para desacelerar a reentrada, o único jeito de o avião não ser carbonizado seria o próprio Homem de Ferro carregá-lo durante os últimos 70 mil pés.

Consertar o problema ali, então, na borda da atmosfera, seria certamente mais fácil.

– Jarvis, mande um lembrete para quando eu voltar para Coney Island: pesquisar como fazer a armadura espacial Mark II ser capaz de carregar um foguete espacial híbrido em segurança até a Terra. Hudson – Tony prosseguiu –, a boa notícia é que o problema não está nas asas. Elas estão prontas pra girar de volta e pousarmos planando.

– *E a má notícia?*

– Tem um buraco aqui, de onde caiu alguma coisa. Seus dispositivos indicam o que poderia ter estado embaixo deste painel?

– *A estabilidade está flutuando.*

Lá da Terra, o Controle de Missões da Galáxia FLX, entrou na conversa.

– *Hudson, de acordo com a foto que Stark acabou de mandar, há um sensor de navegação giroscópico faltando aí. Precisamos de um novo, ou o Homem de Ferro terá que carregá-los até o solo.*

– Negativo, QG – disse Tony. – Carregar este avião até o solo, só na pior das hipóteses. A armadura Mark II funciona muito bem aqui em cima, mas, assim que entrarmos na atmosfera, a gravidade a transforma em pedregulho.

– *Alguma ideia, então?* – perguntou a voz vinda do QG. – *Gostamos do nosso avião, Sr. Stark. Gostaríamos de trazê-lo intacto pra casa.*

Hudson interrompeu.

– *Não se esqueçam de mim. Sei que este avião custa mais do que um piloto, mas tenho que comprar leite para minha esposa no caminho de casa.*

– *Afirmativo, Hudson. Também custa caro substituir um piloto.*

– Aguardem – disse Tony.

Ele estudou as conexões e suspirou.

– Não sou muito fã dessa ideia, mas é a melhor que tenho – disse. – Jarvis, confirme a solvência do compartimento de mobilidade extraveicular giroscópico de navegação. Vou abri-lo, mas ele tem que ficar isolado do meu subsistema primário de suporte à vida.

– *Compartimento de mobilidade extraveicular selado.*

– Beleza, abra-o e estenda-me o fio-grampo.

A Mark II era robusta, e Tony sempre tinha dificuldade com suas manoplas muito grandes. *Deve ser assim que o Hulk se sente o tempo todo*, pensou ele. *Ou o Ben Grimm.* Meio desajeitado, ele pegou o grampo e o enfiou na baía de equipamento vazia do avião espacial. As manoplas bloqueavam sua visão, permitindo-lhe ver apenas alguns raros relances do interior do compartimento.

Tony ficou girando o grampo aleatoriamente até ver uma fagulha. Tinha encontrado. Ele prendeu o grampo ali, conectando o sistema de navegação da Mark II ao avião. Agora o próprio Homem de Ferro era o sistema de navegação da nave.

– Hudson, tudo resolvido até uns 13 mil pés, quando vou ter que me soltar daqui, assim que suas asas baixarem, ou atrapalharei seu voo.

– *Mas e depois?*

– Ainda não resolvi essa parte. – Tony voltou a atenção para a questão a ser resolvida. – Jarvis, focalizar. Me dê um laser. Vou cortar o giroscópio de navegação da Mark II.

– *Prosseguir pelo espaço sem a habilidade de navegar não é recomendado.*

– Tá, Jarvis, eu sei – disse Tony. – Vamos levar o avião até 13 mil pés e depois nos soltaremos, antes que as asas baixem. Ainda temos paraquedas de emergência, certo? Me avise quando estivermos sobrevoando o Texas. Vou usar microexplosões de propulsão pra ajustar a queda e nos colocar na direção certa.

O Homem de Ferro voltou sua atenção para o trabalho a ser feito, atingindo com o laser um e outro componentes da Mark II, evitando, cuidadosamente, comprometer o suporte à vida e os propulsores. Trabalhando atentamente, reparou que podia quase ignorar o leve enjoo que sentia.

Ele usou uma garra robótica para posicionar com firmeza os componentes da Mark II dentro do avião espacial. *Não quero que nada escape e flutue por aí*, pensou ele.

– Jarvis, mande foto para o Controle de Missões da Galáxia FLX.

Ele ouviu a resposta um instante depois. A Starksat era mesmo muito rápida.

– *Bom trabalho, Homem de Ferro. Há algumas placas nas asas, mas estão lá só por precaução. Nossa descida de arrasto intenso elimina a necessidade de usá-las, a não ser em caso de emergência. Se arrancar uma delas, poderá usá-la para selar o compartimento. Como exatamente você pretende descer sem estabilizadores?*

– Com uma bela dor de cabeça e um pouco de náusea – disse Tony. – Jarvis, injete Dramin e prepare para soltar. Ajuste a ativação automática pra abrir o paraquedas caso eu desmaie ou exceda 35 metros por segundo. Hudson, tenha um bom voo. Agora é com você.

O Homem de Ferro desplugou seus cabos retráteis do avião e ouviu um estalo seco enquanto corriam de volta para dentro da armadura. O Tavares X-2 separou-se dele, começando sua descida rumo à pista de pouso no Texas. Tony ficou impressionado quando as asas da nave desdobraram-se cada vez mais, girando lentamente até ficarem corretamente posicionadas para um pouso em pista, como um avião comum.

Maravilhoso, pensou ele. *Design brilhante, como uma pena de badminton. Talvez eu possa modificar o Quinjet dos Vingadores para que fique assim.*

No entanto, por mais que quisesse acompanhar o pouso do avião espacial, Tony tinha seu próprio voo desgovernado com que se preocupar.

– Jatos de minipropulsão – disse ele.

Lentamente, ele desceu alguns pés, usando primeiro o repulsor direito, depois o esquerdo.

– Jarvis, automatize abertura de paraquedas em... *Uou!*

Subitamente sem equilíbrio, Tony deu um solavanco inesperado.

– Não, não, me dê impulso nos dois...

Ele girava em espirais estonteantes.

– ... Jatos, agora! – ele gritou.

Os dois jatos dispararam. Por um momento, Tony recobrou o controle, mas depois voltou a girar desgovernado – desta vez, de ponta-cabeça e muito mais rápido.

– Vou precisar de mais Dramin – murmurou. – Jarvis, automatize cálculos improvisados de estabilidade e empregue os propulsores.

Com esse comando, sua velocidade diminuiu, mas ele não parou por completo. Conforme Jarvis tentava equilibrar o herói com minipropulsões, Tony era sacudido de um lado para outro.

– Vamos tentar de novo. Desligue tudo e use apenas o paraquedas, como num salto convencional.

– *Jatos propulsores estão desligados.*

O Homem de Ferro passou a cair livremente e, por um instante, desejou poder sentir o vento alisando suas bochechas. A Mark II, entretanto, era obrigatoriamente pressurizada, ficando mais engessada e desconfortável agora que ele estava a apenas 15 quilômetros do solo.

– Paraquedas, AGORA!

O paraquedas auxiliar farfalhou ao ser aberto e abraçou o vento, inflando e desacelerando a queda do Homem de Ferro. Mesmo caindo, Tony sentiu que estabilizava, ouvindo o som do ar passando em alta velocidade por ele. O paraquedas principal desdobrou-se em seguida, abrindo lentamente, conforme o paraquedista ia descendo pela abóbada celeste.

Em questão de segundos, Tony estava planando tranquilamente sobre o Texas.

– Jarvis, desative o ruído branco. Desative qualquer ruído. Desligue tudo, menos o suporte à vida. Não quero ouvir nada além do vento batendo no paraquedas.

O Homem de Ferro desceu alguns quilômetros em silêncio quase total, admirando tudo ao seu redor. Então o celular tocou.

– Atenda.

– *Tony, é a Maya. Você está bem? Está mais atrasado do que disse que estaria.*

— Desculpe, Maya. Tive que resolver umas coisinhas no caminho. Estou perto... — Ele deu uma olhada no GPS do HUD. — Em Waco. Meu motorista está vindo me buscar. Não vamos demorar. Nosso almoço ainda está de pé?

— *Talvez. Não estou com fome. Estou enjoada.*

— Bem-vinda ao clube. Vamos esperar. Quem sabe você fique com fome mais tarde... Vejo você em breve.

Tony encerrou a ligação e silenciou toda a comunicação que chegava. Então abriu um sorriso.

Estava a quase dois quilômetros do solo, descendo com a ajuda do vento e da gravidade. Não queria saber dos problemas de Maya nem do mais recente dilema da Stark Internacional.

Só queria apreciar a vista.

7

TONY TESTOU UM POUCO MAIS a nova funcionalidade da Starksat mandando um texto para Maya do aeroporto de Austin. Deu certo: ela recebeu a mensagem e aguardava em frente à Futurepharm quando o esguio sedan preto parou no estacionamento do local.

Maya estava de cabeça baixa e braços cruzados, vestindo uma blusa cor-de-rosa de seda. O cabelo, muito mais comprido do que antes, estava preso num rabo de cavalo simples. A moça envelhecera, mas continuava estonteante.

– Maya... – disse Tony, ao descer do banco detrás do veículo.

Ela se aproximou e aninhou-se entre os braços dele.

– Calma, garota.

A demonstração de emoção o surpreendeu. Da última vez que vira Maya, ela estivera tão absorta no trabalho que nem notara quando ele flertara com a *hostess* e com a garçonete do restaurante. Estivera ocupada demais rabiscando fórmulas num guardanapo.

Agora, porém, estava aos prantos.

– O que foi?

Tony deu-lhe um abraço apertado. *Lembre-se do conselho da Sra. Rennie*, pensou Tony. Lembrou-se de Pepper, a caminho de Cabul, e alterou sua percepção daquela constatação. O cabelo de Maya cheirava a xampu de maçã, que, aliás, talvez pudesse ter sido melhor enxaguado.

– Ouvi um barulho, Tony – disse Maya, quando conseguiu falar por cima do choro. – Corri para a sala do Al pra ver o que tinha acontecido. Al estava... Ele não tinha um pedaço da cabeça. Tentei chamar os paramédicos, mas...

– Puxa! Tarde demais?

Opa, pensou Tony. *Pegue leve no humor*. Ou será que uma brincadeira ajudaria a moça a se desligar um pouco da tristeza da situação?

– Ele tinha deixado um recado na impressora. Uma, sei lá... uma confissão. Al, o Dr. Killian, diretor do meu projeto... roubou a dose do Extremis. E deu para alguém. Não sabemos quem.

– O que é Extremis?

– Meu projeto.

Maya recuou. Parecia desesperada. A coisa era realmente séria. Havia algo de errado, que ia muito além de um diretor de projeto morto.

– Fique calma. Vamos entrar. Me mostre o escritório dele. O que você estava vestindo quando o encontrou?

– Meu jaleco. Por quê?

– Só queria saber o que estava vestindo.

Agora chega, pensou ele. Ela até que sorriu.

– Continua galanteador, hein? Você não mudou nada, Tony. Achei que tivesse crescido uma barba nessa cara.

– Pois é... Agora sou um super-herói. E... na verdade, parei de correr atrás de mulher.

– Você jura? – Maya logo disparou a procurar uma aliança na mão dele. – Impossível. Não posso realmente acreditar que Tony Stark finalmente tomou jeito.

– Não exatamente – Tony admitiu. – Parei de correr atrás de mulher *quase* totalmente. Só tem uma que... ãh... Ela sabe que eu existo, mas não desse jeito. Ainda estou trabalhando para fazê-la me ver como mais do que uma peste que a manda para missões confidenciais e lhe faz tirar um passaporte novo a cada dois anos.

– Entendi. – Tony pensou ter captado certa frieza na reação de Maya. Seria ciúme? – Por acaso é aquela Sra. Rennie, com a qual eu falei?

– Quê? Santo Deus, não! A Sra. Rennie é minha secretária e treinadora. Ela me treina pra sair da cama e aparecer em reuniões. Além do mais, ela tem, tipo, cem anos.

– Li na *Estrela Mundial* que Tony Stark curte mulheres mais velhas.

– Não gosto de mulher nenhuma! Não, quero dizer... Eu gosto, gosto muito de mulher. Tenho grandes amigas mulheres... Mas não nesse sentido que você está pensando. Não como escreveram na *Estrela Mundial*. Agora sou um homem de uma mulher só, Maya. Ou serei, se conseguir convencer aquela bela senhorita de que não sou o playboy mulherengo que ela conhece há mais de uma década.

Tony parou, notando que Maya erguera ligeiramente uma sobrancelha, olhando-o com ceticismo.

– As pessoas não mudam – disse ela. – O Tony Stark que eu conheço flertaria com a garçonete ao mesmo tempo em que conversaria com outra mulher, que fingiria nada notar, escrevendo fórmulas em guardanapos.

– Ah! Então você sacou tudo naquele dia... Bom, ora, isso tudo é passado. O que eu estava tentando dizer é que não bebo mais e também não fabrico mais armas. Viu? As pessoas mudam, *sim*. A Stark, de agora em diante, vai produzir celulares, aquecedores e cortadores de unha a bateria... E, quem sabe, robôs aspiradores de pó também. O tipo de coisa de que eu tirava sarro quando nos conhecemos, na Techwest, lembra?

Maya recuou, surpresa.

– Mas você tinha dito...

– Eu sei o que disse. Não vou alegar que era jovem e idiota, porque nunca fui um idiota. Mas aprendi muito sobre a moral e, agora, assumo a responsabilidade pelos meus atos. Venha, vamos entrar. Quero ajudá-la.

Tony a levou pelo prédio de mãos dadas, e foi ele quem abriu a pesada porta do escritório de Killian.

– O computador ainda está aqui?

Tony ficou surpreso, estudando, por um momento, o hardware à sua frente.

– A polícia já foi embora. Disse que vai mandar uma equipe buscar depois. Ninguém conseguiu decifrar o esquema de segurança da máquina.

Tony tirou o celular do bolso e foi selecionando ícones da tela enquanto Maya aguardava.

– Hum. Esse projeto, o Extremis... era na sua área? – perguntou ele, ainda meio absorto em seu celular.

– Bioelétrica. Microcirurgia robótica – disse Maya.

Tony apertou um botão no celular, digitou umas letras e levou o Starknet 01 ao ouvido.

– Markko. Tony Stark. Preciso de um favor. Muito mais na sua área do que em eletroeletrônicos. Vou mandar todos os dados de um computador pra você via Starksat. Preciso de tudo descriptografado. Depois suba os dados pro meu servidor particular, beleza? Fique de prontidão. Ah, Markko, e gostei daquele seu toque pessoal, colocando um grito no aquecedor espacial Stark.

Tony encerrou a ligação, mas continuou com o celular na mão para poder acompanhar o progresso do upload.

– Starksat? – Era a vez de Maya fazer perguntas.

– É a minha constelação de satélites. Ela oferece acesso à internet de banda larga via rádio. Não depende de telefonia comum e, claro, é *muito* mais rápida.

– Você vai enviar um disco rígido inteiro por esse aparelho? – Maya parecia incrédula. – Que mais esse celular pode fazer?

– Tenho aqui todos os episódios de *Garotos bilionários e seus brinquedos*. Quer assistir?

– Parece tenebroso.

– É um programa fascinante pra quem curte telas *touchscreen* de plasma que mudam de forma.

– Sabe de uma coisa? A *Estrela Mundial* chama você de playboy garanhão, mas não imagino como esse seu papo consegue conquistar as mulheres.

– Eu ganho muito dinheiro. Isso costuma resolver o problema. Mas por que lê aquela porcaria? Você não é bem o tipo de público deles. Já comentei que vou processá-los? – O celular de Tony soltou um bipe. – Pronto. Foi.

– Só leio as manchetes enquanto estou na fila do supermercado – revelou Maya, timidamente.

– Sei que já é tarde, Maya, mas vamos sair pra almoçar? Você andou tendo uns dias difíceis. Tem algum lugar aqui por perto? Estamos bem longe do centro da cidade.

– Tem um café que vende tacos. Fica aberto o dia todo.

– Tenho uma ideia melhor: uma vinícola que serve almoço. Fica em Sonoma. Podíamos aproveitar e dar uma passada no Sal.

– Tem certeza?

Maya estava de braços cruzados, olhando feio para Tony. Ou achava que ele estava de brincadeira, ou queria *muito* comer um taco.

– Ele ainda mora em São Francisco, não? Sal é seu amigo. E meu amigo. E manja muito da sua área e da minha. E, sejamos sinceros... Este escritório está muito deprimente agora.

– Não sei, não. Não estou a fim de fazer as malas. E a polícia talvez queira fazer mais perguntas. Além do mais, essa ideia é ridícula.

– Malas pra quê? – questionou Tony. – Meu avião está pronto para decolar, e vamos ter um carro nos esperando. Meu jatinho é muito rápido... Você volta ainda a tempo de jantar. Vamos sair daqui a pouco.

– É rápido mesmo esse avião?

– É parecido com o Quinjet que dei aos Vingadores. Só que mais rápido. Robôs melhores. E tem um logo gigante da Stark na lateral.

Maya abriu seu bom, velho e peculiar sorriso.

– Você é tão estranho – disse, cutucando Tony no peito.

– Ei, cuidado com meu coração – ele retrucou brincando, afastando a mão dela.

Por mensagem, Tony pediu a Happy que preparasse o carro para saírem.

••••

– Devíamos ter pegado emprestado as placas do carro do meu primo, de manhã – disse Beck, largando-se no banco do passageiro do furgão cinza.

– Eu tenho uma chave de fenda. A gente pode arranjar umas quando parar pra abastecer – sugeriu Nilsen, dando uma olhada no painel do veículo. – Tem combustível suficiente pra gente chegar à rodovia 10, mas vou ter que parar antes de Houston.

– Contanto que a gente não tenha que parar numa dessas cidadezinhas onde todo mundo se conhece e o xerife sabe exatamente quem entra e sai todo dia... Devíamos ter enchido o tanque antes de sair de Bastrop. Sabemos bem por onde andam os policiais de lá – disse Beck, olhando feio para Mallen.

– Não importa mais onde vamos abastecer – resmungou Mallen, do banco detrás. – A lei não tem direito de controlar o que fazemos com este furgão. É do Nilsen. Pra onde ele vai, não diz respeito a ninguém.

– Eu sei disso, e você também, mas não acho que *eles* saibam disso – riu-se Beck. – E não posso sair do país. Continuo em condicional por causa daquela ligação que fiz pra minha ex.

– Você é um idiota – disse Mallen. – Ela não passou nem dez minutos fora da cadeia e já estava de novo no xadrez. Você podia tê-la evitado. Eles a prenderam outra vez rapidinho.

– Foi por maluquice dela que as crianças foram levadas. Eu nunca teria ido atrás dela se ela não fosse uma viciada inútil, inventando aquele monte de besteira, de eu bater em cachorro, de eu roubar escada em loja de ferramentas. Por que diabos eu bateria num cachorro? Um cachorro é bom pra caçar e pra cuidar da casa. Se eu quisesse bater em alguém, arranjava uma briga por aí.

– Para onde mandaram as crianças?

– Estão com a irmã dela, em Austin. Não me deixam vê-las. Estão numa escola pública, provavelmente comendo tofu e aprendendo espanhol e todo tipo de coisa. Ouvi dizer que agora é permitido botar fogo em bandeira.

– Vamos buscar seus filhos depois de resolvermos essa parada, Beck. As crianças têm que ficar com o pai delas. A lei não pode impedir você de ver seus filhos.

– Você parece confiante até demais, Mallen.

Os olhos de Nilsen encontraram os de Mallen pelo retrovisor. Em geral, Nilsen é que era o líder do atrapalhado trio, mas ele fora rebaixado para segundo comandante desde que Mallen saíra do abatedouro, no dia anterior.

Mallen não se importava com Nilsen questionando sua autoridade. Estava mais preocupado com o que viria depois de Houston.

– Ninguém mais vai nos incomodar. Ninguém mais vai incomodar os americanos de verdade.

– Não mexam com o Mallen – brincou Nilsen.

– Sentiram isso?

Subitamente, Mallen entrou em estado de alerta. Beck e Nilsen entreolharam-se – obviamente, não tinham sentido nada. Mallen reparou que os amigos achavam que ele estava surtando, mas, um segundo depois, eles também ouviram o ruído.

– Pneu furado – anunciou Nilsen, estacionando o furgão no acostamento.

Nilsen e Beck saíram do veículo e foram até a traseira para pegar o estepe. Mallen abriu a porta lateral e deu uma olhada no pneu.

– Você passou por cima de um pedaço de vidro quebrado. Velho, preste mais atenção no caminho da próxima vez.

Nilsen rolou o pneu extra para fora do automóvel, levou-o até o pneu furado, arrancou a calota e pôs-se a trabalhar, soltando as porcas.

– Cadê o macaco? – Beck subiu no furgão para procurar. – Uou!

Mallen ouviu Beck deslizar, batendo as costas contra o banco do passageiro, quando o furgão deu um solavanco inesperado. Ele tinha erguido a traseira do veículo com as próprias mãos. Tranquilamente, ele ficou ali, segurando o furgão para que Nilsen trocasse o pneu. Seus braços não se cansavam nem um pouco.

– Não precisa de macaco – disse Mallen.

– Não solte, maninho.

Nilsen correu para retirar o pneu furado e substituí-lo pelo estepe. Assim que terminou, Mallen desceu o furgão de volta ao pavimento.

Beck saiu do automóvel, deslizou pelo para-choque e pousou no cascalho, na curva da rodovia. Nilsen largou o pneu velho, que caiu no chão com um baque, e os dois ficaram olhando para Mallen.

– Maaaano, Mallen! Talvez agora você seja realmente útil – disse Nilsen, soltando um assovio demorado.

– Então... Acho que não importa mesmo onde vamos abastecer – concluiu Beck. – Velho, não vamos nem ter que pagar imposto.

– Vamos seguir pra Houston – disse Mallen. – Tem um pessoal no FBI que eu quero encontrar.

8

—ELE VOLTOU A BANCAR o ermitão das selvas de novo, não é? – perguntou Maya, ao lado de Tony, no final de uma estrada de terra de pouco mais de três quilômetros, perto de Occidental, no condado de Sonoma, Califórnia.

– Melhor do que a fase minimalista, em que ele só se alimentava de comida crua.

Tony abriu caminho por entre a grama alta para chegar até a porta de entrada da casa de Sal. O lugar parecia espaçoso, novo e, em geral, convencional, a não ser por um anexo de aglomerado coberto somente com tecido de proteção.

– A gente tinha que sentar no chão daquela sala sem móveis, e nossos pulmões eram intoxicados pelos peidos dele. Nunca mais, obrigada – disse Maya. Ela apontou para uma banheira alojada na varanda, ao lado da porta de entrada. – Olha só, pelo menos ele tem encanamento.

– Ou algo do tipo – afirmou Tony, apontando para um tanque coletor de água de chuva sobre o telhado. – Água corrente fornecida por chuva e gravidade.

Maya estremeceu.

– Preciso de uma bebida, mas não aqui. Não quero ser forçada a ter que inspecionar as instalações sanitárias.

Tony subiu na varanda e tocou a campainha. Ele ouviu uma melodia distante que o deixou encucado.

– Que música a campainha tocou?

– Alguma coisa do Grateful Dead, acho.

Maya cruzou os braços por cima da blusa de seda rosa e fez um biquinho.

– De quem? – Tony provocou.

– Ah, vá, Tony! Não finja que não sabe do que estou falando.

Tony exibiu um sorriso maroto.

Sal abriu a porta.

– Meus filhos – disse, abrindo bem os braços. – Entrem, entrem. Bem-vindos à utopia! Querem que eu enrole um?

Tony observou o visual de Sal: camisa florida cafona, óculos de lente amarelada, cabelos e barba grisalhos e despojados, com um velho iPod pendurado no pescoço por uma corrente.

– Eu não – recusou Tony. – Jurei nunca mais usar isso aí. E talvez eu tenha que voar mais tarde.

– Também não toco mais nisso – endossou Maya. Sal ergueu as sobrancelhas, cético. – Me dá... ãh... sono.

Sal fingiu espanto enquanto conduzia os visitantes por um corredor de máscaras africanas estilizadas e pinturas impressionistas de paisagens que ele próprio pintara.

– Os meus filhotes viraram gente careta e covarde... Que horror! Bem, venham, venham. Acabei de fazer suco de maçã.

Chegaram à sala de estar. As paredes eram quase todas de vidro e davam para o oeste, recebendo o sol da tarde. Sal indicou duas cadeiras de madeira em torno de uma mesa.

– Sentem, sentem – convidou. – Sei que executivos financiados pelos militares têm mobília melhor, mas a minha é bem confortável.

– Não mexo mais com essas coisas, Sal – explicou Tony. – E Maya trabalha para uma empresa independente...

– Eu sei, eu sei – disse Sal, impaciente. – Militares. Corporações. Governo. S.H.I.E.L.D. Minúcias. Vocês só não percebem que, no fim, todos são a mesma coisa. É inescapável. Não dá pra pesquisar sua área favorita sem mergulhar na pesquisa deles também.

Sal pegou um jarro com suco, serviu três copos e os distribuiu. Maya deu um gole breve e cauteloso.

– Costumo dar palestras sobre isso numa colônia de estudos em Big Sur, no verão, sabe? Debaixo da árvore da sabedoria.

– Árvore da sabedoria – repetiu Maya, erguendo as sobrancelhas, enquanto Tony revirava os olhos.

– Isso mesmo – Sal riu e sentou-se numa confortável poltrona, erguendo o copo num brinde. – Muitos cientistas vão pra lá. Tem um sujeito que acredita que toda inovação tecnológica precisa *vir do coração*. Ele leva seus técnicos até lá e manda praticarem ioga até vomitar – Sal caiu no riso. – Isso faz o *chacra cardíaco funcionar*.

Tony só olhava. Sal era brilhante, mas era preciso ter paciência com ele.

– Este é o problema de pensar num nível além. As verdades básicas, como o fato de nosso país agora ser governado por um conglomerado corporativo pós-político, são amargas demais pra engolir. É mais fácil para os semi-inteligentes acreditar que o caminho para a liberdade requer que você se equilibre numa só perna durante uma hora.

Maya franziu o cenho.

– Eu faço ioga, Sal. Me acalma quando estou irritada.

– Você costumava usar Jack Daniels para se acalmar.

– Ainda uso, às vezes, mas depois acaba ficando difícil fazer o meu trabalho.

– Nós estamos diante do futuro – continuou Sal. – Mas não conseguimos enxergá-lo. Sempre achei que vocês dois fossem bancar os pilotos de testes do nosso futuro. Entretanto, você, Maya, se dedica a cutucar a estrutura biológica até que ela desista e faça o que você quer – disse ele, apontando o dedo para a moça, acusando-a. – E você, Tony, além de criar umas patentes médicas e de armas, agora inventou uma armadura de super-herói.

Tony provou o suco e cuspiu de volta. *Nojento*.

– Ela é o Edward Teller da biologia, e você, o Dean Kamen da tecnologia.

Tony pousou com firmeza o copo na mesa.

– Isso não é justo – disse. – Dean Kamen criou muitas coisas úteis.

– É, mas ficou famoso pelo quê? Pelo Segway. Clive Sinclair tornou a Inglaterra um centro de excelência no que se refere a microcomputadores de uso pessoal, mas é lembrado somente pelo C5, que é basicamente um Segway com pedais. Tony Stark será lembrado por descobrir como poder espirrar dentro de uma máscara. Vocês dois vão pro túmulo com o epitáfio "Quase útil".

Sal olhou feio para os amigos, mas logo abriu um sorriso.

– Se bem que eu também – reconheceu, jogando a cabeça para trás, aos risos, a barriga chacoalhando.

Tony parecia decepcionado. Esperava que Sal estivesse errado sobre ele. Fizera muito mais do que apenas inventar aparelhos. Queria não ter que se perguntar se de fato era só mais uma combinação de Kamen com Teller, o pai da bomba de hidrogênio. A conversa que tivera antes com Bellingham ainda o atormentava.

••••

Mallen, agora usando casaco de couro, camiseta marrom e calça jeans, abriu com um chute as portas traseiras do furgão, saltando para fora e ganhando a rua.

– Esperem aqui – rosnou para Nilsen.

– Aqui mesmo? Em frente ao quartel-general do FBI?

Em resposta, Mallen somente mostrou os dentes e sorriu, cruzando então o portão que dava para a entrada principal do prédio de paredes verdes. Nilsen deu de ombros e olhou, perplexo, para Beck, mas não tirou o furgão dali. Mallen pretendia provar seu valor para os amigos.

E para todo o mundo.

••••

Enquanto isso, em Occidental, Tony resolveu mudar de assunto.

– Em que está trabalhando agora?

– Basicamente – disse Sal, erguendo as sobrancelhas –, tenho consumido drogas. Passo meus dias cozinhando erva de Illinois pra produzir DMT... e plantando cogumelos.

Tony suspirou, exasperado.

– Você e as suas drogas psicodélicas...

Ele pegou um dos livros da mesa de centro e leu a contracapa, que falava sobre as aventuras de Aldous Huxley tomando mescalina.

– Você nunca provou LSD, provou?

– Deixei essa pros gênios da computação. De todo modo, sempre preferi uísque. Estou me recuperando de... um monte de coisas, na verdade. Agora só tomo água.

– Sorte a sua – disse Sal. – Já cheguei a considerar o LSD um abrasivo psiquiátrico. Ele simplesmente repassa todas as suas memórias de forma aleatória. Já o DMT e os cogumelos são mais interessantes, mais vivos.

Tony trocou olhares com Maya. Às vezes, Sal era um visionário. Noutras, parecia precisar de uma intervenção. O DMT é um alucinógeno natural que, algumas pessoas acreditam, pode acordar partes adormecidas do cérebro. Historicamente, foi usado por xamãs na América do Sul, e nunca foi muito estudado. A não ser, pelo visto, por Sal.

Ele prosseguiu.

– Eu acho o DMT curioso porque nos leva a um lugar além das memórias. Sabia que 60% das pessoas têm as mesmas alucinações com DMT? Terence McKenna, que Deus o tenha, as chamava de "duendes autotransformadores". É como se as moléculas do DMT fossem pequenos artefatos tecnológicos que falam um código básico de máquinas. Assim, não importa a sua língua, você consegue entender.

Maya agora escutava com atenção. Ela vinha estudando maneiras de reconectar o cérebro por meio da Ciência. O que Sal descrevia tinha o mesmo propósito, mas a técnica dele envolvia substâncias psicoativas em vez de revisões do código físico. Tony imaginou, por um momento, que os três talvez tivessem o mesmo objetivo – acessar e explorar a capacidade humana –, mas técnicas diferentes.

– McKenna achava que tinha conseguido acessar o além-vida. *Eu* acho que, com o DMT, acessamos o sistema operacional do corpo humano.

Então era isso mesmo: Sal estava trabalhando no mesmo design biológico do cérebro que Maya vinha pesquisando. Tony olhou para ela, perguntando-se se ela também tinha reparado nisso. Sal provavelmente devia ter percebido também, mas estava, agora, incitando seus pupilos, jogando sobre eles um assunto sem de fato definir aonde queria chegar.

– O cérebro foi projetado para absorver e processar o DMT. Sabiam disso? Acho que *devíamos* consumi-lo. Para enxergar nossos próprios sistemas operacionais. Talvez devamos acessá-los. Talvez devamos transformar nosso corpo.

Tony continuava cético, sem responder nada.

– Drogas são tecnologia, Tony – disse Sal, como se desse aulas a uma criancinha desinformada. – Nos locais onde a humanidade surgiu, havia cogumelos psicodélicos. É uma verdade científica que os cogumelos acentuam a acuidade visual. Isso contribuía para que os primeiros humanos fossem melhores caçadores. A armadura do Homem de Ferro que você construiu, Tony, tem sensores, lentes de aproximação e coisas do tipo?

– Sim.

Tony inclinou-se para a frente. E não é que talvez o assunto fosse parar em algo relevante, afinal? Maya ainda não havia se mexido. Estava claro para ela que o falatório de Sal tinha a ver com sua pesquisa.

– É a mesma coisa. Você os utiliza pra enxergar melhor. O mesmo acontecia com os primeiros humanos, que incluíam cogumelos na dieta. Maya, seu projeto, o Extremis, ele remodela o olho humano, não?

– Sim. E outros sentidos.

– Vocês dois estão no ramo de criar melhores caçadores. O fruto não cai muito longe da árvore, hein? Por que vieram até aqui?

Tony olhou para Maya.

– Viemos atrás de conselho.

— Ah! — disse Sal. — Vieram ver o sábio da floresta. O velho xamã. Sabem como chamam um xamã na Austrália? Sujeito inteligente. Qual de vocês dois está encrencado?

Maya desviou o olhar.

— Eu, Sal.

— Deixe-me adivinhar... Sua antiga obsessão. Conectores microeletrônicos para o cérebro?

— É.

Sal suspirou e continuou.

— Ninguém jamais alcançou os mesmos resultados que o velho Erskine conseguiu com o Capitão América.

Tony escutava atentamente. O Capitão América era seu amigo e parceiro. Suas habilidades sobre-humanas não dependiam de tecnologia e armadura, como as do Homem de Ferro. A estrutura biológica interna do Capitão fora alterada mais de setenta anos antes, por um processo que jamais conseguiu ser replicado. Desde então, a pesquisa de Maya fora a que havia chegado mais perto disso.

Sal ainda estava falando. Falava demais.

— Sabem o que é um Dispositivo Jerônimo?

— Sei — disse Tony. — Um monte de lixo numa caixa. Pseudociência que não serve pra nada.

— Errado — disse Sal. — Funciona exatamente do jeito que o pesquisador espera. É um modelo que redireciona a força de vontade. Certas pessoas acham que a fórmula de Erskine era um Dispositivo Jerônimo, isto é, que era simplesmente a força de vontade dele que a fazia funcionar como um soro criador do supersoldado perfeito.

— Isso é ridículo — rebateu Tony. — Você não está levando em conta a determinação de Steve Rogers. Além disso, se a força de vontade criasse a Ciência, vilões ambiciosos de todo o mundo teriam superpoderes.

Sal apontou o dedo para Tony, irritado.

— Vocês *dois* estão encrencados... Só que *você* não sabe ainda.

Aturdido, Tony ficou em silêncio. Esperava que a visita a Sal fosse ter a ver somente com Maya, não com ele.

— Você mal consegue se olhar no espelho, né, Tony? Está rico, independentemente dos militares. Sinto que faz coisas boas quando pode, mas nunca é o suficiente. Você tem intelecto e poder, mas isso não basta. É como se houvesse uma represa na sua vida, produto da culpa, impossível de remover. Você quer seguir adiante, mas não consegue.

Sal apontou para Maya.

— O problema dela é que ela é mulher, o que equivale a ter teto de vidro. Talvez ela demore anos pra chegar onde você está agora... Ou mais, já que depende do financiamento dos outros. E o que você faria, Maya, se chegasse à posição de Tony?

— Com quatro anos de pesquisa, eu posso curar o câncer.

Maya estava determinada, certa de seu objetivo. Se a força de vontade pudesse de fato criar uma cura, ela parecia ser a pessoa ideal para isso.

— Certo — disse Sal. — E no que você pensa à noite, Tony?

— Em construir uma armadura melhor.

— Pra poder enfrentar monstros, ou seja lá o que você faz?

Chega, pensou Tony. Sal estava indo longe demais.

— Não. E este suco está péssimo.

— O que o Homem de Ferro faz além de espancar o Fin Fang Foom?

— A Stark Internacional era cúmplice da guerra. O Homem de Ferro vai pôr fim a ela.

Sal riu gentilmente ao ouvir as nobres intenções de Tony.

— É difícil matar alguém dentro de um traje daqueles — disse Sal. — Por enquanto. Até os componentes da armadura ficarem ultrapassados, se é que isso já não aconteceu.

Ele apontou para Maya, que desviou os olhos.

— Talvez ela tenha ultrapassado você. Ou talvez a tendência do trabalho dela em relação à descoberta de novos comportamentos. Pense nisso, Tony. O Capitão América não precisa de armadura. Não acha que, em algum momento, vai acabar aparecendo alguém maior e mais forte? Alguém que talvez não esteja muito a fim de ajudar as pessoas?

— O Capitão não é melhor do que eu — resmungou Tony.

– Não mude de assunto, Tony. A armadura é mesmo o melhor que você pode fazer? Maya está trabalhando em aplicativos militares porque é o único jeito de ela conseguir financiamento para curar doenças. E quanto a você? Para que *serve* o Homem de Ferro, Tony?

Tony não respondeu.

••••

Mallen chegou ao ponto de inspeção na recepção do FBI. Tinha aparência singela e bastante comum para um texano de trinta e poucos anos. O estranho casulo alienígena que ele desenvolvera no abatedouro derretera por completo. Seu cabelo castanho bem curto começava a rarear nas têmporas, junto de novas rugas que ameaçavam se formar. O rapaz estava com o cenho franzido, exibindo uma expressão intensa de concentração.

Ele poderia ter apenas tirado o casaco e o passado pela máquina de raios X, como a meia dúzia de visitantes antes dele tinha acabado de fazer. Podia simplesmente ter passado pelo detector de metais. Ele não estava com as chaves de casa nem com alguma moeda. E não precisava mais de armas.

Ele mesmo era a arma.

Mallen olhou para a câmera de segurança, desafiou-a com um sorriso de escárnio e depois olhou feio para o segurança parado ao lado da máquina de raios X.

– Seu casaco, senhor – pediu o guarda, firme, mas polidamente.

Mallen respondeu com um direito feroz, um soco tão forte que esmagou o rosto do homem e fez jorrar sangue e dentes pelo piso frio. Antes que o guarda desabasse no chão, Mallen arrancou dele o coldre.

Um segundo guarda investiu contra o invasor. Usava colete à prova de balas, como todos os seguranças do saguão. Contudo, Mallen não tinha intenção alguma de disparar a arma que acabara de adquirir. Ele a tirou do coldre e a arremessou contra o guarda.

A arma atingiu o segurança bem no meio do peito, com o impacto de uma bala de canhão. O homem voou para trás, levando consigo a barreira retrátil, e pousou no chão. Mallen não hesitou. Foi até o guarda caído e eviscerou-o com um único golpe. Seus dedos eram como garras e rasgavam facilmente a carne.

Três outros guardas apontaram suas armas para Mallen. Ele viu funcionários e visitantes fugindo do local. Foi com surpresa que notou as próprias mãos cheias de sangue e os dois homens mortos à sua frente. A injeção tornara Mallen muito mais poderoso do que ele jamais sonhara ser.

Ele estalou os nós dos dedos e lançou-se ferozmente contra os guardas remanescentes, conforme disparavam tiros contra ele.

As balas atravessaram a jaqueta e a camiseta de Mallen, mas tudo o que fizeram foi deixar sulcos suaves e temporários no rosto dele. Ele rasgou um dos guardas ao meio, enquanto esmagava a cabeça de outro com a mão. O último atirou em Mallen à queima-roupa, porém teve o pescoço quebrado por ele com um golpe de punho.

Civis e funcionários federais atabalhoavam-se para tentar escapar do saguão, mas Mallen estava posicionado entre eles e a saída. Um homem de terno esmurrava freneticamente o botão do elevador. A única escapatória era conseguir passar por aquelas portas deslizantes.

Mallen sentiu uma coceira esquisita na garganta. *Caramba*, pensou ele, quando entendeu do que se tratava. Então respirou fundo, acumulando ar, que sorvia como se fosse uma névoa azul.

Ele baforou uma pluma de chamas alaranjadas, expelindo-a intensamente com a força dos músculos do abdômen.

Meia dúzia de homens de terno e gravata foi vaporizada à frente de Mallen, transformando-se em montinhos de cinzas e DNA. Outros se debatiam, em chamas, urrando e gritando insanamente até terem os pulmões destruídos e, em seguida, cair ao chão. Mallen incinerou-os com mais uma rajada flamejante. Gente que tinha deixado às pressas a família naquela manhã, gente que tinha uma lista de compra em mãos, gente que não tinha nem terminado o almoço... todos foram reduzidos a manchas flamejantes no piso.

Dois homens tinham se escondido, acocorados, fora do alcance de Mallen.

– Opa, esqueci vocês – disse ele.

Ele agarrou o rosto de um deles com a mão esquerda e espremeu, depois empalou o outro com o punho direito.

As portas do elevador ainda estavam fechadas, então Mallen as forçou a abrir. Ele baforou plumas de fogo para dentro do fosso, espalhando chamas pelos outros andares, depois estendeu a mão e destruiu o painel elétrico da parede. Ninguém escaparia vivo dali.

Mallen respirou fundo, esperou pela coceirinha de ignição na garganta e então disparou fogo suficiente para incendiar o saguão inteiro. Enfim satisfeito, ficou admirando a fumaça escura que se desprendia daquelas imóveis formas, vendo maletas e embalagens de comida derreterem.

– Cheiro de churrasco – disse.

Ateou fogo no andar todo. Olhou ao redor mais uma vez: o FBI ardia em brasa como o inferno.

Mallen deixou o prédio calmamente. Era uma sinistra silhueta caminhando ilesa por entre as chamas.

••••

Sal expusera seu ponto de vista a Tony e o deixara encucado. Pôde, então, finalmente, recostar-se e relaxar um pouco.

– Eu tentei incutir alguma noção de futuro em vocês dois – disse. – Desde a Techwest, aquela convenção. Lembram? Você apareceu bêbada; ele, de terno. Mas ambos tinham o futuro dentro de si. Por que não estão mandando no jogo?

Tony ficou calado, e Maya também, até que um zumbido rompeu o silêncio.

– Desculpe – disse Maya, enfiando a mão no bolso da frente da calça. – O celular.

Era alguém de Austin. Ela ouviu por um minuto, depois falou:
— Sal, dá pra ligar na CNN?
— Não tenho TV nem internet.
Tony interrompeu.
— Vou enviar o sinal do meu celular pro seu notebook. Suponho que esteja carregado.
— Ãh... não — revelou Sal, meio envergonhado.
Ele apertou um botão num controle remoto, e um gerador movido a diesel pôs-se a roncar do lado de fora da janela da sala de estar.
— Sal. Combustível fóssil? — Agora foi Tony quem tirou sarro.
— Estamos todos eticamente comprometidos — Sal deu de ombros. — Você anda naquele seu avião pra todo canto. Eu mantenho minha cerveja gelada. As luzes vêm da energia solar, e turbinas de vento mantêm o laboratório, mas a geladeira e o notebook dependem desses dinossauros decadentes a diesel.
Quando o noticiário foi transmitido do celular de Tony para o notebook, os três puderam assistir ao show de horrores protagonizado por Mallen desenrolar-se em Houston. O prédio do FBI estava em chamas, e corpos carbonizados jaziam dentro do saguão. Uma faixa na base da tela avisava aos espectadores que imagens fortes estavam sendo exibidas.
— Sim, ainda estou aqui. — Maya ainda estava ao telefone com a Futurepharm. — Tony, dá pra aumentar o volume?
As barrinhas de volume no monitor do notebook acenderam assim que Tony deslizou o dedo sobre a tela do celular. Um repórter com microfone relatava os fatos ocorridos diretamente da fachada do prédio.
— *... os poucos sobreviventes com quem falamos mencionaram um único homem desarmado, que inutilizou os elevadores e incendiou o andar térreo, prendendo os funcionários no edifício em chamas e abandonando vivos e mortos à mercê do fogo no saguão. São cenas surreais. Oh, meu Deus! Traga a câmera aqui... Desculpe...*
Um bombeiro de máscara olhou para a câmera. Ele estava erguendo a cabeça de uma vítima seriamente queimada, ainda respirando,

mas cheia de marcas e semicoberta com bandagens. Seus lábios tinham se desintegrado, deixando os dentes dele ou dela – impossível dizer – expostos à câmera. Um paramédico olhou de relance para a lente quando o cinegrafista afastou-se da vítima.

O repórter pôs-se a entrevistar uma testemunha, um sujeito que sofrera graves queimaduras.

– *O homem... soltava fogo pela boca. Dava pra ver o gás saindo da boca dele... Depois, ele voltou e disparou umas coisas com as mãos...*

A testemunha caiu no choro. Tony encerrou a transmissão.

– Por que estamos assistindo a isso, Maya?

– Os poderes dele. – Ela não o olhava nos olhos. – O fogo. As mãos. As outras coisas. Quem fez isso só pode ser uma cobaia do Extremis.

Maya fechou os olhos, parecendo profundamente sentida.

– Quem roubou o Extremis tomou uma dose, Tony... Sobreviveu e fez isso. Mas a raiva...

– Esse cara devia ter tentado fazer ioga – interrompeu Sal.

Maya abriu os olhos, chocada com a piada inapropriada. Sal aproximou-se dela e pôs o braço em torno de sua protegida, segurando sua mão.

Tony voltou para o celular.

– Happy, vamos voltar. Prepare o avião para retornar imediatamente a Austin. E peça a Sra. Rennie que avise às autoridades que o Homem de Ferro vai ajudar a investigar o incidente no FBI de Houston.

....

Mallen estava sentado nos fundos do furgão de Nilsen. Os três homens viajavam pela estrada interestadual 10, na saída leste de Houston. Nenhum deles se importava mais com placas. Todas as autoridades estavam preocupadas demais com o pesadelo de chamas no edifício do FBI, de modo que era muito pouco provável que fossem reparar no único veículo que se afastava do centro da cidade.

Beck e Nilsen não diziam nada desde que Mallen saltara pelas portas traseiras do furgão, iluminadas pelas chamas alaranjadas dançantes que lambiam as laterais do quartel-general do FBI. Agora, enquanto Nilsen dirigia, Beck finalmente virara-se para trás, passando o braço por cima do banco do passageiro e olhando para Mallen, que viu medo no olhar do amigo. *Ótimo*, pensou ele.

– Que foi que você fez, Mallen?

– Que foi que eu fiz? – O sorriso maldoso de Mallen retorceu-se em uma mistura de deleite e fúria. – Eu mal *comecei*.

9

O PRIMEIRO DIA QUE TONY passava inteiro fora da garagem estava uma complicação só. Sentado a bordo do jatinho da Stark Internacional, ele encarava Maya, que não se movia um único centímetro, acomodada no confortável assento à frente dele. O sol se punha atrás do avião, que viajava de São Francisco para Austin, produzindo matizes brilhantes de laranja e rosa que banhavam com luz caleidoscópica o compartimento dos passageiros.

– Quase me esqueci de como é o pôr do sol – Tony comentou. – Fiquei trancado na minha oficina em Coney Island por um mês e meio.

Maya estava obviamente entristecida demais para apreciar o pôr do sol. Olhava para o nada.

– Ei, Maya, lembra-se de mim? Tony Stark. Você me ligou, pediu para eu vir falar com você. Foi um pedido literal? Porque estou falando bastante... mas você não está falando nada.

Ela permaneceu calada.

– Eu podia ter comparecido a uma divertida reunião da Stark hoje, sabia? Pelo menos conversariam comigo. A diretoria tem um *monte* de coisa pra falar. Não calam a boca um minuto sequer, na verdade.

– Meu projeto – ela sussurrou, finalmente. – Usado como arma.

– Como pode ter certeza?

– Além das claríssimas assinaturas e da análise de computador que minha equipe realizou a partir do informe do noticiário? Aquilo aconteceu a uma distância próxima da Futurepharm. Após o período ideal de incubação do Extremis.

– Extremis. – Tony vasculhou a palavra na mente um par de vezes. – Acho que está na hora de você me explicar o que é isso.

Ele apoiou os cotovelos na mesa, entrelaçou os dedos e encostou o queixo neles.

Maya fechou os olhos antes de responder. Sua maior invenção poderia ter sido a responsável pelo assassinato de cinquenta pessoas. *Deve estar sendo difícil para ela*, pensou Tony.

– Tem algo pra beber aqui?

– Sal me deu um pouco do suco de maçã para eu levar à Sra. Rennie.

– Credo. Não. Não era isso o que eu tinha em mente.

Ela abriu os olhos, mas não olhou para Tony. Ele, pelo contrário, mantinha o olhar firme e feroz sobre ela.

– O Extremis é uma solução capaz de desenvolver um supersoldado – ela continuou. – Um complexo bioeletrônico inserido em alguns bilhões de nanotubos gráficos, suspenso num fluido carregador. Uma bala mágica. Como o soro original do supersoldado... numa única injeção.

– Então é o que Sal sugeriu – concluiu Tony. – Exatamente o que ele disse. Aquilo em que você vem trabalhando esse tempo todo. Desde antes de nos conhecermos. O Extremis acessa os sistemas operacionais do corpo.

Maya fez que sim.

– O Extremis altera a porção do cérebro que possui uma planta completa do corpo humano. Quando nos ferimos, essa área do cérebro coordena o processo de cura. O Extremis reconstrói o centro de recuperação.

Ela sacou o celular e passou por uma série de ícones até encontrar um arquivo de imagem.

– Aqui, olhe essa foto. É uma galinha na qual foi injetada uma versão mais antiga do soro. Este é o primeiro estágio, em que todo o corpo se torna basicamente uma ferida aberta. A planta normal do corpo está sendo substituída pela planta Extremis, tá vendo? O cérebro é avisado de que o corpo está incorreto.

Tony olhava para Maya boquiaberto. Ela olhou para ele, meio surpresa, e parou de falar.

— Você injetou soro de supersoldado numa galinha? Maya, que... Você é *tão* estranha. O que pretendia fazer se acabasse com uma supergalinha?

Maya pareceu aturdida.

— Tínhamos finalizado os testes com ratos, não tínhamos mais macacos e... A galinha era o que tínhamos. Por quê? Com o que você faz os testes?

— Comigo.

— Acho bom nunca estar errado, então.

— Às vezes estou. Mas eu melhoro.

— A galinha não.

Maya abriu outra imagem, que mostrava uma galinha de olhos vermelhos envolta pelo que parecia ser um casulo biometálico apodrecendo nas beiradas.

— O protocolo Extremis exige que o sujeito seja posto em um sistema de suporte de vida e receba nutrição intravenosa antes da fase de incubação. Durante dois ou três dias, ele permanece inconsciente, num casulo de escaras.

Ela mostrou a foto uma última vez e disse:

— Como pode deduzir, é bem nojento. O Extremis usa os nutrientes e a massa corporal para gerar órgãos novos e melhores. Nós incluímos tudo em que pudemos pensar. Pediram para que criássemos uma equipe de três supersoldados que pudesse derrubar Fallujah sozinhos.

Tony passou os dedos pelos cabelos e recostou-se no banco. A coisa era feia.

— E esse Extremis foi o que roubaram da Futurepharm? Um compilador biológico de supersoldados? E alguém tomou o soro sem seguir o seu protocolo... Sobreviveu, claro. Pode estar instável. Já deve estar. E agora... Que caos! Você tem de entregar os detalhes do processo às autoridades.

Maya fez uma careta. Lágrimas começaram a rolar por suas bochechas.

— É o trabalho da minha vida, Tony. Estávamos tão perto de concluir.

– Ei, Maya, calma. – Ele se levantou, foi até ela e a protegeu com o braço. – Você vai pensar em outra coisa. Olhe o meu caso: num dia, estou fabricando armas; no seguinte, estou totalmente recuperado e por aí, tentando salvar o mundo. E eu vou ajudá-la. Tenho uns contatos aqui e ali. As autoridades vão com a minha cara. Falarei com todos... Quem sabe você pode destruir o Extremis em vez de entregá-lo a eles.

A cientista olhou para Tony com uma expressão de puro choque.

– Ãh... destruir o trabalho da sua vida. É, acho que não foi a melhor coisa a se dizer. Já resolvi a questão da empatia, falta agora aprender a trabalhar o *timing*.

Ele pôs os braços ao redor de Maya e a puxou para perto de si. Dava para sentir as lágrimas cálidas dela em seu ombro. Ele imaginou rapidamente se deixariam marcas em seu terno. Também dava para sentir que Maya tremia, soluçando baixinho, enquanto ele tentava consolá-la.

Seu cabelo ainda tinha cheiro de maçã.

Sem perceber, Tony levou uma das mãos até os cabelos de Maya e os acariciou, pensando sobre qual seria a composição química daquele perfume – casualmente considerando, algum dia, quando tivesse tempo livre, dar uma olhada na ciência de criar fragrâncias. Poderia ser útil para a divisão de aparelhos da Stark Internacional se pudessem descobrir um jeito de colocar um toque de perfume em alguns equipamentos. Umidificadores, por exemplo, ou uma composteira para interiores que exalasse um cheiro bom.

O celular dele tocou, puxando-o de volta para a realidade. Ocorreu-lhe que estivera abraçado com Maya por mais tempo e com mais afinco do que seria apropriado para alguém que alegava estar apenas ajudando uma amiga. Ele recuou para poder alcançar o bolso e pegar o celular, mas Maya não o soltava. Ela o puxava mais. Para mais perto.

Tony lembrou-se de que gostava de maçã. Ele levou a mão ao queixo de Maya e o ergueu, para poder ver seu rosto. O rímel tinha escorrido por suas bochechas, misturando-se às lágrimas. Ele limpou as manchas, uma de cada vez.

– Você continua tão linda – disse ele, acariciando gentilmente os braços dela e depois descendo as mãos para sua cintura.

Ela levou as mãos até o rosto dele e o beijou.

Tony aceitou o beijo, abraçou-a com mais força e acariciou-lhe as costas. Ela tinha quase a mesma forma de quando haviam se conhecido, embora ele não achasse que a rotina dela lhe concedesse muito tempo para atividades físicas.

Ela deve pular as refeições, pensou ele.

E então estavam se beijando. Num primeiro momento, meio sem jeito; depois, de qualquer jeito. Tony tentou recapitular todas as suas resoluções quanto a ser um novo homem, a fim de convencer Pepper de que tinha deixado de ser um mulherengo e de que ela deveria levá-lo a sério. Mas e se ela não o amasse? E se sempre o tivesse visto apenas como amigo e chefe?

Maya era inteligente e linda. E tinha uma mente tão brilhante quanto a de Tony. Não acabara de fazer o impossível, reconfigurando o cérebro humano como se fosse um disco rígido com necessidade de um novo software?

Ser inteligente é sexy, pensou Tony.

Maya recuou, pegou a mão dele e começou a puxá-lo para um dos quartos de dormir do jatinho. Ele deu um passo adiante.

Seu celular tornou a zumbir. Ele o checou. *Sra. Rennie.* Gentilmente, ele afastou Maya. O que estava fazendo?

– Tenho que atender.

– Tony...

– Maya, não. Desculpe. Não está certo. Eu mudei.

– As pessoas não mudam, Tony.

– Eu mudei. Sou uma pessoa melhor agora... e ainda não terminei de mudar.

Enquanto ele atendia o celular com um comando de voz, Maya deu-lhe as costas.

– Sra. Rennie. Por que fica me ligando?

– *Markko, da engenharia, está querendo falar com você, Sr. Stark. Diz que é de extrema urgência. Alguma coisa pessoal.*

– Obrigado, Sra. Rennie. Por tudo.
– *Quê?*
– Ponha-o na linha... Markko! Tony Stark. Conseguiu? Excelente. Estou no avião, envie...

Ele esperou um instante. Markko falava com muita empolgação.

– Certo. Estou ouvindo. O que tem aí?

Enquanto ouvia, Tony olhou para Maya, que estava de costas.

– Bom trabalho, Markko. Fico lhe devendo um jantar naquele restaurante grego com a dançarina do ventre que você gosta. É, vou deixar você longe dos aparelhos por um tempo. Mande os arquivos decodificados para meu servidor pessoal. Vou dar uma olhada quando puder. Bom trabalho.

Tony não tinha tempo para sutilezas. Foi logo falar com Maya.

– Meu funcionário conseguiu acessar os arquivos do seu falecido chefe. Ele deu o Extremis a um grupo de terroristas domésticos do sul de Austin.

Maya fechou os olhos e cobriu o rosto com as mãos.

– Tenho que fazer umas ligações – disse Tony. – Vamos pousar num minuto. Happy vai levar você de volta à Futurepharm.

– Você não vem?

– Vou procurar seu supersoldado, Maya. Você viu o que ele fez no FBI. Armas não vão contê-lo. Vai ter que ser eu.

Tony deixou Maya sozinha e se dirigiu para o cômodo ao lado, todo escuro, exceto por uma tela azul de projeção.

– Iniciar sequência de aquecimento do Homem de Ferro – solicitou. Com o toque de suas digitais, ele destravou o painel de um compartimento, que deslizou, revelando a armadura. – Em seguida, acesse canal de contato com os Vingadores. Prioridade A-1. Homem de Ferro.

Foi preciso um momento para que o sistema de reconhecimento de voz liberasse o acesso.

– Informação referente ao ataque aos escritórios do FBI em Houston. Encaminhar a todas as entidades relevantes de manutenção da lei. Enviar arquivos complementares dez segundos após o fim desta mensagem.

A tela de projeção passou a mostrar um diagrama da armadura do Homem de Ferro com os dizeres "Homem de Ferro – aquecimento remoto – sequência ativada".

– O perpetrador do ataque de Houston possui aspecto sobre-humano e possivelmente sofre efeitos colaterais de seu processo de transformação. Autoridades locais não devem atacar por conta própria. Repito, o perpetrador tem aspecto sobre-humano, não atacar por conta própria ou sem mais informações. O perpetrador e seus comparsas devem estar deslocando-se de Houston a Bastrop. Detalhes do aspecto sobre-humano pendentes no momento. Revise arquivos de embasamento.

O diagrama do Homem de Ferro brilhava, em vermelho. *Pronto*.

– Homem de Ferro disponível para interceptação e confronto.

Tony baixou o celular e avistou o próprio reflexo na tela de projeção, sobreposto ao diagrama do Homem de Ferro.

Ele viu o futuro.

E, desta vez, não desviou o olhar.

10

— MALLEN, ME DÁ UMA CERVEJA.

Mallen resmungou algo ininteligível dos fundos do furgão. Beck virou-se para olhá-lo.

– Quê?

– Acabou.

– Nilsen, pegue a próxima saída. Comprar cerveja. Mallen, agora que você tá todo... Vai querer beber? – perguntou Beck, apontando para o amigo, cuja aparência se transformara, durante o tempo em que ele passara no abatedouro, de homem para criatura, depois enganosamente de volta a homem. Beck deu de ombros.

– Consigo beber muito mais que você, Beck.

– Consegue nada. Ainda me deve dez pratas da última vez que tentou.

– Quer apostar?

Beck fez que não, demonstrando ter um pouco de bom senso – o que era uma raridade.

– Não. Depois daquilo que você fez lá... Mallen, tinha que incendiar o prédio todo? A gente podia só ter ido atrás dos caras que mataram...

– Cale a boca, Beck. Esse pessoal que se junta aos federais fez uma escolha.

– Se a gente não arranjar cerveja logo, daqui a pouco vou fazer uma escolha também. Vou escolher meter o furgão na vitrine de uma dessas porcarias de lojas de conveniências de posto pra gente poder beber. Por que é que tudo fecha tão cedo por aqui?

Nilsen tinha entrado numa cidadezinha texana que parecia ser pouco mais do que um posto de gasolina com restaurante de beira de estrada.

– Lembram, lá no abrigo – disse Beck –, quando a gente roubava cerveja do seu Cecil da guarita?

– Não, *você* roubava cerveja do seu Cecil. Eu trocava ideia com ele. Gente boa, o cara – rebateu Mallen.

– Você só gostava dele porque ele conhecia o seu pai.

– Meu pai costumava fazer apostas com ele. Tipo dizer que daria aquele mosquete da Guerra Civil pra ele, se conseguisse arrancar a pele de um coelho de uma vez só. – Mallen riu-se. – Cecil sempre perdia.

– Igual você e as minhas dez pratas.

– Cale a boca.

Beck calou-se bem mais rapidamente do que de costume, Mallen reparou. Havia vantagens adicionais em ser o homem mais forte, rápido e invencível da cidade. Talvez do estado. Talvez até do país.

Ou do mundo.

Mallen não pensava no mosquete Enfield do pai fazia anos. Queria tê-lo de volta... Perguntava-se onde os federais o teriam colocado depois da batida. Nenhum pertence de sua família fora junto com ele para o abrigo – nem para a casa da primeira família que o adotara, nem para a da segunda, nem para a da terceira. Não lhe foi permitido ficar com nada que pertencera a seus pais. O governo levara tudo.

Levara os pais dele também.

Mallen tinha dez anos. Naquele dia, estava sentado no chão, brincando com sua arma – tinha acabado de ganhá-la de aniversário – no canto da velha cabana, quando o pai chegou de picape.

Ele entrou correndo, gritando. A mãe, o irmão mais velho e o tio jogavam pôquer, e o olharam assustados.

– Era uma maldita cilada! Uma cilada do *governo*!

– Quê? – perguntou a mãe. – A justiça? O FBI?

– Estavam esperando que eu fosse lá comprar as armas. Inferno! E eram eles que estavam me vendendo as malditas armas! Quase não consegui escapar! E depois me seguiram até em casa...

– Eles estão aqui agora?

– Acho... acho que matei um deles.

– Sr. Mallen – ecoou uma voz amplificada por um megafone.

Mallen, uma criança de apenas dez anos, checou sua arma para ver se estava carregada. Puxou a trava de segurança para a frente e para trás um par de vezes. Nunca tinha atirado em nada além de garrafas ou esquilos. Talvez isso mudasse naquele dia.

– Meu Deus – disse a mãe.

Ela correu para pegar sua Winchester e a carregou.

– Sr. Mallen, sua propriedade está cercada – soou mais uma vez a voz no megafone.

– Viu? Nossa propriedade – disse o irmão, indo até a parede da cabana tirar a Enfield do raque. – É uma emboscada. Eles mentem pra gente, invadem nossa casa... Não tá certo, pai. Somos um povo livre! Não podem mentir pra gente só porque têm medo de nós.

Do ponto em que estava, no chão, Mallen pôde ver direitinho as pernas da mãe, cobertas pela saia, passarem pelas garrafas de cerveja da noite anterior, indo a caminho da porta da cabana. Ela brandiu o rifle.

– Por que você não enfia no seu...

A bala de um dos funcionários do governo atravessou em cheio a cabeça da mãe, explodindo seu crânio e lançando longe os miolos dela, que foram parar nas paredes da cabana. O irmão e o tio foram atingidos em seguida, bonés e cabelos encharcados de sangue. Por fim, o pai foi alvejado no crânio, enquanto aninhava em seus braços a cabeça da esposa morta.

Mallen desejou muitas vezes ter corrido para fora da casa empunhando a arma naquele dia. Teria sido um garoto de apenas dez anos lutando com bravura antes de ser derrubado por uma chuva de balas dos federais. Jamais teria que ter se mudado de casa, não teria sido devolvido repetidas vezes ao abrigo, como um presente de Natal indesejado ou um aparelho com defeito entregue de volta à loja. Em vez de correr para fora, porém, o jovem Mallen ficou agachado contra a parede.

Quase como fazia agora, na lateral do furgão.

– Tudo bem, Mallen? Você fez uns barulhos estranhos – disse Nilsen, do banco do motorista.

– Eu – respondeu Mallen, erguendo a cabeça. Não iria se esconder desta vez. – Estou ótimo.

– Que bom – disse Beck. – Porque a gente vai viajar mais uns quilômetros até a próxima saída, e daí vou precisar daquelas dez pratas. A não ser que você queira que eu roube a cerveja.

••••

Do alto, o furgão não parecia suspeito. O Homem de Ferro viu quando o automóvel retornou à rodovia.

– Estou transmitindo o vídeo com as câmeras da minha armadura. Confirmam que é esse o veículo identificado nas imagens das câmeras de segurança do FBI?

– *Confirmado, Homem de Ferro* – concordou a voz crepitante vinda do quartel-general da polícia rodoviária. – *Único furgão cinza Econoline 1990 da região. Desculpe ter levado a tarde toda para encontrá-lo... Estávamos procurando a oeste da rodovia I-10, até que uma patrulha comentou sobre as placas roubadas. Eles estão subindo a rampa de saída.*

– Entendido – disse Tony, de dentro da armadura do Homem de Ferro. – Jarvis, alterne para o visor de imagens térmicas e fixe no alvo.

As imagens captadas pelo Homem de Ferro mudaram para um nebuloso infravermelho. Ele pôde então distinguir as silhuetas de dentro do furgão.

– Bem... um motorista, um passageiro na frente... e um ponto bem quente atrás. É o nosso garoto. Alvo travado.

O Homem de Ferro acelerou um pouco e traçou um arco no céu do crepúsculo. Sentia-se onipotente quando voava, e não havia uso melhor para a armadura do Homem de Ferro do que proteger a vida de inocentes.

– Vou confrontar o veículo assim que ele sair da rampa, quando estiver longe do tráfego – explicou o Homem de Ferro, pelo rádio, para a polícia rodoviária. – Vou utilizar as armas repulsoras. Elas projetam força unilateral não reativa. Quem recebe uma rajada delas acaba com ossos quebrados e lesões em órgãos internos. Quero todas as viaturas policiais a uma distância segura até eu subjugar o alvo. Vocês ficam encarregados dos dois homens da frente. Vou liberá-los pra vocês. Não se aproximem do homem que está nos fundos de maneira alguma. Ele só pode ser derrubado pelos meus repulsores, não por munição comum. Aguardem.

Tony desligou o rádio e, com um comando de voz, ativou a munição da armadura.

– Jarvis, ajuste os repulsores em 40%. Deve ser suficiente. Não quero vaporizar os dois cúmplices.

Círculos brilhantes de plasma branco se acenderam na palma das mãos do Homem de Ferro. Como raios laser, dois repulsores riscaram o céu, na direção do furgão. Com suavidade e precisão, as rajadas fatiaram o veículo em dois. A porção frontal, carregando o motorista e um dos passageiros, continuou descendo sobre duas rodas pela alça da estrada, soltando faíscas furiosas ao colidir com a barreira de segurança, onde policiais aguardavam.

A traseira do furgão guinou e saltou sem rumo para fora da pista, capotando duas vezes antes de parar em meio a uma tormenta de detritos.

Uma figura emergiu dos destroços fumegantes. Mallen estava ileso, mas rugindo de fúria. Fosse lá o efeito que lhe causara o soro de Maya, o homem não parecia nada diferente de qualquer outra pessoa enfurecida. Parecia um homem comum, só que de pavio curto, zanzando pela estrada e tendo um péssimo dia.

– Alvo. Aproximar – ordenou o Homem de Ferro.

Os cursores ópticos centralizaram o homem que se levantava e o mostraram com zoom aguçado. Calça jeans. Casaco de couro. Camiseta. Altura e peso médios, caucasiano de trinta e poucos anos, cabelo castanho curto.

Um minuto. Tony franziu a testa e aproximou um pouco mais. Os olhos... os dentes. A gengiva e a íris do homem tinham um brilho acobreado. E a expressão dele – dentes expostos, apertados, o cenho franzido, tenso, os olhos em fenda... Seu rosto era perversidade pura. Mallen parecia um assassino em posição de ataque.

O Homem de Ferro planou um pouco, depois pousou no solo. Ele estendeu a mão para Mallen, mostrando a palma iluminada pelo brilho branco do repulsor.

– Deite-se com o rosto no chão e coloque as mãos atrás das costas. Cruze as pernas – disse. – Não há motivo para dificultar a situação.

O rosto de Mallen contorceu-se de raiva. Os punhos estavam cerrados.

– Há, sim – retrucou ele. – Pergunte aos seus amigos do FBI o que eles fizeram à família Mallen e você vai saber. Há vários motivos.

Beleza, pensou Tony. Ele então atingiu Mallen com uma rajada.

Mallen absorveu a energia ardente e incandescente. Perturbado, mas não impedido, ele foi avançando lentamente, como se abrisse caminho por uma camada de neve fresca. Tony chegou a vê-lo relaxar um pouco o maxilar.

– Aumente o repulsor para 80%, Jarvis – pediu Tony.

Ele disparou contra Mallen mais uma vez, sem obter resultado algum.

Puxa, pensou Tony. *Por essa eu não esperava.*

Mallen desviou da rajada do Homem de Ferro. *Como?* Ao notar que Tony o perseguia, ele saltou para o lado, e Tony atingiu somente terra e grama com o disparo do repulsor. *Como ele é rápido.*

Mallen parou bem na frente do Homem de Ferro e disparou chamas contra Tony, aquecendo a lateral direita da armadura.

– Todos os sistemas em 100% – disse Tony, confirmando os níveis de energia exibidos no mostrador holográfico do interior da armadura. – Se você não vai por bem, vai ter que ir por mal, amigo.

O fogo não exercera efeito algum na armadura à prova de fogo do Homem de Ferro. Tony então agarrou Mallen pela garganta, fazendo-o engolir as chamas, e ergueu-o do chão.

– Você está preso – sentenciou o Homem de Ferro.

••••

Mallen sentiu o ar faltar em seus pulmões ao mesmo tempo em que seu hálito de chamas transformou-se numa névoa avermelhada, evaporando em labaredas que vazavam de sua boca aberta. Engasgado, ele sentiu uma coceira na mão esquerda.

Eletrodos de um fulgor azulado, que mais pareciam garras, estenderam-se dos dedos dele.

Hum, pensou Tony. *Não sabia que podia fazer isto*.

Os poderes de Mallen pareciam estar evoluindo.

Ele agarrou o antebraço do Homem de Ferro e fincou as garras em sua armadura. Sentindo que elas haviam penetrado a proteção exterior da blindagem, ele viu quando uma carga de eletricidade percorreu o corpo do bilionário Tony Stark, eletrocutando a armadura e gerando um curto-circuito.

O Homem de Ferro crepitou e caiu.

– Sem energia nessa lata velha, o riquinho babaca não consegue nem ficar de pé – rosnou Mallen. – Venha cá. Deixe-me ajudar.

Suavemente, ele ergueu sobre a cabeça a figura aparentemente sem vida do Homem de Ferro, arremessando-o logo depois. Mesmo com todo o peso da armadura e do homem dentro dela, Mallen conseguiu lançar ambos para longe, aparentemente com o mesmo esforço de uma criança atirando uma bola de tênis.

Ele parou e observou a trajetória de seu arremesso, até que o Homem de Ferro tornou-se apenas um pontinho longínquo no céu.

••••

A armadura do Homem de Ferro não emitia resposta alguma nos mostradores holográficos do interior do elmo de Tony. O HUD brilhou e sumiu, junto dos controles oculares de Jarvis. Isso deixou Tony sozinho e meramente reduzido a um humano comum, dentro do que, naquele momento, se tornara apenas uma inútil e pesada carapaça.

O Extremis parecia estar reescrevendo as habilidades de Mallen a cada minuto. No FBI, conferira-lhe força sobre-humana e a capacidade de cuspir fogo. Agora, produzira eletrodos parecidos com garras, capazes de criar um campo elétrico especificamente adaptado para interromper o funcionamento da armadura do oponente – o Homem de Ferro, nesse caso. O Extremis era uma arma biológica, de modo que não possuía os mesmos limites que a inteligência artificial tradicional. Estaria ele gradualmente dando a Mallen poderes ilimitados, ou somente adaptando-o para quaisquer ameaças que encontrava?

Tony agora voava, mas não o tipo de voo de que gostava. Incapacitado, fora arremessado ao céu, protegido apenas pela força da liga metálica da armadura do Homem de Ferro.

– Reiniciar.

A armadura tinha uma função de reinicialização automática, mas o choque elétrico a atrasara. Naquele instante, a única coisa que funcionava no traje era o pedacinho de velcro que ele prendera debaixo da proteção ocular para quando quisesse coçar o nariz.

– Jarvis? Quando quiser.

O Homem de Ferro pôde ver a estrada logo abaixo de si. Estava prestes a cair feito um míssil bem no meio da pista sentido oeste. Tony apertou o botão de energia de emergência com o dedo esquerdo, mas nada aconteceu.

Lentamente, a palavra REINICIAR brilhou, aparecendo no HUD. A armadura começou a inicializar.

Mas era tarde demais.

O Homem de Ferro pousou esmagando o capô de um sedan prata de quatro portas, que corria pela estrada a mais de cem quilômetros por hora. O para-brisa frontal, o teto solar e a janela do motorista foram estilhaçados, a porção frontal do chassi foi prensada no asfalto e a traseira voou para o alto. Um carro popular vermelho mais robusto tentou frear, mas entrou na traseira do sedan, sendo amassado sob o peso deste quando ele caiu de volta ao chão. Os dois carros deslizaram juntos até estacionar. O Homem de Ferro tombou do sedan e foi parar no pavimento. Recobrando a energia, ficou de pé num salto.

– Meu Deus – disse ele, vendo um terceiro carro perder o controle.

O carro alçou voo depois de passar por cima dos outros dois que tinham acabado de colidir.

Esse carro então bateu em outro. Ambos explodiram, formando uma bola de fogo que tomou toda a rodovia. Ninguém escapou.

Quanta gente tinha acabado de morrer?

TONY STARK FRACASSA.

. . . .

As manchetes do dia seguinte não seriam nada agradáveis. O perverso ataque pessoal contra Pepper não seria nada comparado a isso – e, desta vez, era coisa séria.

Mallen apareceu, após saltar por cima da estrada, pousando agachado e de punho cerrado. A estrada estremeceu toda, e o pavimento cedeu sob o impacto.

O Homem de Ferro ainda não tinha se recuperado totalmente, o que Tony pôde confirmar ao verificar o HUD. A energia e os sistemas oculares, contudo, haviam retornado. Agora ele não pretendia pegar leve.

Tony escaneou as munições disponíveis. *Ah!* Sônicos.

– Quarenta e cinco segundos, Jarvis.

A armadura do Homem de Ferro emitiu um ensurdecedor alarme direcionado a Mallen. Um homem comum teria perdido o equilíbrio, tombado e sangrado pelos ouvidos, sofrendo danos auditivos imediatos. Mallen cobriu os ouvidos com as mãos e retraiu-se, cambaleando um pouco.

O Homem de Ferro preparou um soco que mataria um homem normal.

Tarde demais. Mallen estendeu o braço direito e conteve o punho do Homem de Ferro bem no meio do golpe, agarrando-o e apertando-o. *Impossível*, pensou Tony. *Os tímpanos do cara deveriam ter praticamente vaporizado. Não era nem para ele estar de pé.* Talvez o rapaz tivesse criado novos tímpanos novos ali mesmo.

Os dedos de Mallen fecharam-se em torno da mão direita de Tony, esmagando-a debaixo da armadura.

– AAAAAAH!

Como resposta, o Homem de Ferro disparou cem microexplosivos do arsenal de seu ombro. Eles explodiram ao redor da cabeça de Mallen feito minúsculas minas terrestres. Ele fez uma careta horrorosa e gritou de dor.

Sorriu, porém, ao recobrar-se. Chutou então o joelho direito do Homem de Ferro para trás, rompendo ligamentos e danificando a cartilagem, destruindo a junta toda.

A mão e a perna de Tony eram mantidas no lugar, agora, apenas pela armadura. Ele girou o braço esquerdo e disparou o repulsor bem no rosto do inimigo, com todo o poder que restava em seu sistema de armas.

Com cicatrizes e ferimentos, Mallen abriu um sorriso perverso e meteu um soco em cheio no coração do Homem de Ferro.

Tony cambaleou, vendo o próprio sangue espirrar no interior do elmo. As palavras RUPTURA DE PLACA PEITORAL apareceram no HUD. Seus pulmões e seu coração doíam. Com a armadura comprometida e os órgãos falhando, Tony soube que não poderia vencer sozinho a invenção de Maya. A cientista construíra uma arma ainda melhor que a dele, uma que evoluía por aprendizado, reagindo a cada novo ataque.

Enquanto o Homem de Ferro caía de joelhos, incapacitado, Mallen foi até um carro preto que transportava uma família inteira. Ele enfiou os punhos no capô e agarrou os buracos que acabara de fazer como se fossem alças.

Ele ergueu o carro – com três inocentes dentro, em pânico, aos gritos – bem acima da cabeça, bem em cima de um impotente Homem de Ferro.

TONY STARK FRACASSA.

Não vou nem viver pra ler essa manchete, pensou Tony.

11

– **ALERTA: SENSORES INDICAM** respiração superficial e pulsação elevada de três passageiros dentro do veículo civil.

– Obrigado pela informação, Jarvis – agradeceu Tony. – Como estamos por aqui?

– A armadura do Homem de Ferro foi rompida na marcenaria balística de copolímero entre a placa peitoral e os painéis nanocompostos do ombro. Laminado rachado em todas as superfícies maiores. Perda excessiva de sangue, alcançando hemorragia classe II, com redução por compressão mecânica e aplicação de sutura emergencial na perna direita, mão direita e peitoral superior. Dano muscular esquelético agudo no joelho direito, com trauma potencialmente irreversível em ossos e cartilagem. Uso não recomendado no momento. Estrutura de contenção da mão direita foi destruída, mas suporte temporário foi garantido pela manopla do traje. Alerta: o suporte pode levar à imobilidade e potencial dano adicional.

– Alguma notícia boa?

– Analgésicos em ação, contenção subepitelial ativada. Estatísticas de limiar de energia cinética foram gravadas e enviadas ao departamento de pesquisa da Stark Internacional para uso futuro em pesquisas laboratoriais.

– Maravilha. Não vou me esquecer de dar uma olhada nisso, caso um dia voltemos ao laboratório – disse Tony, agachado sobre um dos joelhos na superfície rachada da rodovia.

Ele encarava Mallen, que se mantinha de pé à sua frente, dominante, sofrendo muito pouco com o esforço de sustentar o sedan preto acima da cabeça. Seu rosto estava todo cortado, e seus dentes haviam sido quebrados pelo ataque de minibombas do Homem de Ferro. O casaco de couro estava rasgado e chamuscado. Mallen, no entanto, estava ileso, apesar de toda a raiva que sentia, apesar de ser um condutor furioso de violenta ira.

Muito fraco, o Homem de Ferro estendeu o braço ainda sadio para a frente, sob a sombra projetada pelo carro. Seus movimentos eram inúteis, ele sabia, mas estava quase delirando sob o efeito dos analgésicos, e a autoproteção é instintiva. Sentia-se incapaz, débil, com os ossos quebrados e a armadura danificada, mas sabia que tinha que dar um jeito de impedir que Mallen ferisse as três pessoas que estavam dentro daquele carro. Sob o estupor medicamentoso, Tony analisou a situação o mais rápido que pôde, tentando encontrar uma vantagem de intelecto e experiência que pudesse sobrepujar o psicótico ser desenvolvido pelo Extremis.

– Todo o dinheiro do mundo não vai mudar o fato de você não passar de um humano fraco e patético dentro dessa embalagem de aço – disse Mallen. – Você é inferior. Tenho pena de você. Eu sou diferente. Sou um homem de verdade, com força e poder de verdade. Vai explodir dentro dessa armadura quando eu jogar este carro em cima de você. Vão ter que despejá-lo de dentro dela.

Quanto mais alto, maior o tombo, pensou Tony.

– Jarvis, utilize toda a energia, incluindo suporte de vida, quando eu mandar.

– Desviar energia dos sistemas de suporte de vida neste momento não é recomendado.

– Cale a boca e obedeça.

Tony escaneou os dados holográficos relativos ao próprio corpo enquanto as funcionalidades analgésicas cessavam temporariamente. Ele começou a sentir novas dores, e elas se intensificavam rapidamente.

Dá pra aguentar, pensou ele. Tinha que aguentar. Tony Stark podia ser esmagado, o Homem de Ferro, destruído, mas o saldo de mais três inocentes mortos no turno dele seria insuportável.

– Desviar energia: raio peitoral. AGORA!

Um massivo e cegante raio laser disparou do reator ARC do Homem de Ferro, acertando em cheio o peito de Mallen, com a força de um míssil antitanque. Mallen desapareceu num efêmero borrão. O impacto do raio foi tão forte que ele foi arremessado e voou quase um quilômetro distante dali.

O Homem de Ferro ancorou-se na perna que ainda lhe servia e ergueu os braços para pegar e escorar o carro, que caía.

– Essa não... – disse Tony, e o carro caiu com tudo em cima dele.

O herói encontrava-se dentro do sistema mais avançado do planeta, e suas pesquisas não tinham contado com a possibilidade de ele ser vencido. Não era para algo assim acontecer. Não era para ele ser reduzido a um mero humano frágil dentro de um invólucro de aço, a um pouco mais do que uma tartaruga com polegar opositor, derrotado por peso e física básica. Ele sentiu o asfalto tremer e rachar sob suas botas.

O peso da armadura do Homem de Ferro sustentou o carro por um momento. Os civis dentro do automóvel sobreviveriam à terrível experiência, contanto que Tony pudesse baixar o carro cuidadosamente até o chão.

– Desviar toda a energia disponível para as funções normais da armadura – arquejou Tony, quando o carro pesou sobre ele.

– Transmissão de energia em 0% – disse Jarvis.

O HUD confirmava a informação.

– Não, não, não. Não ouse fazer isso. Sistema auxiliar: ativar. Qualquer coisa.

Então, junta por junta, Tony ouviu a armadura partir e fraturar-se, derrotada pelo peso. Primeiro os protetores dos cotovelos, depois as placas dos ombros e finalmente as juntas do pescoço sibilaram e racharam, conforme a camada de contenção pressurizada fragmentava-se. O Homem de Ferro foi dobrado e desabou sob o carro, esmagado no asfalto. O veículo, danificado, pousou em cima dele com um baque surdo.

– Sistema auxiliar acionado: Homem de Ferro em modo de segurança – reportou Jarvis, todo contente.

Graças a Deus, pensou Tony. Mais uma medida de segurança ativada. Além disso, os analgésicos tinham voltado a trabalhar. *Agora é só tirar este carro de cima de mim sem assustar mais ainda os passageiros.*

Foi quando o Homem de Ferro notou uma mudança súbita de temperatura. *Tá ficando meio quente aqui dentro*, pensou. Ele viu o crepitar alaranjado e amarelado de chamas rastejando e circulando o carro.

••••

A quase um quilômetro a leste da rodovia, Mallen despencou no solo com um tremendo estrondo. O asfalto rachou com o impacto e o rapaz deslizou mais uns dez metros até parar, com o atrito, no centro de uma cratera no pavimento.

– Ufff.

Mallen apoiou-se num dos joelhos e pôs uma das mãos no peito, bem no ponto atingido pelo raio. O coração batia acelerado por conta da pressão sofrida, e ele sentia-se vagamente desorientado. Ficou ali parado por um momento, hesitante, recuperando o fôlego.

– Ah... seu desgraçado!

Lentamente, Mallen levantou-se, com cautela, deixando que o torpor cedesse. A cabeça doía e a pulsação martelava no crânio dele com uma vibração surda que ecoava pelos membros e pelo corpo.

O Homem de Ferro o machucara; Mallen podia sentir em cada músculo e nervo. Entretanto, mais importante ainda, ele quase matara o Homem de Ferro. Quebrara a perna e a mão dele, detonando sua cara armadura quase sem esforço. Os explosivos do Homem de Ferro surtiram pouquíssimo efeito sobre ele.

Acabou com a minha jaqueta, pensou Mallen, fitando com irritação os buracos no velho casaco de couro.

Ficou claro para ele que poderia acabar com o Homem de Ferro quando bem entendesse.

Por que não agora?

Foi então que Mallen reparou que o martelar que sentia no crânio não era o barulho de seu coração. Era o pulsar ritmado e constante de hélices e rotores de helicóptero no ar. Um esquadrão de aeronaves da polícia aproximava-se. Eram cinco, e já estavam quase em cima dele.

Mallen poderia ter lutado e derrubado todos sem correr perigo algum, disso ele sabia. Contudo, estava machucado e cansado por conta do confronto com o Homem de Ferro. Sem contar que o ódio dele era contra os federais, não contra a polícia. Não pretendia matar o *máximo* de pessoas. A intenção era matar as pessoas *certas*.

O Homem de Ferro é uma ferramenta do governo, ele refletiu. *Ajuda-os a suprimir o livre-arbítrio. Mas não faz mal. Não importa. Vou atrás dele depois, se precisar. Agora eu tenho todo o tempo do mundo. Vou deixar as coisas pequenas para trás.*

Outra coisa que deixara para trás foi Beck e Nilsen. Da última vez que os vira, os amigos deslizavam pela rodovia dentro da outra metade do furgão. Os policiais com certeza os tinham prendido. Se usassem a cabeça, diriam que Mallen os forçara a dirigir o veículo, e quem sabe acabassem somente pegando condicional ou um ano de prisão domiciliar.

Ou talvez ele devesse encontrá-los, libertá-los da prisão e levá-los consigo. Mas eram apenas humanos normais, inferiores a ele. Só atrapalhariam. E certamente ficariam zangados pelo fato de agora ele ser melhor.

– Espero que aqueles fracassados consigam a cerveja que tanto queriam – disse Mallen.

Ele deu as costas para a rodovia e saiu correndo.

• • • •

Preso entre o carro e as chamas, Tony pensou ter visto Mallen fugir. Contudo, sua visão estava borrada demais devido ao visor sem energia, à névoa de fogo e aos pontinhos de seu próprio sangue que pintavam todo o interior do elmo. As chamas vinham dançando cada vez mais perto, espiralando ao longo de trilhas de combustível que vazara, até que todo o campo de visão do Homem de Ferro se tornou um inferno só, e a armadura, um forno.

– Jarvis! Sistemas secundários. AGORA.

As palavras SISTEMA AUXILIAR ACIONADO/HOMEM DE FERRO EM MODO DE SEGURANÇA apareceram e piscaram duas vezes no mostrador holográfico de Tony. Ele tentou mais uma vez erguer o carro e tirá-lo dali, mas seu braço direito não servia para nada, e o esquerdo contava somente com sua própria força humana.

– Anda. Anda...

A família dentro do carro que Tony tentara salvar gritava acima dele.

– Mãe, mãe! O fogo tá vindo pra cá!

– Eu sei! As portas não abrem! Oh, meu Deus! Está muito quente!

A temperatura subia enquanto o Homem de Ferro podia somente assistir às chamas lambendo as beiradas de sua armadura. Os componentes da liga do traje repeliam o fogo, mas o suporte de vida quase não funcionava naquele momento, e a armadura não estava fornecendo oxigênio. Tony tossia e arquejava. Se o ar não entrasse, ele iria sufocar.

ESCUDO TÉRMICO/CAMPO DE TRANSFERÊNCIA INDUTIVA DE CALOR ACIONADO. Tony pôde voltar a respirar. Finalmente, o suporte de vida e os sistemas secundários voltavam à ativa.

– Jarvis, me dê um pouco da força dessas chamas – disse ele.

Dava para sentir a energia do Homem de Ferro crescendo conforme os eletromagnetos se recarregavam, lentamente transferindo-lhe partículas do ar que o rodeava. *Primitivo*, ele refletiu, *mas eficaz*. O Homem de Ferro estendeu seu aleijado braço direito, usando a armadura para ter a estrutura e a energia de que precisava.

– Recircular plasma interno – ordenou ele, fazendo um gesto com o braço, sugando energia.

A armadura reciclou o fogaréu circundante, criando um perímetro seguro em torno do carro. TRANSFERÊNCIA DE ENERGIA TÉRMICA BEM-SUCEDIDA. ENERGIA EM 1%.

– Não me sinto muito bem-sucedido – disse Tony. – Sinto como se tivesse acabado de ser esmagado por um babaca nervosinho até virar pó. – Lentamente, ele levantou o carro do chão e o empurrou para o lado, baixando-o com todo o cuidado. – Jarvis, ativar comunicação com a frequência policial. Homem de Ferro a todas as unidades: vou ficar imobilizado em um minuto e meio. – Ele tossiu. – Qualquer ajuda seria... *cof*... bem-vinda.

Um alerta pipocou no HUD. SISTEMA DE INTERVENÇÃO DE EMERGÊNCIA AUTOATIVANDO/PROCURAR ASSISTÊNCIA MÉDICA IMEDIATAMENTE.

– Ah, mas que grande ajuda – ironizou Tony.

Ele fechou os olhos e pensou nas famílias das pessoas que morreram ali, naquele dia. Pensou em seu próprio corpo, machucado e quebrado, e imaginou se seria uma boa tentar ligar para Pepper e contar que estava seriamente ferido. Contudo, não tinha certeza de qual fuso horário em que ela estava naquele instante, e tudo o que ela poderia fazer de onde estava era se preocupar, então ele só permaneceu deitado, esperando.

Um minuto depois, um paramédico foi até ele.

– Como faço pra checar seus sinais vitais?

Bombeiros lidavam com o incêndio ali perto e pareciam tê-lo sob controle. Ambulâncias chegaram para atender os feridos.

– Não é preciso – explicou o Homem de Ferro. – Minha armadura grava um relatório interno de tudo que está errado comigo. Resumindo: estou todo quebrado. Tenho ossos pulverizados, sangramento excessivo e ferimentos internos. É quase como se eu tivesse sido esmagado pelo Hulk. E o pedaço de velcro que uso pra coçar o nariz sumiu.

– Quer que eu...?

– Não, não. A coceira no nariz desvia a minha atenção dos outros problemas. Onde... ele está?

– Fugiu a pé – disse o paramédico. – Nós o detectamos a 480 quilômetros daqui, rumo ao oeste. E você? Todos esses ferimentos... Ligamos para o seu escritório, para os Vingadores ou...?

– Já transmiti relatórios das minhas condições e dos possíveis riscos da situação. Usem um dos helicópteros. Preciso de transporte. Não posso tirar a armadura... Ela está me imobilizando, é a única coisa que mantém tudo no lugar. E peça, por favor, para não sacudirem muito no trajeto. Já estou sangrando demais, e raspar sangue seco desta lataria... é um saco.

– Pra onde levamos você? Hospital?

– Não – disse o Homem de Ferro. – Levem-me pra Futurepharm.

Tony fechou os olhos e falou com a inteligência artificial.

– Jarvis, sedativos, por favor. Mantenha toda a compressão e os analgésicos. Quero ficar apagado até chegar em Austin.

Tony ouviu paramédicos e policiais emitindo instruções ao redor dele. Logo, o mundo todo se apagou.

12

O FARFALHAR DE PASSOS sobre folhas secas acordou Mallen antes do amanhecer. Ele ficou de pé num pulo, na varanda de uma velha cabana de caça no Arkansas, pronto para uma briga.

Um cervo de cauda branca congelou feito estátua na clareira em frente à cabana. Era um filhote, Mallen logo percebeu, de modo que não ofereceria ameaça. Por um momento, pensou em agarrar e estrangular o cervo – não comia desde a tarde do dia anterior, antes de chegar a Houston –, mas tirar a carne do animal seria difícil sem uma faca ou serra, e seria uma sujeirada daquelas. Sem contar que Mallen não sabia se havia utensílios de cozinha na cabana. Agora ele tinha força de sobra para derrubar um cervo com as próprias mãos, mas havia presas mais simples no trajeto – lanchonetes e lojas de conveniências, por exemplo.

– Deixe para o caso de eu estar aqui na semana que vem – disse Mallen ao cervo.

O animal ficou imóvel por um minuto, piscando seus grandes olhos castanhos, depois fugiu para a floresta.

Mallen jogou os braços para a frente e para trás um par de vezes, girou os ombros mais outras tantas e sacudiu as frias pernas. Aparentemente, a habilidade de dormir confortavelmente sobre placas de madeira não estava incluída em seu catálogo de novos superpoderes. Não pensara nisso quando ali chegara, poucas horas após o escurecer, exausto por ter cuidado da sede do FBI de Houston pela manhã e passado o entardecer testando e lapidando seus novos dons contra o famigerado Homem de Ferro.

– Devia ter parado no Motel 6 – murmurou.

Contudo, isso não teria feito o menor sentido, ele concluiu. Mallen precisava ficar bem longe do alcance de autoridades irritantes e de funcionários enxeridos de motel.

Com um golpe descuidado do pé, ele abriu a porta trancada da cabana e entrou, indo para a pequena cozinha. Nada além de creme de presunto apimentado e salsicha em conserva na despensa. *Credo. Cervo cru talvez fosse melhor*. Mallen deu de ombros. Aquilo bastaria, por ora. Passaria numa lanchonete quando chegasse à cidade seguinte.

....

Quando Tony acordou, pouco mais de uma hora depois, ouviu a velocidade das pás do helicóptero diminuir e, ainda meio grogue, concluiu que chegara a Austin. Ele gingava em pleno ar, ainda preso dentro da armadura, pendurado para fora do helicóptero feito um item de material de construção.

As hélices desaceleraram e o vento mudou quando a aeronave parou em pleno ar, para então baixar o Homem de Ferro até o carrinho motorizado extraforte parado no estacionamento da Futurepharm. Os monitores de vídeo externo mostravam, em torno do carrinho, três técnicos de laboratório de jaleco branco, usando protetores de ouvido. Eles soltaram ganchos e cabos, livrando Tony do helicóptero.

E então surgiu Maya, acenando e dando ordens, enquanto o helicóptero ganhava altitude novamente.

– Desculpe. Não é uma maca adequada – disse ela, ao lado da porção superior do corpo do Homem de Ferro. – Mas achei que o peso de sua armadura destruiria uma comum. Usamos esse carrinho para transportar equipamentos pesados.

– Tudo bem, Maya. Eu sou um equipamento pesado.

Ela apressou-se em tirar o elmo dele.

– Não... Maya, erga apenas o visor, mas não o elmo. A armadura não vai se soltar enquanto eu não desativar os protocolos médicos. E ainda não posso... É a única coisa que me mantém vivo.

– O quê? Temos que levar você a um hospital!

— Não... você tem... instalações médicas excelentes — disse Tony.
— E isso... Isso tem a ver com o Extremis.

· · · ·

Mallen era apenas um borrão de poeira, passando feito um raio por campos verdes e castanhos, a cruzar o Arkansas. Ao avizinhar-se dos arredores de uma cidadezinha, pôs-se a caminhar.

Uma jovem estava sentada, encostada numa placa de limite de velocidade, no acostamento da estrada principal do vilarejo. Lia as notícias da manhã num pequeno tablet, descansando sobre uma caixa de leite, as pernas esticadas à frente, cobertas por jeans preto.

TONY STARK FRACASSA, berrava a manchete.

A moça tentava acender um cigarro quando Mallen se aproximou. Ela lutou contra mais um palito de fósforo e tossiu.

— Putz... — Ela olhou para Mallen. A garota tinha cabelo preto e curto, todo picotado, e muitos piercings na orelha, parcialmente cobertos pela sombra dele. — Tá olhando o quê?

A fala foi uma tentativa de parecer intimidadora e inacessível por trás da comprida jaqueta preta de couro e do batom cor de ameixa que usava.

— Nada — disse Mallen, parado na frente dela.

— Eu só vim aqui fumar, tá? Sem ninguém pra proibir ou me encher o saco. *Cof*.

Mallen não tivera intenção de assustar a moça. Ela o lembrava uma garota de um dos abrigos pelos quais passara. Provavelmente a que mais chegara perto de ser como uma irmã para ele. Pelo menos brigavam como se fossem da mesma família.

— Tudo bem — disse ele. — Só estou de passagem.

Ela o fulminou com os olhos e logo desviou o olhar. Seus trejeitos gentis divergiam da aspereza que tentava simular.

— Então siga em frente — ela respondeu. — Eu venho aqui pra ficar sozinha. É tanta amolação que preciso de um tempo só pra mim.

Mallen agachou, assim ela não teria que olhar para o sol para poder ver o rosto dele. Ficou curioso para saber o que ela achava das cicatrizes que ele ganhara no confronto com o Homem de Ferro. Ele notou que as botas dela, pretas, de bico cromado, eram cuidadosamente engraxadas. Tinha muito apreço por seu visual. Como a filha do Nilsen, a que estava no Ensino Médio. Será que algum dia Nilsen conseguiria reaver os filhos, agora que devia estar preso?

– Me arranja um cigarro?

．．．．

– Levem o homem ao laboratório médico no subnível 2! Rápido! – Maya berrava as ordens para os técnicos da Futurepharm. – Deixem-no lá e saiam. São questões confidenciais. *Ninguém* deve dizer *nada* à mídia. Repassem quaisquer perguntas dos repórteres pra mim e digam que não estou disponível. Eu assumo a partir de agora.

Os técnicos empurraram o carrinho que carregava o Homem de Ferro para dentro do laboratório, entregaram a Maya o controle remoto do equipamento e foram embora. Ela passou o cartão pelo painel de segurança da porta e virou-se para checar o paciente.

– Esse seu projeto, o Extremis... é muito bom, sabia? – Tony sussurrou bem baixinho.

– Eu vi no noticiário. Ele fez isso com você?

– Velocidade incrível. O sujeito se movia mais rápido do que consigo operar a armadura. E vai melhorando a cada passo: o Extremis evolui, tem todas as características de software de aprendizado... Possui tecnologia emergente, adapta-se de acordo com as experiências que vive. Beleza, vamos começar. Jarvis, desativar contenção médica de emergência.

A armadura fez um bipe e soltou um sibilo hidráulico.

– Agora, Maya, tire a placa peitoral.

A cientista gemeu com o esforço.

– Nossa, como é pesada!

– Foi o que salvou a minha vida, pelo jeito – disse Tony. – Estou muito ferido.

– Você devia estar num hospital.

– Você já disse isso. Agora, remova as botas. Tive tempo pra pensar sobre hospitais... enquanto estava com um carro em cima de mim. Hospitais são ótimos, mas não têm o que preciso.

– E do que é que você precisa? Meu Deus, Tony! – Maya removeu a proteção da canela. Um monte de sangue jorrou na maca. – Sua perna está horrível! Como conseguiu ficar de pé?

– Não consegui. A armadura... injeta analgésicos em mim. Não sinto nada. Mas vou ficar ainda melhor... quando você aplicar... uma dose reconfigurada do Extremis em mim. *Cof.*

Maya imediatamente parou de remover a armadura e encarou Tony.

– Você ficou louco.

– Ele é uma máquina biológica de combate, Maya... E eu, só um homem com roupa de ferro. Passei meses na minha garagem tentando melhorar o tempo de resposta da armadura. Mecanicamente, ficou o mais rápido que dá pra ser. Mas ainda... não ficou... rápido... o suficiente.

Tony virou o rosto para olhar nos olhos de Maya.

– Preciso conectar a armadura diretamente no meu cérebro. O Extremis faria isso.

– Tony. Não.

– Talvez dê pra aproveitar e criar uma nanoparabólica. Minha empresa iria adorar. Televisão cerebral.

Maya não achou graça.

– O Extremis não foi testado nem na configuração atual... – disse ela.

– Parece que funciona bem até demais. Olhe bem a minha cara.

– E o terrorista estava supostamente saudável quando injetou a dose. Já você, parece que passou por um moedor de carne.

– Ainda quer um beijo? – Tony fez um biquinho e uns barulhinhos. Maya retraiu-se. Ele riu, mas a risada acabou num gorgolejo rouco. Ele tossiu e se recuperou. – Você disse que o Extremis funciona por meio do centro de regeneração. Ele vai acelerar minha recuperação, enquanto ainda me faz um *upgrade*.

A cientista removeu parte da manopla direita da armadura. A mão de Tony fora esmagada. Outro jorro de sangue vazou pela maca. Maya correu para envolver bandagens em torno do pulso de Tony, inclinando para a frente e aplicando pressão.

– Não preciso dos poderes do Extremis – Tony prosseguiu. – A força, as armas, isso eu já tenho. E das melhores. Porque eu mesmo fiz. Também não estou muito a fim de cuspir fogo. A ideia é apenas acelerar o meu processo regenerativo. E preciso *ser* a armadura. Não quero adquirir órgãos novos... se bem que um fígado novo seria uma boa, dado o estrago que fiz no meu quando era mais novo. Preciso de novas conexões... Esta coisa, minha armadura, ficou pesada demais. Lenta demais. Estou falando de velocidade de ativação... de operação...

– Tony...

Maya recuou e apontou para a mão dele, amassada e ensanguentada.

– Graças a Deus existem os analgésicos, hein? – ele brincou. – Traga um computador aqui. Vamos trabalhar antes que eu desmaie.

••••

– Você tem problemas por aqui?

Mallen acendeu o cigarro para a moça.

– Gosto de roupa preta e de um certo tipo de música. Meu vocabulário tem mais que dez palavras – ela respondeu. – O que você acha?

– É, eu também era diferente na sua idade.

– Pode crer. É só usar um sobretudo preto e todo mundo acha que você vai metralhar a galera na escola. Eu tô suspensa.

– Aposto que seus pais não gostaram nada disso – disse Mallen.

– Minha mãe não ligou muito, mas o marido dela... rapaz! O cara surtou. Não quer me ver na frente dele. Mas minha mãe tem minha custódia, entende?

– Cadê o seu pai?

– Em Knoxville. Ele me mandou de volta pra minha mãe depois que, um dia, cheguei da escola com a calça manchada e uma tatuagem do Godzilla.

– Não vejo nada de mal nisso. – Mallen sentou-se mais perto da moça e apoiou o braço no joelho. Ela finalmente ofereceu-lhe um cigarro. Ele o pegou, depois aceitou o isqueiro. – Ninguém me queria também. Sempre fui mandado de volta, como se tivesse defeito de fábrica. Eu arranjava muita treta.

– Acabava sendo suspenso?

– Não – disse Mallen. – Os outros brigavam também. Eu era suspenso por discutir com os professores de História e por mostrar réplicas de armas. Eram só modelos, não tinha como machucar ninguém com elas. Não fazia sentido... Ah, e uma vez me expulsaram por dar um pouco de fluido de isqueiro pra garotada cheirar no parquinho, mas não pegava nada. Os professores só tinham inveja porque não podiam cheirar no horário escolar, que nem eu. E você, o que aprontou?

– Fiz uma redação na aula sobre zumbis atacando este fim de mundo. Eles matavam o conselho da cidade. Depois matavam o prefeito. O prefeito é o marido da minha mãe.

Mallen riu. Por um minuto, ele pensou em matar o prefeito, pra fazer um favor a ela, mas isso irritaria a mãe da moça e certamente a deixaria em situação ainda pior. Era melhor deixar tudo como estava. Se a garota quisesse matar o prefeito depois, nada a impediria.

Ela prosseguiu.

– Chamaram de "texto terrorista". Como se minha redação pudesse incitar alguém a fazer algo que já não estivesse planejando fazer. *Hunf*. Este país pirou de vez.

Ela deu uma tragada demorada no cigarro e tossiu de novo – bem de leve, desta vez.

– Eu a entendo muito bem – disse Mallen, inclinando-se para a frente. – Só não entendo por que policiais e federais têm o direito de nos matar, e se a gente só *pensa* em se defender... é considerado terrorista.

– Já viu a minha camiseta?

A moça endireitou o corpo, que estava apoiado na caixa de leite. Abrindo o sobretudo preto, ela revelou a camiseta que usava por baixo. Tinha uma bandeira dos EUA estilizada no peito. Mallen sorriu. A garota era bem ajeitada para a idade. Era uma jovem patriota que jamais seguiria as leis inconstantes do governo sem uma boa briga.

Ao olhar com mais atenção, ele ficou encucado. A bandeira continha uma suástica em vez do habitual conjunto de estrelas. As letras cinza acima da bandeira, por sobre o fundo preto, diziam "AmériKKKa".

— O que é isso? — perguntou Mallen, com frieza. Ele recuou, afastando-se da garota. — É assim que você vê o país?

— Claro — ela respondeu. — Somos um país de brancos massacrando todos os outros. E agora esses caras estão tentando resgatar valores antiquados, do tipo que relegava as mulheres à cozinha, os imigrantes, ao trabalho em ferrovias, e só gente branca no poder.

Mallen olhou feio para a garota.

— Sabia que a Klan já fez coisas boas? Defendeu a lei cristã em muitos lugares.

A garota franziu a testa e encarou Mallen, desafiando-o, como sua irmã adotiva fazia até levar dele um soco na cara.

— Eu tô de saco cheio de ouvir falar de Deus o tempo todo — ela disse. — De ter que passar por testes religiosos só pra morar aqui. A Klan *linchava* gente que não se parecia com os brancos comuns.

Mallen levantou-se e jogou o cigarro na rodovia. Amassou a bituca e inclinou-se para a frente. A conversa começava a fazê-lo lembrar-se das discussões que tinha com os professores de História e que acabavam com ele na detenção.

— Brancos normais construíram este país — declarou ele, muito sério. — Sem governo, espiões, regras ou pessoas com distintivos atirando na sua família só por diversão.

— É. — A garota não pretendia recuar. — Só que brancos normais também fizeram isso.

— Não fale assim — disse Mallen. Ele queria ajudá-la a entender, mas ela não facilitava nem um pouco. Ninguém nunca o escutara antes, mas isso estava para mudar. — Está tudo errado neste mundo.

Mas eu vou consertar. Tenho uma coisa dentro de mim, sabe? Eles iriam criar o futuro com ela. Mas eu a roubei, sabe? E vou usá-la para fazer o tempo voltar atrás.

A jovem moça levantou-se, apontou o dedo para Mallen e partiu para cima dele, chegando tão perto que ele quase a sentiu cuspir quando tornou a falar:

– Voltar pra época dos linchamentos e da doação de cobertores infectados com varíola pras pessoas com aparência diferente? Das mulheres consideradas cidadãs de segunda classe? Já reparou que eles são chamados de Pais Fundadores e que não há nenhuma mãe no meio? Você é tão ruim quanto eles. Me deixe em paz.

E foi o que ele fez. Mas, antes, deu-lhe um soco. Forte. Bem na cara. Tão forte que a cabeça dela explodiu. Da forma como alguém mataria um zumbi, caso algum aparecesse na cidade.

O corpo sem vida da garota girou e caiu com um baque, estendido na grama amarelada do acostamento. A cabeça – ou o que restara dela – atingiu o asfalto e se espalhou.

O vermelho do cérebro ensanguentado vazou da cavidade onde antes estivera o crânio. A cor se destacava, num contraste marcante com o negrume do asfalto, do casaco, das calças e do cabelo dela.

13

— **ESVAZIEI O SETOR** e desliguei as câmeras de segurança – disse Maya. Tony estava sentado numa cadeira de rodas, agora com o elmo no colo, vestindo apenas a sobrepele de circuitos de polímero, toda suja de sangue. Maya o levava pelo corredor em direção ao laboratório de pesquisas do Extremis. – Você não quer reconsiderar? Olha, os Vingadores ou outra pessoa não podem cuidar do cara? Você nem sabe pra onde ele foi.

– Sei, sim – afirmou Tony. – Sei exatamente aonde ele vai. Além do mais, não vou sobreviver sem o Extremis e, para sua informação, eu sou um dos Vingadores.

Maya parou Tony de um dos lados da porta do laboratório e entregou-lhe um cartão. Em seguida, passou para o outro lado.

– É preciso duas pessoas para abrir o cofre do Extremis. Você está com o cartão do Killian. Espere por mim... Pronto?

Tony passou o cartão de Killian um átimo de segundo antes de Maya, e a porta permaneceu fechada.

– Não, Tony. Ao mesmo tempo. Está tudo bem?

Ele parecia cansado. Seu rosto estava pálido.

– Tirando a tontura do barato dos analgésicos, Maya, claro, tô ótimo. Foi mal. Eu consigo. Desta vez, me avise quando estiver pronta. Beleza? Vamos tentar de novo.

Os dois passaram seus cartões ao mesmo tempo. As portas deslizaram, revelando a sala. Lá dentro, Tony viu monitores, teclados, sensores e uma cadeira reclinável e conversível, que funcionava como mesa de operações.

– Aconchegante – disse ele.

– Tudo preparado pra rodar o processo Extremis, que nunca foi usado.

– Bom, agora vai ser.

O celular de Maya zumbiu.

– Um minuto – pediu ela. – Maya Hansen. Ah, sim. Já vou aí. – Ela desligou. – Quanto dinheiro você gasta com aviões? Acabou de chegar uma entrega do seu escritório. Eu volto já. Vamos colocar uma sonda em você quando eu retornar.

– Humm, que delicinha.

– Deite na cadeira e fique bem confortável. Se puder, né? Já que não está sentindo nada...

Maya saiu da sala. Tony ergueu-se lentamente da cadeira de rodas e passou para a mesa de operações. Inclinado sobre um dos computadores mais próximos, ele pesquisou alguns arquivos do Extremis, digitou alguma coisa e escaneou os resultados. Depois usou a mão esquerda para puxar um cabo retrátil do elmo da armadura do Homem de Ferro, que plugou num monitor.

As palavras REPRODUÇÃO HUD HOMEM DE FERRO apareceram na tela, sobrepostas a uma gravação de vídeo do ponto de vista de Tony dentro da armadura, durante a luta com Mallen. Tony viu sua rajada repulsora dividir o furgão em dois, então aproximou a imagem do inimigo dentro da porção traseira do veículo, que saiu capotando pela saída da rodovia.

– Aumentar quadrante esquerdo superior. Cem vezes. Mais. Aproxime. Aproxime. Aí. – Dentro do furgão, um mapa jazia dobrado ao meio, à esquerda de Mallen. – É por isso que sei aonde você vai – Tony disse, em voz alta. O monitor acendeu, mostrando um mapa do sul dos Estados Unidos, com uma rota desenhada de Houston a Washington, D.C. – Se eu precisar de três dias para processar o Extremis, você vai chegar antes de mim. Mesmo sem o furgão.

Tony retornou ao teclado, digitou uma sequência e estudou mais uma vez os resultados. Ele engasgou de novo e cuspiu mais sangue.

– Gente... que nojo.

Maya retornou com uma maleta grande.

– É esta? – perguntou ela, à meia sombra, na entrada do laboratório.
– Sim. A unidade experimental. Traga aqui, por favor – pediu Tony. – Venho tentando fazer do Homem de Ferro uma unidade desmontável há anos, mas quanto mais acessórios inseri no traje... mais complicado ficou, sabe?

Maya pousou a maleta numa mesa ao lado da cadeira. Tony abriu a trava com as impressões digitais de seu dedo indicador esquerdo, e a maleta abriu-se, revelando uma armadura portátil do Homem de Ferro, toda desmontada.

– Esta versão foi feita de metais com memória e titânio de cristal único, produção própria. Uma descarga elétrica faz os componentes assumirem a forma correta. A estrutura molecular se ajusta em planos superduros. E a maior parte dos elementos interiores comprime-se a cerca de 90% do volume funcional. É mais resistente e rápida que a unidade atual. Mas não consegui miniaturizar os sistemas de controle. A armadura ainda precisou do revestimento interno, do torso rígido e dos sistemas do elmo. Podemos reconfigurar o Extremis para cumprir todas essas funções e fazer de mim o Homem de Ferro por dentro e por fora – dizendo isso, Tony fechou a maleta.

Maya digitava um código num console. Nem olhava para ele.

– Ou matar você – disse ela. – Esta é a nossa última dose aqui, no compilador Extremis. Temos que instruí-lo sobre o que fazer com você. O computador recompilará a dose e reprogramará as funções. Um erro pode *matá-lo*.

– Então não vamos cometer erros – disse Tony. Ele tentou se levantar para ver o que Maya estava fazendo no compilador. – Você digita. Eu só tenho uma mão boa...

Tony desabou, e seu mundo apagou. Algum tempo depois – ele não sabia quanto –, Maya apareceu em pé à sua frente.

– Tony.

Ele vomitou sangue, sentou-se e ficou ali, quietinho.

– O resto da encomenda... Os nutrientes e metais suspensos... Sabe o que pretendo fazer com eles?

– Tony – Maya disse baixinho. – Vai ser impossível sobreviver a uma aplicação de Extremis desse jeito.

Ele olhou para ela.

– Eu preciso tentar. Ou as lesões internas vão me matar.

A cientista ajudou Tony a retornar à mesa de operações, depois baixou a porção superior de sua sobrepele de circuitos.

Tony fez uma careta.

– Então é assim que a gente se sente quando não recebe uma dose constante de analgésico.

Seu joelho continuava recebendo anestesia local, mas em pouquíssimo tempo ele viria a sentir uma dor lancinante na mão e no peito.

– Ainda dá pra desistir – disse Maya, colocando eletrodos no peito de Tony. Ela usou uma seringa hipodérmica para acessar uma das veias do braço bom dele e começou uma terapia intravenosa de reposição de fluidos. – ... E chamar os Vingadores.

– Não, Maya. Esta luta é só minha. Ninguém vai entender o perigo que aquela criatura representa, e eu sou o único que pode dar cabo dela.

Ela ergueu as sobrancelhas, cética.

– Duvido.

– Olhe – ele explicou. – Qualquer outro vai cometer o mesmo erro que eu. Vai subestimá-lo. Ele é muito mais perigoso do que parece, porque o Extremis continua evoluindo a todo o momento. Não quero me sentir culpado pela morte de um dos Vingadores.

– Tony, você disse que ele pretende ir a Washington. Pelo amor de Deus, pelo menos avise os seus amigos.

– Se eu morrer nesta mesa, você avisa. O número está no meu celular, na armadura. O código PIN é 0000.

– Sério? Então pra que colocar senha?

– Dá um tempo, vai! O celular é novo, peguei a caminho daqui. – Tony deitou a cabeça na cadeira reclinável. – Maya, eu vivo pra fazer este tipo de coisa. Minha vida é criar o futuro e deter os animais que querem roubar o futuro das pessoas. O seu Extremis é o futuro. Não devia ser desperdiçado em assassinos. Todos precisam ver isso. E eu também. Tudo conectado?

– Tony, se tivermos cometido um errinho que seja na compilação...

– Pare com isso, Maya. Não erramos. Você não errou. Sempre esteve pronta para usar o Extremis. Sempre foi mais inteligente que eu. Durante esse tempo todo em que passei fabricando armas, você trabalhava nisso, ajustando tudo, enquanto eu era só o cara dentro da armadura do Homem de Ferro.

Maya digitou uma sequência de letras, depois baixou lentamente uma alavanca hidráulica, compilando a dose final do soro do Extremis. Ela removeu o cartucho de soro, agora cheio, do compilador e o acoplou a uma pistola de injeção hipodérmica. Por um instante, inspecionou o instrumento, erguendo-o diante da mesa de operações, e olhou para Tony.

– Pronto?

Maya apontou a injeção para o ombro de Tony e puxou o gatilho, liberando o soro na corrente sanguínea dele.

– Fique quieto – disse ela. – Não se mexa.

– Sei que parece impossível, mas eu sempre quis ser mais. Sal mencionou algo sobre isso, sobre estar tentando incutir uma noção de futuro em nós dois. Isso mesmo. O engraçado é que esta é a segunda vez que tenho que trabalhar contra o relógio para o Homem de Ferro salvar a minha vida.

Tony engasgou, tossiu e cuspiu sangue. Maya tirou a injeção do braço dele e deixou a seringa cair no chão, com o cartucho vazio.

– Uma última coisa – Tony sussurrou. – Fale com a Sra. Rennie. Peça que... cancele... minhas reuniões.

Violentamente, Tony debateu-se, urrando de dor. Um líquido preto misturado com sangue jorrou de sua boca, e suas costas contorceram-se involuntariamente. Com um espasmo final, Tony Stark, o invencível Homem de Ferro, desmaiou na mesa de operações.

14

MEU DEUS.

Tony sentia um latejar doloroso e constante na cabeça. O coração palpitava, martelando erraticamente. Os pulmões gorgolejavam e suas juntas gritavam de dor. Ele não via nada além de escuridão. *Perdi a visão*, pensou.

Foi quando lhe ocorreu que não era para ele estar consciente.

O que está havendo, Maya?

Isso ele apenas pensou, porque as palavras não saíram. Não conseguia mover os lábios. Não conseguia mover nada. Lutava para falar, para dizer a Maya que alguma coisa saíra errado. Para dizer que se sentia preso, trancado numa cobertura rígida, grossa, tesa. Que o Extremis não fazia sentir nada além de agonia e exaustão contínuas. O processo fora um fracasso.

Você pode me ouvir?, disse ele, sem dizer.

Era como num sonho, exceto pelo fato de não conseguir acordar.

Um fraco brilho avermelhado começou a adentrar sua visão periférica.

Conforme ficou mais forte, Tony reparou que era luz. Uma luz avermelhada num cômodo sombrio de teto de painéis de madeira de reuso e paredes de *drywall*. Uma sala improvisada dentro de uma caverna de rocha metamórfica estratificada. O local era familiar. Ele conhecia o ventilador de teto simples que girava sem equilíbrio acima dele, com as pás cobertas de pó, como se fosse cair a qualquer momento.

Já tinha visto essa cena.

– Pode me ouvir? Estou vivo?

Agora conseguiu falar. E se mexer também. Mas doía demais.

– Posso ouvir, sim, Sr. Stark. Você está vivo.

Essa voz... a voz de um homem. Não era Maya. Não estavam na Futurepharm.

– Aaaaaahh!

Tony se sacudiu, com olhos escancarados. Tossiu, procurando por um copo d'água, mas não havia nada por ali. Quis arrancar os eletrodos que Maya colocara no peito dele, mas também não estavam mais lá.

Estava deitado numa maca nojenta, num cômodo pequeno e mal-iluminado. Conhecia o lugar. Ficava nas montanhas, no Afeganistão. Sua mão foi direto para o seu peito nu, para as bandagens úmidas, ensanguentadas. Não podia ser real. Devia ser um produto da transformação dele tomando controle de sua mente. O Extremis estava invadindo as memórias e os pensamentos mais secretos de Tony.

Por que não consigo acordar?

– Não faça tanto barulho, Sr. Stark.

Uma mão cálida tocou-lhe o ombro. Não a mãozinha macia de Maya, de tantos anos de trabalho em laboratório. Era a mão áspera de um homem.

– E tente não se mexer muito. Há um estilhaço alojado perto do seu coração. Não consegui extraí-lo.

Quem dizia isso era Ho Yinsen. Amigo. Salvador. O oriental magricela de cabelos brancos que salvara a vida de Tony depois de ele ser quase morto por uma Sentinela Stark.

– Eu conheço você – Tony virou lentamente o rosto, franzindo o cenho, e repetiu as mesmas palavras que dissera naquele dia na província de Kunar. – Nos vimos num congresso em Bern... Você é Ho Yinsen, o médico futurista.

– Boa memória para alguém que estava absurdamente bêbado – disse Yinsen. – Se eu estivesse bêbado daquele jeito, mal teria conseguido ficar de pé, que dirá dar uma palestra. – Ele riu um pouco, mostrando os dentes amarelados. – Eu me acostumei demais com a vida fácil de cientista que viaja de congresso em congresso. Os hotéis.

Serviço de quarto. Reembolso. Daí foi só dobrar uma esquina errada numa cidade estrangeira... e cá estamos.

Ele sorriu, fechando os olhinhos por detrás dos óculos redondos de armação de ferro. Ainda estava de terno, amassado, mas tirara a gravata. A camisa branca estava casualmente desabotoada no topo, com respingos de sangue de alguma emergência médica. Talvez relacionada a Tony.

– Onde estamos?

– Num acampamento remoto dos... como chamamos mesmo? Insurgentes? Rebeldes? Terroristas? Guerrilheiros? É tudo a mesma coisa...

Tony ergueu o torso da maca.

– Eles agora têm Yinsen, o grande médico inovador, para a medicina de guerra. E Anthony Stark, o grande inventor de armas. Está vendo aquilo? – Yinsen acenou para uma pilha de equipamentos eletrônicos, entre eles monitores CRT antigos, computadores usados, celulares inúteis, cabos, artilharia sem munição, explosivos improvisados, fusíveis, detonadores quebrados, tudo empilhado numa porta feita de mesa, apoiada em dois cavaletes. – Este é o seu futuro. Em breve, tudo será explicado a você, provavelmente com muita violência.

Muito confuso, Tony assimilou tudo o que acabara de ser dito.

– Querem que você construa uma arma que possam usar contra os americanos – disse Yinsen.

– Com essa sucata? – Tony sentou-se, levando a mão ao peito. – Meu Deus, como dói...

Yinsen levantou-se, rindo muito, e inclinou-se para a frente.

– Para a sua sorte, seu ferimento é fatal. Em uma semana, você estará morto. O estilhaço está se deslocando. Você morrerá lentamente, fincado por um pedaço de sua própria munição.

– Legal – disse Tony.

– Yinsen não tem a mesma sorte. Ele é tão durão quanto John Wayne e vai viver pra sempre.

A fala soou a Tony um pouquinho exagerada, mas ele deixou para lá.

– Não posso dar uma arma pra esse povo.

– Se você se esforçar – disse Yinsen, brincando –, talvez consiga morrer antes.

– Você não está ajudando.

Tony coçou a cabeça. Até isso doeu. Tudo doía. Mas que saco ter sido atingido por sua própria mina terrestre!

– Sorte a sua você ter a mim como amigo, branquelão – disse Yinsen.

– Com certeza – Tony reconheceu. Ele estalou o pescoço e começou, sem muito jeito, a se levantar. – Em Bern, você falou sobre ajudar vítimas de minas explosivas na Coreia... Por excisão magnética em ferimentos...

– Não posso remover seu estilhaço – interrompeu Yinsen, sentido. – Ele está pressionando o seu coração. Poderia haver uma ruptura.

– Remover, não – disse Tony. – Mas manter no lugar. Impedir que afunde mais.

Tony levantou-se.

– AAAHHH!

Seu coração bateu, e seus músculos se retesaram. Tony levou a mão ao peito dolorido e vomitou sangue. Caiu de joelhos, cuspindo mais sangue no chão imundo.

– Volte à cama – sugeriu Yinsen. – Pelo menos, vai morrer em relativo conforto.

Tony permaneceu de quatro no chão, incapaz de se mover. Ficou contente por ainda estar de calça, a mesma que usava quando chegara a Kunar.

– Você... assistiu à minha apresentação no congresso? – ele quis saber.

– Acho que saí para dar uma volta. Era algo sobre exoesqueletos para soldados. Coisas de guerra...

– Não era para guerra – Tony arquejou, ainda fitando o piso. – Era só para levantar fundos. Não tem como só... *desejar* que o futuro aconteça. Sou um *sonhador* pragmático. E alguém tem que pagar para que tudo possa se tornar realidade. Até as munições que eu fabriquei... eram só um jeito de angariar dinheiro do exército para fazer meu trabalho de verdade.

Yinsen começou a ficar interessado.

– Qual trabalho de verdade?

– Ser o piloto de testes do futuro. O programa Homem de Ferro que expus no congresso não tem a ver com exoesqueletos bélicos. A ideia é torná-lo melhor. Trazer o futuro para o presente. Viabilizar os primeiros estágios de adaptação da *máquina* ao *homem*, em busca de grandiosidade.

Tony levantou-se. Arrastando-se para que o peito não voltasse a doer, dirigiu-se lentamente até a mesa de equipamentos eletrônicos obsoletos, tendo que limpar um bocado de sangue da boca.

– Vamos montar um protótipo de Homem de Ferro com essas tralhas – Tony pensou no agora por um instante. Lembrou-se da batalha na rodovia e de sua armadura destruída, que se encontrava amontoada num canto do laboratório de Maya. Lembrou-se também da armadura de liga nova que chegara na maleta e esperava por ele. – Uma arma que nossos anfitriões possam vestir. E você vai embutir um gerador de campo magnético na placa peitoral. – Ele se voltou para Yinsen. – A ideia é construir algo que me mantenha vivo tempo suficiente para nos tirar daqui. Porque meu trabalho ainda não terminou.

· · · ·

Uma suave onda de choque percorreu os membros de Tony, trazendo-o de volta ao presente. O Extremis estava afetando os seus músculos, fluindo por todo o seu corpo e criando microespasmos localizados, mas ele não conseguia se mover para aliviar-se. Estava imobilizado, incapacitado pelo que parecia ser, ironicamente, um rígido traje de ferro.

Foi quando Maya falou, com uma voz distante, abafada.

– Tony? Tony, está tudo bem aí dentro? Você está no interior de um casulo de biometal organicamente sintetizado. Estou tirando radiografias da sua mão direita e do seu joelho direito a cada hora. Há progressos na estrutura óssea. A segunda hora mostrou que todos os ossos da sua mão foram reconstruídos, e agora é o joelho que está sendo modificado. Não consigo ver mais nada por causa do casulo. Pensei que fosse continuar recebendo seus sinais vitais pela rede, mas foi tudo bloqueado. Não sei nem se você está vivo. Me dê um sinal, qualquer coisa. Tente respirar alto. Um gemido, um resmungo, o que quer que seja. Tony, você pode me ouvir? Por que insistiu em fazer isso? Não era para ser assim...

Tony tentava responder, tentava ver, abrir a boca e perguntar como exatamente ela achava que era para aquilo ser. Em vez disso, desmaiou mais uma vez, perdendo-se novamente no passado.

••••

Dias se passaram. Tony estava de pé, sem camisa, mas com uma grosseira placa de metal flexível afixada ao peito. Tratava-se do magneto de Yinsen, projetado para manter imóvel o estilhaço que queria alcançar seu coração.

Tony protegeu os olhos contra a luz da única lâmpada que havia no teto, movida a gerador, que iluminava a salinha cheia de mofo. Ele deu uma olhada rápida na câmera de segurança do canto e torceu para ninguém estar assistindo a nada daquilo. Não tinham muito tempo.

– Ou nosso trabalho acabou... ou eu estou acabado – disse ele, largando uma chave de fenda sobre a mesa.

– Acabou, sim... E você também, provavelmente – respondeu Yinsen. Ele pegou a placa de aço cinza que ele e Tony tinham moldado e foi até o amigo. – Vista, rápido.

Tony passou os braços pelas alças que manteriam sua placa peitoral no lugar.

– Meu Deus... que pesado!

Yinsen empurrou a placa peitoral, ajustando-a na posição correta.

– Você consegue se mexer?

– Talvez quando ativarmos tudo... se as células energéticas funcionarem, estocarem e reciclarem a energia do reator ARC. E se meus cálculos estiverem certos quanto ao paládio que tiramos daquela porcaria de ogiva. Mas meus cálculos estão sempre certos.

Yinsen deu a volta para apertar as alças nas costas de Tony.

– Trave no lugar, Yinsen. Rápido. Está apertando meu peito.

– Ergui até onde pude. Espere alguns minutos.

Tony perdeu o equilíbrio.

– É pesado demais.

– Pode ligar – disse Yinsen.

Tony girou o interruptor giratório que circundava o reator ARC em seu peito. Mais tarde, ele implantaria essa mesma tecnologia internamente, substituindo o magneto e mantendo o estilhaço no lugar. Não aconteceu nada. Yinsen voltou para sua maleta e começou a fuçar.

– Eis o que restou do meu kit médico: tome um estimulante.

– Eu tenho um pedaço de metal raspando no meu coração, e você quer que ele bata mais *rápido*?

– Pode ligar, Tony.

– Estou tentando...

A placa peitoral ganhou vida, emitindo um brilho muito branco, derivado do paládio do reator ARC. Tony chegou a recuar um passo, pego de surpresa. Não tinha mais dificuldades com o peso da armadura.

Yinsen aproximou-se com um injetor. Ele o apontou para o pescoço de Tony e preparou o gatilho.

– Isto vai salvar... ou matar você.

– Aconteça o que acontecer, obrigado por tentar, meu amigo – Tony olhou para a câmera de segurança. Seus captores apareceriam ali a qualquer minuto. – Foi uma semana infernal, hein? Mas os próximos minutos vão ser bem interessantes. Vamos terminar de colocar esse traje em mim.

....

– *Acorde, Sr. Stark! Essa sua preguiça é inaceitável. Você tem um negócio para comandar.*

Sra. Rennie? Dentro do casulo de alta tecnologia, Tony fez de tudo para abrir os olhos. Não conseguiu.

– A diretoria exige agora mesmo uma resposta sua sobre o teste de campo que você fez com o celular novo. O Sr. América, dos Vingadores, ligou várias vezes... Ele mencionou algo sobre uma luta que viu no noticiário e parece bastante preocupado com a possibilidade de você ter morrido. Seus fãs não ficaram nada contentes com a situação na Wonder Wheel, o que não é surpresa alguma, dado o desastre que foi aquela excursão. Querem ver o Homem de Ferro fazer truques para eles. E onde está você, seu inútil? Responda imediatamente, Sr. Stark, ou serei forçada a informar à Srta. Potts que você está com essa tal de Maya, trocando as mãos por bicos de pato, e que sumiu.

Não, não, pensou Tony. *Não conte à Pepper. Ela nunca mais vai confiar em mim. Preciso que ela confie. Ela é o que realmente tenho de melhor na vida. E ela precisa terminar o trabalho de campo... é crucial para o futuro da empresa.*

Tony, contudo, não conseguia falar. Só podia estar imaginando tudo aquilo. A Sra. Rennie estava em Coney Island; ele, no Texas. Não havia como ela estar ali, do lado de fora do casulo biometálico, berrando ordens para ele. Além de ser bem provável que Maya nem a deixasse entrar no laboratório. E que história era aquela de bicos de pato?

Foi quando ele percebeu que ela realmente não estava na sala. A grande e flutuante cabeça da Sra. Rennie estava dentro do casulo com ele.

– Sr. Stark, me ligue assim que puder usar as mãos, ou use esse seu esquema ocular chique do seu celular. Como espera que eu toque uma empresa com você gastando todo o toner e me mandando esse monte de poodles?

Tony não esperara delírios tão vívidos como efeito colateral do Extremis. Era pior do que aquela vez em que ele e seu amigo Rhodey, da Força Aérea, foram à África Central negociar com terroristas que alegavam ter recuperado ogivas. Os dois tomaram a medicação experimental antimalárica nos testes CDC e começaram a alucinar. Rhodey estava prestes a bater em Tony com uma pedra, que na verdade era uma hiena, enquanto Tony jurava estar lá como um missionário encarregado de salvar a alma do amigo. Felizmente, algo mais ameaçador – um imenso elefante rebelde irritado – trouxe os dois de volta à realidade.

Fique calmo, Tony recomendou a si mesmo. *Descanse. Espere que o Extremis reconstrua o centro de regeneração do seu corpo. Reorganizando.*

A Sra. Rennie, porém, transformou-se na cabeçona careca de Obadiah Stane e ficou pairando na frente de Tony.

– Eu sei onde está a Pepper, Tony. Vou encontrá-la. E quando encontrar, vou forçá-la a me contar em que missão você a enviou. Ela está totalmente indefesa sem a proteção do Homem de Ferro. Vou usar essa informação para tomar a Stark Internacional... de novo. Lembra-se disso, Tony? Quando sua empresa era minha, não sua? Lembra-se de que você acabou sendo expulso e foi morar na rua? E que eu a renomeei pra Stane Internacional?

Como Tony poderia esquecer-se de quando o sócio do pai lançara uma hostil campanha para assumir o controle da companhia? Quando não somente usara todos os canais legais para expulsar Tony da própria empresa, como também fizera uma armadura para si mesmo e a batizara de Monge de Ferro?

Como é que se muda o canal destas alucinações?

– Se tem uma coisa que Pepper Potts não é, é indefesa, Stane, estando o Homem de Ferro por perto ou não – disse Tony, forçando o avatar de seu delírio a argumentar em defesa de Pepper. Se ele parasse de tentar mexer a boca e aceitasse que nada daquilo era real, seria possível interagir. – Ela é a pessoa mais competente que já conheci. Deixa qualquer um comendo poeira no que tange a negócios. Se fosse a Pepper que tivesse tentado assumir o controle da Stark, em vez de você, seu patético, eu jamais teria conseguido retomar o controle da empresa. Ainda estaria vivendo na rua, bebendo pra esquecer tudo.

– *No fim das contas, você vai perdê-la, Stark* – retrucou a grande cabeça flutuante de Obadiah. – *Você não tem o que é preciso para manter uma mulher habilidosa e inteligente ao seu lado. Você só ganha as que querem troféus, as bonitinhas que só estão interessadas no seu dinheiro.*

– Como posso perdê-la, seu idiota? – disse Tony. – Eu nunca a tive. Ela ainda me evita toda vez que tento falar de algo pessoal.

– Você nem reparou que Happy Hogan está competindo com você. Seu próprio chofer, um dos seus melhores amigos, está tentando roubar sua pretendente.

– Meu Deus, cale a boca! Você nem existe, Stane. E Pepper não precisa de mim e nem de homem algum pra cuidar dela. Você é só um efeito colateral do Extremis, minhas próprias inseguranças vindo me atormentar na minha imaginação. Se soubesse que teria que falar com você de novo, teria escolhido morrer dentro da armadura.

– Você precisa de um uisquinho, Stark. Vou ajudá-lo a lidar com o seu fracasso miserável contra Mallen. Você não conseguiu proteger os inocentes dentro daqueles carros. A morte deles é responsabilidade sua.

– Essa não colou, Stane. Sim, a morte deles é responsabilidade minha. Mas vou lhe falar por que você não tem como usar isso contra mim. Milhares de mortes em nações assoladas pela guerra em todo o mundo foram responsabilidade minha. Criancinhas em busca de lenha. Mulheres indo buscar água. Inocentes na linha de fogo morrendo sob minas terrestres. Eu *já* não consigo me olhar no espelho. Não tem como você me instigar a beber pra tentar me livrar disso, pois já passo metade do tempo num verdadeiro inferno, bem aqui, dentro da minha cabeça, onde você veio me visitar. Não tem como me horrorizar mais do que eu mesmo já faço.

A cabeça de Stane fervilhou e desapareceu.

– Ah, e Stane – Tony o chamou. – Monge de Ferro é um nome ridículo. E meu pai sempre achou você um babaca.

Tony desejou voltar a dormir, existindo apenas no estado suspenso entre a consciência e a terra dos sonhos, mas o Extremis não cooperava. O processo continuava focado na evolução do Homem de Ferro.

E sua origem continuou a encenar-se na mente dele.

• • • •

Nas brumas oníricas de Tony, seu peito brilhava com o reator ARC. Ele disparou uma rajada na porta que até então mantinha Yinsen e ele presos. O médico caiu para trás, e Tony – ainda desajeitado na armadura que acabara de construir –, cambaleou e arrastou seu corpo agora coberto de aço e ferro porta afora. Ele emergiu nos túneis que se espalhavam pelas cavernas feito favo de abelha, nas profundezas das montanhas afegãs.

Insurgentes armados – homens com roupa de camuflagem e botas de combate, com a cabeça coberta para se protegerem da areia e do sol de fora das cavernas – surgiram aos montes no túnel escuro, correndo na direção da imensa criatura acinzentada na qual Tony se transformara.

Por um instante, ele ficou ali parado, com o reator brilhando – altivo, invulnerável e poderoso dentro de sua concha de aço.

Cinco homens viraram-se e dispararam seus rifles contra o Homem de Ferro. Tony protegeu os olhos – que, na primeira armadura, ficavam expostos por fendas – com a manopla de metal que envolvia seu antebraço esquerdo. As balas acertaram a armadura, mas não a atravessaram.

– Vocês queriam micromunições da Stark? – ele perguntou. – Pois tomem.

O Homem de Ferro estendeu o braço direito para os insurgentes e disparou um voleio rápido de pequenas esferas removidas de uma sementeira fora de uso, lançando uma de cada dedo seu. Elas explodiram aos pés dos terroristas, engolfando-os numa explosão de chamas.

Tony ouviu balas ricocheteando em suas costas – um som não muito diverso daquele que ecoa quando uma chuva pesada encontra um telhado de metal. Mais homens correram até ele, atacando-o por detrás de barracões de estoque de munição, disparando metralhadoras e rifles. Ele avistou o fogo no cano das armas ao serem disparadas e virou-se lentamente – a primeira armadura do Homem de Ferro não era lá muito ligeira –, apontando a mão para os homens. Foi preciso apertar um interruptor dentro da luva de metal – não havia inteligência artificial na primeira armadura, e tudo tinha de ser controlado manualmente.

Um raio repulsor atingiu os insurgentes, tirando-os do caminho, largando-os sem vida no solo rochoso. Tony apertou um botão dentro da luva esquerda, gerando uma faísca. Chamas foram disparadas de sua mão estendida, incinerando os barracões de munição e todos os que ele pôde ver tentando escapar da caverna. Dava para sentir o cheiro dos corpos queimando.

Outro bônus da armadura moderna: ser hermética.

E então veio a luz do dia. Ele respirou o ar puro e olhou para o céu. Quanto tempo fazia?

Tony ouviu um motor e o guinchar de um carro freando. Quando se virou, viu um jipe contornando um prédio. O veículo parou cantando pneus, trazendo um passageiro que se apressou em mirar uma Uzi na direção dele. Tony quis poder sair voando dali, mas ainda não tinha inventado os jatos propulsores das botas.

BLAM, BLAM, BLAM. Tony foi atingido três vezes bem no peito. Ele olhou para baixo e viu três amassadinhos nos pontos em que as balas o acertaram. *Forte mesmo essa armadura*, pensou.

Devagar, ele ergueu a cabeça, muito irritado, e o reator ARC brilhou mais uma vez.

– Teste de armas – disse o Homem de Ferro.

Um disparo flamejante explodiu do peito dele, aniquilando o jipe.

E então todo o entorno foi tomado por fogo, uma fumaça preta e espessa, explosões e pelo fedor horrendo de diesel queimando.

Entre as chamas, triunfante, restou somente o Homem de Ferro.

15

– AAAH!

Maya gritou, surpresa, quando, de dentro do rígido casulo-concha do Extremis, o repulsor do peito de Tony disparou feito um laser.

Tony recobrara a consciência um momento antes, descobrindo-se incapaz de se mexer. *Chega disso*, pensou. *Tire esse biometal de mim. Chega de ficar preso.* Mallen já tinha muita vantagem sobre o Homem de Ferro. Tony não tinha tempo para que o Extremis terminasse o processo e dissolvesse naturalmente a casca.

Com um único pensamento, Tony desencadeou por todo o casulo uma rede de diminutas explosões com energia do Extremis. Os estouros eletromagnéticos seguiam sua rede neuronal, fervilhando uma luz vermelha cintilante sob a carapaça dura, desmanchando-a.

O biometal evaporou e caiu no chão como se tivesse sido derramado. Tony apareceu, nu, deitado sobre a mesa de operações. O laboratório ao redor dele era uma escuridão só, tirando as luzes azuis dos monitores de computador e o brilho branco de seu peito. Ele então fez mais um comando mental percorrer todo o seu sistema.

Remover eletrodos e sonda intravenosa, ele solicitou. Os conectores e tubos desprenderam-se de sua pele, soltando faíscas ao dissolver.

– Estou vivo – disse Tony. – Caramba!

Ele ficou deitado por um momento, maravilhado ao sentir que toda a dor desaparecera, bem como os delírios. Sentia-se fantástico, vivo, alerta, pronto para fazer queda de braço com o Capitão América e o Hulk ao mesmo tempo, um de cada lado, enquanto, simultaneamente, resgatava Pepper de uma invasão alienígena.

– Tony, não tente se mexer!

Maya estava de pé ao lado dele, em pânico, falando num tom muito agudo. Tinha estendido a mão para tentar contê-lo.

– Estou farto de ouvir vocês dizerem isso – disse Tony, sentando-se. – Fiquei apagado por quanto tempo?

– Cerca de 24 horas. Foi rápido demais.

Maya checou os sinais vitais de Tony, erguendo as pálpebras, procurando por algo anormal.

– Eu fiz algumas alterações no seu programa quando você saiu – disse ele. – Tirei algumas travas de segurança. Ei, pare de me cutucar.

– Você fez o quê? – perguntou Maya, recuando, atônita.

– Melhorei o seu trabalho, Maya. Quando disse que você é mais inteligente do que eu, só estava tentando fazer você se sentir mais confiante. Você parecia nervosa, sabe? Então, e... Você ficou aí olhando pra mim durante 24 horas? Deu uma boa olhada? Quando foi que fiquei sem a sobrepele?

– Você ainda estava de cueca quando o casulo se formou, se é isso que quer saber – respondeu Maya, desviando os olhos quando Tony se levantou. – Você mesmo deve tê-la queimado durante o processo, seu exibido. E não é nada que eu já não tenha visto, então fica na sua. Se alguma coisa aumentou em você, deve ter sido internamente – brincou ela. – E, pro seu governo, não fiquei só olhando pra você nessas 24 horas. Eu estive ocupada brincando com este aparelhinho incrível. – Ela mostrou o celular dele. – Assisti a *Garotos bilionários e seus brinquedos* e fiquei de olho nas suas mensagens, caso chegasse algo importante de Nick Fury ou do presidente. Quem é Pepper?

– Por quê? Ela mandou alguma mensagem?

– Catorze, basicamente.

– Fale mais baixo – Tony reclamou. – Acho que ganhei superaudição. – Ele estendeu a mão direita, recentemente reparada, e a examinou, fechando e abrindo o punho. – O que você acha? Novinha em folha. Ei, isso aqui parece o buraco em que eu plugava os fones que tinha quando garoto.

Tony acabara de reparar numa entrada que tinha no antebraço. Quando olhou para o peito, descobriu entradas adicionais espalhadas por todo o corpo.

– Vamos ver se as outras coisas funcionam – disse. – Iniciar.

Ele teve uma discreta sensação de formigamento nos músculos, percebendo algo: *Estou ativado*.

– Você tem essas coisas nas costas também, e são simétricas – disse Maya, deixando que a curiosidade de cientista sobrepujasse o pudor e indo examinar mais de perto. – Tony... Isso não fazia parte do Extremis. O que foi que você fez?

Tony abriu um sorriso maroto. O formigamento tinha passado. Ele não estava mais cansado nem delirante. Realmente sentia-se um espetáculo.

– Isto – ele respondeu.

A entrada que havia em sua escápula ficou dourada. Ela cresceu e se multiplicou, transformando-se numa rede de biometal acobreado e dourado que foi disseminando-se por sua pele feito um mosaico, espalhando-se rapidamente por todo o corpo, cobrindo-o com uma camada condutiva que, na verdade, agora fazia parte da anatomia dele. Em segundos, ela tomou-o por completo, cobrindo pescoço e crânio, deixando somente o rosto exposto.

– Supercomprimida e estocada na porção oca dos meus ossos, Maya, agora carrego a camada interna do Homem de Ferro dentro do meu corpo. Não vou mais precisar usá-la nem levá-la por aí. Foi por isso que o Extremis dissolveu a sobrepele que eu usava. – Ele se virou para ela. – Está diretamente ligada ao meu cérebro. Agora controlo a armadura com os pensamentos, como se fosse mais um membro do meu corpo. – Ele fitou a maleta que guardava a armadura portátil, largada num canto da sala. – Olhe, preste atenção na maleta que a Sra. Rennie me mandou.

A maleta abriu-se com um comando mental. Tony nem precisou tocá-la para revelar as partes do Homem de Ferro que estavam guardadas ali dentro.

– Como você fez isso? – Maya ficou impressionada.

– Mandei um sinal pelo chip enxertado no meu braço.

O celular de Maya tocou.

– Ah, saco. Vê se fica um pouco quieto. Tenho que atender...

Ela levou o celular à orelha, ainda de olho em Tony.

– Maya Hansen.

– Alô, Maya? É o Tony. – Maya afastou um pouco o celular do rosto e fitou-o de soslaio. A voz tornou a falar: – Veja que meus lábios não estão se mexendo, e eu não tenho nada na manga. Se quisesse, poderia fazer isso enquanto bebo água.

– Pare com isso, Tony! Você está me assustando – Maya gritou.

No susto, a cientista arremessou o celular contra ele. Tony desviou facilmente, e o aparelho atingiu a parede atrás dele, caindo no chão com muito barulho.

– Então não olhe para mim agora – disse ele, rindo.

Dramaticamente, ele abriu os braços.

A armadura do Homem de Ferro, parte por parte, ergueu-se da maleta como que por magia. Os pedaços levitaram e flutuaram pelo ar até Tony, aparentemente guiadas por pensamento. Cada uma aderiu ao seu corpo, alocando-se cuidadosa e exatamente onde era para ficar, estalando ao fixar-se no lugar. Os protetores de canelas grudaram nas pernas dele. A placa peitoral cobriu-lhe o peito. O elmo envolveu-lhe o crânio e o rosto, encaixando com um clique, sem qualquer conector visível.

– Como você fez isso?

Maya era uma cientista. Não acreditava em mágica, mas estava estupefata.

– Campo repulsor vetorizado atraindo os componentes de diferentes ângulos – Tony respondeu casualmente.

Completamente vestido com sua familiar armadura vermelha e dourada, Tony deu um ou dois passos em direção à luz, cerrando o punho de sua mão direita reconstruída, fazendo uma pose orgulhosa. A nova armadura do Homem de Ferro era mais elegante e estilosa que a que fora destruída na batalha com Mallen. As fendas dos olhos desprendiam um sinistro brilho, que contrastava com a máscara dourada e polida. O reator ARC cintilava bem no meio da placa peitoral de liga metálica, dentro de um triângulo de um amarelo pálido. Ele subiu e desceu o visor do elmo com o pensamento, testando uma nova extensão de seu corpo que já lhe parecia tão natural quanto os braços e as pernas.

– Agora sou o Homem de Ferro... por dentro e por fora.

– Meu Deus! – Maya viu-se diante dos resultados de seus esforços somados aos de Tony Stark, sentindo-se diminuta ao lado da armadura do Homem de Ferro. Ela estendeu a mão, tocando de leve o reator ARC com as pontas dos dedos, quase acariciando a manifestação física de seus muitos anos de pesquisa árdua. – Precisamos fazer alguns testes. Lembra-se do aviso de Sal sobre tendências de tecnologia emergente, Tony? Você vai continuar evoluindo por um tempo. Não tem como saber quais serão as mudanças pelas quais vai passar! É muito perigoso. E o impacto nos seus órgãos internos...

– Eu criei órgãos novos. – O Homem de Ferro deu meia-volta e saiu pela porta do laboratório. – Bem, preciso trabalhar. Mallen continua à solta, agora a um dia de Washington, D.C.

Maya foi atrás dele.

– Não sabemos exatamente onde ele está.

O Homem de Ferro parou, virou-se e olhou para ela.

– Agora posso enxergar através de satélites, Maya.

Ele se virou e saiu andando, sozinho, pelo corredor escuro.

16

MALLEN OUVIU O HOMEM tocando gaita na montanha, numa antiga pedreira, muito antes de vê-lo.

Vinha caminhando por uma floresta em algum ponto da Virgínia. Não faltava muito, ele sabia, para chegar aos subúrbios de Washington, D.C. Poucas horas antes, ele avistara placas ao longo da rodovia que seguia para o leste, quando emergira de uma reserva florestal, em um vale de Front Royal. Procurava manter-se afastado da interestadual, e até mesmo das estradinhas circundantes, para evitar altercações. Não que as autoridades tivessem chance contra os novos poderes de Mallen, mas ele não estava a fim de ficar brigando durante o trajeto todo até a capital dos EUA.

O som da gaita ecoava pela floresta de carvalhos e nogueiras. A pessoa que tocava tinha um dom extraordinário: imitava sons de trem, de gritos e vaias. Mallen não era aficionado em música, muito menos blues, mas sabia tratar-se de um talento excepcional.

Seguiu o som da música, descendo uma encosta que partia de uma estrada de terra. Contudo, quando ele chegou perto da pedreira, a gaita silenciou, e o som de cachorros uivando encheu o ar.

Mallen correu para lá, saltando sobre pedras e descendo apressado pelo declive até chegar à beirada de uma pequena pedreira. Um senhor robusto de suíças estava no alto da reserva, montado num pequeno trator de esteira. Tinha uma gaita numa mão e uma garrafa sem rótulo de um líquido claro na outra.

– Cale a boca, Bob! Blue, sente aí! O urso não vai machucar você. Cale essa boca. Eu estava tocando gaita aqui.

Dois cachorros latiam para um urso preto de médio porte que tivera o azar de aparecer por ali. Os cães tinham encurralado o animal numa das paredes de rocha do lugar.

– Precisa de ajuda aí, senhor?

Mallen saltou para a pedreira e passou pelos cachorros. Ele agarrou o urso pela barriga e ergueu-o para o alto, de ponta-cabeça.

– Calma, meninos! – berrou o homem para seus cachorros.

Eles continuaram urrando, pulando em Mallen. O urso agitava as pernas furiosamente.

Mallen depositou o urso por cima da borda da pedreira, na floresta. Os cachorros dispararam, latindo sem parar, perseguindo o animal como se fosse um graveto.

– Muito obrigado, senhor – agradeceu o homem. – Mas ainda não é temporada de urso.

– Bom, não vejo nenhum guarda florestal por aqui, senhor, ãh...

– Lee Jefferson Davis Tecumseh Sherman. Mas pode me chamar de Slim.

– Beleza, Slim. Mora aqui?

– Que é isso, garoto! Aqui é só uma pedreira. Moro lá pra cima. – Slim apontou para a montanha. – Quer um gole? – perguntou, estendendo a Mallen a garrafa sem rótulo.

– Claro.

Mallen sorveu um gole do líquido. Era ardido, de gosto ruim. Ele cuspiu tudo nas folhas, soltando faíscas acidentalmente, acendendo, sem querer, uma pequena fogueira.

– Foi mal – disse, pisando nas chamas para apagá-las.

Slim caiu no riso.

– Meu luar nunca tinha causado esse efeito em ninguém. O que faz por aqui, forasteiro?

– Sou do Texas. Estou indo ter uma conversinha com o governo. Quero consertar as coisas.

– Bom pra você, rapaz – disse Slim. – Já enfrentei os federais também. Queriam tomar esta montanha pra fazer um parque nacional. Eu disse: "Beleza, podem fazer quantos parques quiserem, mas esta aqui é a minha pedreira, a minha terra, e vocês não podem tomá-la, porque eu e a minha esposa moramos aqui faz trinta anos, e é assim que ganhamos dinheiro. Então, podem fazer seu parque nacional ao redor da minha terra, eu fico aqui, numa ilhazinha bem no meio, mas quero que considerem as minhas terras propriedade particular e impeçam que alguém invada quando estiver zanzando por perto. Do contrário, eu meto bala, ou meus cachorros atacam".

– Então você os impediu?

– Não tenha dúvida. Participei dos encontros da comunidade e escrevi cartas para o editor dos jornais locais. Toquei gaita pelo nariz, cantei minha balada, sapateei pros vizinhos ricos nos encontros, e eles disseram que este aqui é um verdadeiro homem da montanha, que iriam ajudar o velho Slim aqui a não perder a casa dele. Claro que eles também gostam das terras deles, mas não sabem sapatear como eu, então tiveram que recorrer aos advogados da cidade.

– O que importa é o resultado – Mallen concordou. – Já eu tenho algo um pouco mais direto em mente. Viu isso aí que eu fiz com o fogo? Tenho uma coisa em mim que me torna mais forte que qualquer um. Consegui com um cara dum laboratório do Texas. Ele estava num bar no centro da cidade, sentado num banco meio longe de mim e dos meus amigos, tentando dar uma de bonzão. Chamou o barman e ofereceu dez pratas. Daí piscou para o cara, tipo a Ginger do *Gilligan's Island*, tipo uma mina, e perguntou se algum dos clientes tinha alguma coisa contra o governo ou os militares. O barman o mandou à merda e ainda ficou com o dinheiro.

Mallen começou a rir, e Slim também.

– Então fomos lá falar com o cara. Ganhei um negócio dele, uma injeção. Ele mandou aplicar direto na nuca, porque é lá que fica o centro nervoso. "Vai deixar você mais forte", ele disse. E deixou mesmo. Sou uma arma ambulante. Agora vou poder dizer o que penso, e eles vão ter que me escutar.

– Tô vendo que você é um verdadeiro revolucionário, garoto – disse Slim, rindo. – Vamos subir a montanha. Minha mulher deve estar passando um café, e daí vou lhe mostrar uma coisa, revolucionário.

– O quê?

Slim deslizou do trator para o chão e começou a subir a encosta. Mallen o seguiu.

– Encontrei umas ruínas entre os montes. Achei uns artefatos. Deviam ser de um dos fortes do Comando do Mosby.

– Quem?

Slim parou e olhou para Mallen.

– Rapaz, se você não fosse do Texas, eu dava uma sova em você agora mesmo. Estamos caminhando pelo local da linha de frente da Guerra Civil. Aqui mesmo onde estamos. Não sabia que este território trocou de mãos mais de trinta vezes?

Mallen fitava Slim com cara de bobo. Viera de uma porção totalmente diferente do país e nunca prestara muita atenção às aulas de História. Além do mais, abandonou a escola assim que teve idade para poder fazê-lo legalmente.

– Mosby era um revolucionário... o fantasma cinzento da Confederação. Um coronel – explicou Slim, exasperado. – Seu comando cavalgou por esses morros, assolando os inimigos. Ele era isso que você quer ser, e fez tudo sem cuspir fogo, com a força de um homem normal. Venha... vou lhe mostrar.

Os cachorros – Bob e Blue – voltaram correndo e puseram-se a escoltar os dois homens, que agora escalavam as pedras na encosta, em direção à estrada de terra. Mallen ficou maravilhado por Slim conseguir enxergar a trilha, porque, mesmo com sua visão evoluída pelo Extremis, ele mal podia vê-la.

Os homens cruzaram a estrada e seguiram por mais uma porção de terra batida, passando por velhas picapes e casinhas de cachorro.

– Eu durmo ali quando a patroa me põe pra fora – disse Slim, apontando para um caminhão antigo.

– Pelo visto você também o usa para praticar tiro – disse Mallen.

O caminhão estava coberto de buracos de bala. Slim fazia Mallen lembrar-se do pai. Ele teria de dar uma passada ali depois que resolvesse seus assuntos em Washington, para descobrir como Slim sabia tanto sobre a Guerra Civil. Quem sabe poderia ajudá-lo na pedreira, agora que estava tão forte. Seria uma boa ajudar americanos decentes a fazer coisas úteis, concretas.

– É, eu boto as garrafas ali e atiro. É por isso que bebo o tempo todo – disse Slim. – Preciso das garrafas. Venha, Blue.

Slim parou no topo do morro, em frente a um trailer. Ele prendeu Blue numa corrente que estava ligada a uma casinha e levou Bob até outra. No jardim, havia uma bomba, que Slim movimentou um par de vezes até encher um balde com água. Em seguida, foi até as casinhas dos cães e encheu seus potes de água. Os dois cachorros foram deitar, exaustos do passeio.

De uma chaminé que brotava do canto do trailer, desprendia-se fumaça.

– Vamos entrar, tomar um café – disse Slim. – Depois vamos ver o forte de Mosby.

Os dois subiram os poucos degraus que levavam ao antigo e poeirento trailer. Um senhor negro de óculos estava sentado numa cadeira de balanço, perto de um forno a lenha, vendo televisão.

– Ei, Pipoca! Já fez o almoço? Temos visita. – Slim virou-se para Mallen. – Minha mulher se chama Sonny, mas eu a chamo de Pipoca. Venho chamando-a assim faz três décadas, não vou parar agora só porque ele fica irritado.

– Ele? – perguntou Mallen, chocado, parado feito estátua em meio à poeira do velho trailer.

– É, minha esposa é um homem! Não vá me dizer que você é um desses bobocas da cidade com ideias antiquadas sobre como a vida tem que ser! Nada é como você acha que tem que ser. A gente tem que viver como quer. Tem que seguir o coração.

– Slim – disse Pipoca –, o que os cachorros estavam caçando? Eu os ouvi latindo daqui.

Mallen ficou olhando para Slim e Pipoca, sem saber como reagir. Parte dele queria arrancar os miolos de Slim e atear fogo no trailer, com Pipoca dentro. Em vez disso, ele murmurou para Slim que não estava tão curioso assim sobre a história de Mosby.

– Tenho que ir – disse ele. – Prazer em conhecê-lo. Tenho que ir ver o presidente.

Ele deu meia-volta e saiu às pressas. Contudo, enquanto caminhava, ouviu Slim dizer-lhe algo:

– Leia sobre o Mosby, rapaz! Juntou-se aos federais depois da guerra... e soube quando parar. Você pode aprender umas coisas com ele.

Slim voltou a tocar a gaita. O prazeroso som do instrumento perseguiu Mallen feito um fantasma por toda a descida da montanha, a caminho da rodovia estadual, cruzando o vale.

17

O HOMEM DE FERRO sobrevoou o Texas, o Arkansas e o Tennessee com sua armadura vermelha e dourada reluzindo sob a brilhante luz da manhã. Tinha acabado de passar por Cumberland Gap – ponto em que os estados do Tennessee, Kentucky e Virginia se encontram –, então aproximou um pouco mais a imagem das montanhas e desfiladeiros que, vistos do alto, mais pareciam uma espinha dorsal verde. Enquanto Tony admirava a paisagem lá de baixo, informações geológicas e agrícolas apareceram no HUD.

Estava a caminho de Washington, capital do país, para caçar Mallen. Sua armadura nova, recentemente aprimorada, permitia-lhe escanear, muito mais rápido do que antes, milhares de bases de dados de autoridades da lei. Diante de seus olhos, imagens brilhavam quase tão velozes quanto o pensamento.

Sua mente, contudo, não se desligava do cenário. Tony lembrava-se de ter conhecido, certa vez, umas mulheres que disseram que iam escalar os Apalaches. *Quem sabe não faço isso qualquer dia... Vou ver se Rhodey ou Pepper querem vir comigo. Com sorte, vou é acabar a cinco mil pés de altura só com a Sra. Rennie.*

O nome Mallen pipocava em alguns dos resultados de suas pesquisas. Tony usava os sistemas óticos para clicar em cada entrada, abrindo-a e depois passando para a seguinte.

– Vejamos... Mallen – ele leu em voz alta. – Não tem primeiro nome? Tá, só Mallen, então. Os pais foram mortos há vinte anos num tiroteio com o FBI, depois que o pai baleou um agente federal. Mallen foi transferido de abrigo em abrigo, a começar por um estadual, no Texas. Descrito como amargo, instável, racista, de baixo QI e sem relacionamentos íntimos conhecidos. Bem, não é de se espantar – Tony foi rolando a tela. – Frequentes problemas com a lei, crenças extremistas, provável usuário de substâncias psicoativas, diversas prisões por porte de arma, nunca foi condenado. Muitos subempregos, nada duradouro. E se veste mal também, considerando a vez em que nos vimos. Enfim, ele é uma gracinha.

Jarvis subitamente interrompeu o fluxo de dados.

– Diversos pequenos mamíferos aproximando-se.

– Quê? Macacos voadores? Estamos a quinze metros do chão. Poderia ser mais específ...

Tony foi subitamente engolfado numa escandalosa escuridão por um enxame de animais desconhecidos.

– Ah! O que é isso...? – Tony esquivou-se e desviou rapidamente, mas os animaizinhos voadores o rodeavam por todo lado. Ele desceu um pouco e se virou, surpreso com a própria e incrível velocidade. Estava totalmente cercado. A única luz que podia ver era a que vinha dos jatos das botas. – Morcegos! Jarvis, identificar espécie.

– São pequenos morcegos marrons, Sr. Stark.

– Isso eu percebi, gênio. Acho que vou fazer um *upgrade* com o Extremis em você também.

– Tenho acesso a milhares de bases de dados via Starksat graças ao seu *upgrade*, senhor. Esses são *Myotis lucifugus*. Espécie de morcego das mais comuns na América do Norte.

Jarvis abriu um arquivo do Serviço de Proteção à Vida Selvagem.

– Ah, entendi – disse Tony. – Pequeno morcego marrom é mesmo o nome dele. Eu, ãh... já sabia. Escaneie o artigo em busca de descrição das atividades diurnas da espécie.

– Atividades diurnas incluem dormir e coçar.

– Esse é dos meus.

As criaturinhas continuaram a cercá-lo, batendo as pequenas asas e guinchando. Por que ele estaria sendo cercado por morcegos em plena luz do dia? Subitamente, Tony lembrou-se de que sua audição fora ampliada. Como soaria o som dos morcegos para seus ouvidos aprimorados pelo Extremis?

– Jarvis, me dê escalas de frequência.

Tony pôs-se a planar e prestou atenção. Construíra seu primeiro detector de morcegos na segunda série. Estava curioso para ver a diferença entre seu projeto de Ciências e seus próprios ouvidos, agora evoluídos. Ele escutou um ronco grave ao longe. Entretanto, entre desviar dos morcegos e escutar o impressionante espectro de seus guinchos, preferiu não dar muita atenção àquele ruído distante.

– Passe para ecolocação. Vamos ver se posso voar como eles sem visão.

O Homem de Ferro ficou ouvindo o chilrear dos morcegos, fascinado. Ele olhou para o controle de volume no HUD e aumentou um pouco. Depois um pouco mais. E mais.

BUM! Um baque trovejante assustou-o. Ele caiu no chão, ainda sem enxergar, pousando bem de cara.

O ronco. Estivera tão ocupado com os morcegos que não o havia investigado.

– Duas pessoas por perto – avisou Jarvis, sem emoção.

– *Hunf*. Pode baixar um pouco o volume – disse Tony.

O Homem de Ferro rolou para o lado e se sentou. Acima dele, a morcegada se dispersou, voando para todos os lados. Ele olhou ao redor. Tinha caído numa pequena garganta de calcário. Avistou uma saliência escarpada que, sem dúvida, devia ser o lar dos morcegos.

Quase no mesmo momento, notou, bem abaixo da rugosa saliência, dois montanhistas congelados de medo. A rocha acima deles estremecia, agora roncando ainda mais alto. Estava prestes a desabar.

Num instante, o Homem de Ferro acionou os jatos de suas botas e voou na direção dos montanhistas, manobrando suavemente pelo desfiladeiro. Pegaria os dois e os tiraria dali antes que a rocha cedesse.

Desde que se tornara o Homem de Ferro, Tony treinara para avançar direto para o perigo, correndo na direção do medo em vez de fugir dele. E o Extremis o deixara ainda mais veloz. Tony estava maravilhado com sua velocidade e precisão.

Ele, porém, acabou errando a mão, batendo em cheio, a 160 quilômetros por hora, na saliência. O impacto sacudiu o elmo, deixando-o tonto. Ele balançou a cabeça, afastando-se da rocha.

Pelo visto, seu soro é potente demais, Maya.

Foi quando, para seu horror, o morro ao redor dele desabou. Rochas, raízes e terra despencaram ao seu redor.

– Corram! – ele gritou.

Culpa minha. De novo.

Um dos montanhistas, um rapaz loiro de boné, no qual estava escrito "Virgínia é para os amantes", hesitou; a outra, uma moça de camiseta vermelha, começou a correr. Ela foi para a esquerda, depois para a direita, mas havia rochas caindo por todo lado. Ela então cobriu a cabeça e se agachou.

– Esta área já foi um vasto mar – disse Jarvis, ainda recebendo informações de bases de dados locais e nacionais.

– *Quê?* Repulsores, agora!

O Homem de Ferro recostou-se no que restava do morro, escorando-se o máximo que pôde. Estendeu os braços e disparou um voleio de brilhantes microexplosões focalizadas. Centenas delas reluziram por todo o cenário, como num show de luzes de um espetáculo de heavy metal. Cada disparo dos repulsores atingiu precisamente um único pedaço de rocha ou detrito, explodindo-o com a força de uma banana de dinamite.

Uma leve névoa de poeira assentou-se sobre os montanhistas.

A-há. Tony olhou para a palma das mãos, impressionado com a precisão do novo controle dos repulsores. Ele foi capaz de produzir uma barragem exata de microexplosões apenas com o pensamento. *Lição número um: aprender a usar seu equipamento. Lição número dois: e que equipamento!*

Outro ronco grave veio do alto, lembrando Tony da emergência em que estava metido.

Ele voou para perto dos montanhistas.

– Vamos – disse, agarrando os dois, um debaixo de cada braço.

Ele os ergueu, foi para cima das árvores e lentamente voou quase um quilômetro para o leste. Após pousar com cuidado ao lado de uma trilha, soltou gentilmente os passageiros.

Os dois pareciam tão estupefatos quanto aliviados.

– Caramba! – exclamou a moça. – Isso foi o máximo! E agora?

– Australiana, né?

Tony ainda não tinha reparado que aqueles montanhistas eram turistas estrangeiros.

– É, somos do norte de Nova Gales do Sul, perto da fronteira com Queensland – disse o rapaz. – É bem verde, igual aqui. Já foi lá, Cara de Ferro?

Jarvis tornou a interromper.

– O xerife do Condado de Augusta informou à polícia estadual, por rádio, ter avistado Mallen ontem à tarde. Ele comprou café num posto de gasolina, e alguém de lá o reconheceu dos jornais. A informação foi confirmada pelas imagens das câmeras de segurança.

– Vamos ver.

Jarvis localizou o vídeo da polícia e o apresentou a Tony.

– É, é o nosso cara. Mais alguma coisa?

– Foi avistado de novo, numa loja de conveniência no Condado de Prince William.

– Ele está chegando a Washington – disse Tony, subitamente preocupado. – Tenho que ir.

Sem nem se despedir, disparou para o ar feito um foguete.

No solo, o casal o viu partir.

– Se cuida, Cara de Ferro! – berrou o australiano.

18

A LUZ DA MANHÃ BRILHAVA pela janela da cabana, na área do acampamento. Mallen invadira o lugar à meia-noite. Ele rolou de lado na cama de casal e sentou-se.

Flexionou os braços algumas vezes, maravilhado com a força e a potência que ostentara nos dias anteriores. Correr do Texas a Virgínia foi menos exaustivo do que teria sido cruzar a pé um campo de futebol no mês anterior. Era uma pena que aquelas cabanas não tivessem roupa de cama nem encanamento, mas quebraram um bom galho para passar a noite. *E de graça, pra você que não tem dificuldade alguma em quebrar trancas*, pensou ele.

Os chuveiros ficavam a uma curta caminhada dali, então Mallen levantou-se, mantendo a rotina e tendo mais uma manhã como as que tivera a semana toda. Ele foi até o lado dos homens no banheiro e entrou numa das cabines com chuveiro, onde ficou, sob o calor delicioso da água, por cinco minutos. Todos os seus sentidos foram aguçados. A água do chuveiro ecoava em seus ouvidos conforme o fluxo constante do líquido martelava o azulejo do chão. Dava para sentir o cheiro do cloro da água, ouvir o chuveiro ao lado e saber, pelo tom do barulho da água, quando o homem da cabine vizinha estava se ensaboando ou se enxaguando. Também o ouvia respirar com dificuldade – estava um pouco acima do peso. Mallen agora captava tantas coisas...

Sentiu-se recarregado. Estava pronto para a missão do dia, pronto para consertar a nação. Homens com distintivos eram insignificantes e não tinham o direito de tentar controlá-lo. Muito em breve, finalmente entenderiam isso. O mundo seria posto no lugar.

Todo molhado, nu, Mallen procurou uma toalha. Não encontrou, então se sacudiu igual a um cachorro, depois pegou as roupas sujas e saiu da cabine. Uma velha toalha de praia estava pendurada na porta ao lado da dele, e foi com ela mesmo que ele se enxugou. Feito isso, largou-a na pia. Havia umas roupas masculinas penduradas por ali também. A calça era grande demais, e a camisa ficaria muito folgada. Todavia, não fediam a suor acumulado de três dias, como as dele. *Dane-se*, pensou, vestindo a camisa.

– O que você está fazendo? – Um barbudo de meia-idade, nu, flácido e todo molhado, tinha saído do chuveiro e olhava feio para Mallen. – Essa camisa é minha. A toalha também. Seu maluco... Tá pensando o quê?

– A calça é grande demais – retrucou Mallen. – Você precisa dar um tempo nesses restaurantes self-service, velho.

O homem bufou, chocado, quando Mallen saiu andando. Lançada pelo campista indignado, Mallen sentiu a toalha molhada atingir suas costas, então se virou lentamente para encará-lo.

– Eu estava tentando não causar confusão – disse. – É só uma toalha. E uma camisa.

Mallen estendeu o braço, juntou os dedos em torno do pescoção do homem e o apertou.

Os olhos do campista se esbugalharam quando ele foi erguido do chão.

– Você não sabe com quem está se metendo – disse Mallen. – Devia agradecer por eu precisar das suas roupas. Eu sou um herói. Você não é ninguém. Vou deixar passar, desta vez, porque você não entende.

Dizendo isso, ele largou o homem no chão. Enquanto o campista procurava recuperar o fôlego, Mallen pegou a calça e fuçou os bolsos. Achou um celular. Jogou-o na pia, fazendo muito ruído, e abriu a torneira. Não queria que o cara ligasse para a polícia. Achou uma carteira. Pegou-a e largou a calça no piso do banheiro.

– Cinco pratas. Isso eu posso usar.

Mallen folheou fotos antigas e cartões de apresentação até chegar a um crachá.

– O que é isso?

Estudou o objeto, depois olhou para o homem, nu, deitado à sua frente no azulejo. Chegou perto dele e usou o pé para prensar a cabeça do homem no chão.

– Você trabalha pro governo?

– Sou só... assistente administrativo. Mapas. Faço mapas. Pro exército.

Mallen observou aquele homem nojento, molhado, que se debatia. O exército. O que Mallen achava do exército? O homem era um americano de verdade ou um traidor?

Pela segunda vez em dois dias, Mallen não sabia o que pensar sobre alguém que conhecera. Ficou na dúvida, agora, se deveria ter queimado o trailer do cara da montanha.

Ah, que seja, pensou. Tirou o pé do rosto do homem, ergueu-o pela garganta e o arremessou de volta à cabine do chuveiro. O homem atingiu a parede e caiu duro no chão, deixando ali uma faixa vermelha de sangue.

– Ou vive ou morre – disse Mallen. – Que Deus decida.

Mallen fechou a porta da cabine e saiu do banheiro. Na pequena lanchonete do acampamento, pegou uma xícara de café e um muffin de milho. Sentou-se num banco em frente à loja e saboreou o café sob o sol matinal.

Quando reparou no jornal do dia anterior pousado no banco, ao lado dele, caiu no riso.

TONY STARK FRACASSA.

Incomodou-se por constatar, pelo que dizia o jornal, que o Homem de Ferro ainda estava vivo. Devia ter dado cabo dele. *Agora ele vai vir atrás de mim*, ocorreu-lhe.

– Dia – cumprimentou uma voz rouca.

Mallen ergueu o rosto e viu um homem de uniforme aproximando-se. Tenso, pousou lentamente o café e o muffin no chão. Não tinha pagado pela cabana nem pela taxa de ingresso no acampamento, e tinha somente as cinco pratas que tomara do cara no chuveiro. E quanto ao cara no chuveiro? Talvez os policiais já estivessem atrás dele. Impossível... Levaria horas até que um faxineiro ou um campista curioso abrisse a porta daquela cabine. A não ser que o sangue tivesse escorrido pelo azulejo.

Brigue ou converse, pensou ele. Mallen poderia facilmente arrancar a cabeça do homem com um golpe suave, mas isso assustaria os outros campistas, e ele não estava a fim de matar ninguém no momento. Preferia terminar o café da manhã.

– Bom dia, policial.

– Quê? Eu não... Ah, isto aqui? – O homem apontou para suas roupas. Vestia uma calça azul-claro de lã e uma jaqueta azul-marinho que ia até o quadril. Ele também mostrou um mosquete, que Mallen ainda não tinha visto. – É uma fantasia! Estamos encenando um evento histórico no campo de batalha da Guerra Civil, logo ali. Quer vir? Tenho um uniforme extra.

Mallen riu.

– O quê? Eu, recruta do governo? Nem ferrando. – Ele pegou o café e deu um gole. – Tenho uma encenação só minha pra fazer em Washington. Acho que vou representar o John Wilkes Booth.

O figurante pareceu não entender muito bem, então soltou uma risada nervosa de dúvida.

– Cuidado com esse papel. Ele tinha grandes planos, mas que não fizeram muito por ele, no fim das contas.

– Ele morreu pelo país.

– Ele devia ter ficado com Shakespeare. Tenho que ir, ou vou me atrasar para atacar Stonewall Jackson. – O homem fantasiado virou-se, parou por um segundo e voltou. – Se for até o campo de batalha depois, faça o tour do celular.

Mallen fez que sim com a cabeça e terminou o café. Olhou ao redor, para as altas árvores que lançavam sombras no acampamento e para os cintilantes matizes de rosa e azul do céu matinal. Tinha quase cinquenta quilômetros para percorrer naquela manhã perfeita. Ele pretendia cruzar uma das pontes de Potomac – bondade dos federais colocar boa parte das agências deles tão perto umas da outra – e dar um jeito no país de uma vez por todas. Depois era só pegar um cachorro-quente e esperar para ver se o babaca do Homem de Ferro daria as caras.

••••

– Evacuação da área está completa, Homem de Ferro. Ele é todo seu.
– Obrigado, diretor.

O Homem de Ferro pairava por cima de Washington, sobre o memorial de Thomas Jefferson. Ele sobrevoou o gramado comprido que ligava o Monumento a Washington até o Capitólio. Teve sorte de Mallen ter se dirigido ao local tão cedo, antes da chegada dos turistas, mas os funcionários logo apareceriam por ali. *E não somente os políticos*, pensou Tony. Equipes de apoio, funcionários de cafeterias, bibliotecários, lavadores de pratos, seguranças, estagiários, jornalistas. Gente comum indo ganhar a vida em seu emprego. Eles precisavam de proteção.

As vidas perdidas no Texas pesavam muito na mente de Tony. Fora imprudente demais ao atacar um assassino psicótico tão perto da rodovia. Ignorara o aviso de Sal quanto à possibilidade de ser ultrapassado por uma tecnologia mais poderosa, e o preço foi pago por inocentes. Desta vez, era preciso resolver a situação sem que houvesse espectadores por perto. Não queria mais mortes pesando em suas costas.

Agora ele tinha acesso a sistemas de segurança, registros da polícia e agendas de transporte público, tudo a partir de seu próprio cérebro. Recebia atualizações em tempo real dos quarteirões circundantes e sabia exatamente onde estavam possíveis transeuntes. Desta vez, o Homem de Ferro estava preparado.

Ele aproximou a imagem de Mallen com a mira do visor. O texano seguia pela Avenida da Independência com a mesma jaqueta que usava no dia em que os dois haviam lutado na rodovia perto de Houston. O casaco estava deteriorando, cheio de rasgos provocados pelas explosões de minibombas lançadas pelo Homem de Ferro. Mallen desfilava com arrogância evidente, sem se preocupar em não chamar atenção, como se nada no planeta pudesse ameaçá-lo.

– Alvo travado – disse Tony. – Repulsores a 70%.

O Homem de Ferro desceu no ar, chegando perto o bastante para que seus raios repulsores fossem efetivos. Estendeu o braço direito e apontou a palma da mão para Mallen. Por um microssegundo, um círculo branco e brilhante abriu-se na manopla do Homem de Ferro.

– Disparar.

Um único disparo incandescente do repulsor cruzou o céu da manhã, atingindo Mallen bem nas costas, com a força de uma bazuca.

O raio o amassou. Ele caiu de cara no chão. O impacto rachou o pavimento, abrindo uma cratera, e as ondas de choque esmagaram dois carros, virando-os de ponta-cabeça.

Um texto apareceu no HUD de Tony, identificando os proprietários dos veículos. *Ignorar*, pensou Tony. *Informação irrelevante*.

O Homem de Ferro fechou os punhos e, mais uma vez, apontou-os diretamente para Mallen.

– Micromunições.

Dez bombinhas esféricas desprenderam-se da luva do Homem de Ferro. Elas explodiram bem em cima de Mallen – nas pernas, nos pés e nas costas –, salpicando-o e martelando-o com impacto direto e estilhaços.

Mallen rolou de lado e encarou o Homem de Ferro. Não estava ferido, mas perdera de vez a jaqueta de couro, agora totalmente arruinada. Ele estava furioso.

O Homem de Ferro pairava no ar, com a palma da mão brilhante apontada para Mallen, feito uma arma carregada. Fumaça e detritos bloqueavam o sol – a única luminosidade naquele momento era emanada pelos olhos, pelas manoplas e pelos jatos das botas do Homem de Ferro.

– Sr. Mallen – disse ele. – Deite-se no chão. Mãos na nuca, pernas cruzadas.

Mallen ficou de pé num pulo, mostrando os dentes como um cão raivoso.

— Eu ganhei um brinquedinho pra salvar pessoas como eu dos criminosos da Casa Branca. E vou usar!

O reator ARC de Tony pulsou. Ele flutuou até o chão, pousando ao lado de um dos carros destruídos.

— Sabe por que você me assusta? — perguntou. — Por que escolhi lidar com você pessoalmente?

O Homem de Ferro ergueu o carro com apenas uma das mãos e o içou acima da cabeça, deixando à mostra o reator no peito, com um brilho esbranquiçado.

— Fogo — disse Tony, direcionando chamas exatamente para os pneus. — Repulsor — acrescentou. Com um raio de força repulsora, abriu o tanque de gasolina, deixando o combustível escapar numa nuvem de gotículas. — Laser — disse, finalmente, e ateou fogo à nuvem de vapor, arremessando, ao mesmo tempo, o carro para o ar.

O veículo atingiu Mallen e explodiu. Ele tropeçou e desapareceu em meio a uma feroz massa de chamas e fumaça preta.

Pegando fogo, ele se sacudia dentro daquele inferno. O fortíssimo cheiro de combustível e pneu queimado bastaria para asfixiar não só um humano normal, mas até mesmo um super-humano.

— Eu fiz a primeira versão deste traje para salvar a mim e a um amigo de criminosos armados. Devo ter matado cinquenta pessoas tentando nos libertar. Acha que para mim foi divertido matar cinquenta pessoas? — O Homem de Ferro pousou no chão, cerrando os punhos. — E, ainda assim, meu amigo morreu.

Ele avançou para a bola de fogo e mirou o punho bem no meio da cara de Mallen.

— Uma bala perdida atravessou a parede da cabana em que estávamos e o matou instantaneamente. E eu nem sabia. Fui saber só bem depois. Ele salvou a minha vida, e eu lutei para protegê-lo, mas ele já estava morto.

O Homem de Ferro golpeou Mallen com toda força. O grandalhão voou para trás, escapando das chamas, e navegou meio quarteirão pelo ar até atravessar uma parede de concreto, invadindo a lojinha do Museu do Ar e Espaço.

Mallen correu para se levantar, enquanto o Homem de Ferro pousava à frente dele, ao lado de um balcão de vidro com caixas registradoras. Ao redor dele havia aviões e balões de ar quente em miniatura, camisetas e aviões espaciais infláveis.

– Meus pais morreram do mesmo jeito – rebateu Mallen, ainda fumegando por conta das chamas, e com as roupas rasgadas, queimando. O fedor de pneu derretido misturou-se a um cheiro de sorvete de astronauta.

– E você matou, vinte anos depois, cinquenta pessoas que nunca viu – Tony gritou. Ele meteu um chute alto no rosto de Mallen e, no mesmo instante, emitiu um estouro de repulsor com o jato das botas. – Você é meu pesadelo: uma versão minha que não enxerga o futuro.

O Homem de Ferro impôs-se sobre Mallen e o atingiu com um raio repulsor à queima-roupa.

– Você não passa de um caipira sanguinário que nunca parou pra pensar para que servem seus poderes! É uma questão de responsabilidade, não de matar... O próprio futuro corre nas suas veias. Você não merece o Extremis – disse Tony. – Ele não serve para vingança!

Mallen foi mais uma vez ao chão, atravessou outra parede e foi parar no Passeio Nacional.

– Cale a boca! – gritou Mallen, sentado numa pilha de detritos e terra.

Ele estendeu a mão para o Homem de Ferro. Seus dedos começaram a crepitar com impulsos elétricos. Algo muito similar a um relâmpago foi disparado por eles.

– Não estou mais ali – disse Tony, surgindo atrás de Mallen. Até mesmo ele ficou surpreso com o quanto estava rápido depois de passar pelo processo do Extremis. – Eu evoluí.

Mallen olhou para trás, em choque. Tony julgou que era hora de pôr fim à briga. Com muita ferocidade, ele acertou Mallen pelas costas, arrancando o que restava da camisa dele. Mallen caiu e ficou deitado na grama, de peito nu.

– Sou tão rápido quanto você... e comando minha armadura por pensamento – disse o Homem de Ferro. – Tenho experiência, tecnologia e uma dose superior de Extremis, que eu mesmo compilei. Você nem sabe o que isso significa. Perdeu a corrida armamentista, meu jovem.

Do chão, com olhos de predador feroz, Mallen encarava o Homem de Ferro.

– Passei anos tentando sair dessa corrida, e você me fez voltar – disse Tony. – Anos tentando fazer da armadura algo que não matasse. Desista. Seja razoável. Você ainda pode viver, Mallen. Eu acredito em segunda chance. Acho que vale a pena dar mais uma chance a você. Esqueça esse negócio de vingança e use seus dons para ajudar o mundo.

– Eu *estou* ajudando as pessoas – respondeu Mallen, enfurecido.

Ele abriu a boca e expeliu uma bola de fogo. As chamas engolfaram a luva esquerda do Homem de Ferro brevemente, logo cessando, devido ao poder antifogo da armadura. Dentro do elmo, Tony sorria.

– Você é lento, Mallen. E muito sem noção.

Rugindo, o rapaz saltou adiante.

– Rede – disse Tony.

No mesmo instante, o HUD exibiu um mapa digital do sistema elétrico municipal, com a localização atual dos dois combatentes apontada e marcada em vermelho pelo GPS da Starksat.

Conforme Mallen avançava contra ele, o Homem de Ferro estendia a mão para o pavimento logo abaixo de si, abrindo um buraco no asfalto com um raio repulsor. Ele meteu a mão na cavidade aberta, agarrou um grosso cabo de eletricidade isolado e o puxou.

Pela ponta de cobre, o Homem de Ferro fincou o cabo elétrico principal bem no peito de Mallen.

Relâmpagos brilhantes crepitaram e faiscaram para os lados, eletrocutando Mallen. O choque o arremessou longe, fazendo-o voar pelo ar. Ele atravessou janelas, paredes de tijolo à vista e foi parar numa instalação artística, dentro de um museu que encenava a Feira Mundial de 1964.

– Meu... Deus – Mallen choramingou.

Estava deitado no meio de um cenário com escovas de dente elétricas e um estegossauro de plástico em tamanho real. Tratava-se de uma vitrine que representava produtos feitos com petróleo.

No instante seguinte, o Homem de Ferro apareceu em cima dele, socando-o de novo. Tony ergueu Mallen pela garganta, segurou-o por um segundo e depois o arremessou contra mais uma parede, jogando-o para fora.

Tony estava bem na seção do Carro do Futuro de Howard Stark, na Feira Mundial, sob uma foto do próprio pai encontrando-se com admiradores. Ao perceber que a mulher que o cumprimentava lhe parecia familiar, Tony hesitou por um minuto. *Que seja*, pensou. *Depois dou uma olhada nisso*. Após aproximar a imagem com zoom ocular, tirou rapidamente uma foto. Em seguida, voltou a usar o sistema de segurança do museu para ver onde Mallen tinha ido parar.

Mallen batera no topo do guindaste de uma construção, na alameda ao lado do museu. O Extremis tinha novamente aprimorado sua tecnologia para a situação do momento, e Mallen pareceu estar mais rápido e forte do que estivera em Houston. Naquele dia, ele fora punhos e chamas; agora, desenvolvera velocidade e agilidade.

Ele se agarrou à corrente que pendia do topo do guindaste. Tendo gingado com facilidade pelo ar, saltou e pousou de pé, perto de uma retroescavadeira. Ele então puxou a corrente do guindaste, arrancando-a do topo, e começou a girar o gancho em ameaçadores círculos contínuos.

O Homem de Ferro voou até lá e pousou em frente ao pesado equipamento, analisando a situação.

A expressão de Mallen era só crueldade e selvageria. Ele cerrou os dentes e agachou, à espera de ser atacado. A corrente passou raspando por Tony, cada vez mais rápida, enquanto Mallen se movia lentamente em sua direção.

– Você quer mesmo que seja assim?

O Homem de Ferro voltou-se para a retroescavadeira e, num único movimento, arrancou a pá do trator. Lembrou-se de ter andado num parecido quando era menino, na época em que o escritório novo das Indústrias Stark estava em construção. Registros de construções no município do escritório Stark original passaram pelo HUD de Tony. *Voltei a ser multitarefas*, pensou ele, grato pela nova velocidade que o Extremis lhe conferira.

– Estou me esforçando muito para não matá-lo – disse Tony.

– Eu só deixei você vivo no Texas porque estava ocupado – rosnou Mallen.

Ele girou a corrente contra o Homem de Ferro, que se defendeu com a pá da retroescavadeira. Um gancho da corrente enroscou num dos dentes da pá, soltando faíscas e quebrando-se.

O Homem de Ferro avançou para esmagar o inimigo com aquele pedaço do trator, mas Mallen se esquivou facilmente e chutou a pá para longe, surpreendendo Tony, que levou um soco de esquerda de incrível potência. Ele chegou a sentir o impacto, e o HUD informou-o de que ele fora atingido por um soco, mas tudo o que pôde ver foi um borrão.

Mallen prosseguiu no ataque, dando um chute para trás e acertando a coxa do Homem de Ferro, que mirou um murro frontal no queixo do oponente. Mallen, porém, conseguiu agarrar-lhe o punho, começando a esmagá-lo.

– Haaa! Peguei você de novo.

Clang! Tony meteu a cabeça com tanta força nos dentes de Mallen, que ele espirrou sangue pelo nariz e pela boca.

Mallen disparou dois intensos raios elétricos contra o Homem de Ferro, derrubando-o.

– RRRRAAAA! – Mallen rosnou e saltou para a frente.

Com o empurrão, o Homem de Ferro foi direto ao chão, rachando o pavimento.

Tony titubeou por um momento, a mente tomada por uma raiva cega. Subitamente, foi dominado por ódio e quis muito matar. Viu-se ali, deitado no chão, depois reparou no carrossel do Parque Nacional. Teve vontade de esmagá-lo, destruir todo aquele lugar em que os políticos levavam os filhos para se divertir. Quis voar até o FBI e deitá-lo em chamas. Por sua mente também passavam informações totalmente inúteis sobre como esfolar coelhos.

Que diabos estava acontecendo?

Tecnologia emergente, ele concluiu. O Extremis ainda não tinha assumido controle total, não estava inteiramente ligado a ele em nível molecular. Tony o possuía em seu sistema fazia menos de um dia, e o programa fora projetado para adaptar-se a novas experiências. O Homem de Ferro era um trabalho em andamento – ainda evoluindo e, às vezes, surpreendendo até a si mesmo. Como agora, em que ele acabara de conectar-se à rede interna de Mallen.

Como se enxergasse através de satélites, Tony estava vendo o mundo sob a perspectiva de Mallen.

E Mallen parecia não notar nada. As veias do rosto de Tony incharam quando o adversário pôs as mãos em torno do pescoço do Homem de Ferro, apertando-o.

Tony ouviu os mecanismos hidráulicos do elmo começarem a sibilar assim que Mallen abriu a trava que fazia conexão com a proteção do pescoço. *Estou em apuros*, pensou. Os dedos do maníaco pressionavam cada vez mais forte.

Mallen estava verdadeiramente desequilibrado. Agora que tinha acessado a mente do rapaz, Tony compreendia finalmente que não havia salvação para tão letal assassino. Restava-lhe apenas pôr fim a toda aquela história, ali mesmo.

– Mallen... pelo amor de Deus... nós dois temos o Extremis. Pare com isso. O futuro... – disse Tony. – Não me force a...

– Se você é o futuro, eu vou acabar com ele! – gritou Mallen. – Vou acabar com o futuro!

Tony Stark estava sendo enforcado, já quase não podia respirar. Ao reparar num medidor do HUD, viu a potência do laser da armadura aumentar até 100%. Outro requinte que acrescentara ao programa de Maya: o Stark Ocular, patente própria, que usava em todas as armaduras do Homem de Ferro.

Ele atingiu Mallen com o raio laser mais intenso que já disparara, abrindo um buraco bem no meio do peito do rapaz.

Os olhos dele reviraram e, mesmo assim, ele não largou o pescoço de Tony, que começava a sentir-se tonto e fraco. *Por que ele não morre? Como aguenta ficar de pé?*

– Gkk! – Tony tentou falar, engasgado. – Mallen, seu idiota...

Mallen gingou para um lado e para o outro, conseguindo ainda, de algum modo, continuar firme.

Ele não aliviava a pressão que fazia no pescoço de Tony. Mallen era só instinto. Mesmo com sangue escorrendo pelo buraco aberto no peito, ainda queria matar.

Havia uma maneira de dar cabo do Extremis. *Uma* maneira, a única.

Tony fitou o HUD uma última vez, mudando a posição da mira. Então atirou.

A cabeça de Mallen evaporou numa bola de alvas chamas.

Seu corpo decapitado, com um buraco imenso no peito, desabou em cima de Tony. O Homem de Ferro resfolegou, desesperado por ar. Depois se sentou, jogando para o lado o corpo sem vida de Mallen, que caiu com um baque seco.

– Maldito – lamentou o Homem de Ferro. – Por que me obrigou a fazer isso?

Ele se levantou, notando que sua armadura já começara a se reparar. O Extremis ainda estava ocupado, aprimorando-a.

– Não há como matar o futuro, Mallen – Tony disse, baixinho, perante o rapaz morto. – O futuro sempre mata o passado.

19

EM AUSTIN, HAVIA SEIS POLICIAIS MILITARES de uniforme completo na entrada das instalações da Futurepharm. O aspecto monótono do edifício parecia ainda mais evidente no escuro, contrastando um tanto misteriosamente com o céu azul-marinho. Acima, nuvens grossas espiralavam, dando ao anoitecer todo um merecido ar de drama e suspense.

O fulgor laranja-claro dos jatos das botas do Homem de Ferro iluminou o caminho que ele traçou ao baixar em frente ao prédio. O GPS interno e os sensores de visão noturna da armadura controlaram o pouso automaticamente. Ele cumprimentou os militares quando pousou.

– Vamos acabar logo com isso.

Os homens o seguiram até o saguão. Conforme se aproximaram da mesa da recepção, na entrada, o segurança noturno levantou-se.

– Pode se sentar – comandou o Homem de Ferro, apontando imperiosamente para o guarda. – Temos assuntos a resolver.

O segurança apenas recuou, obedecendo.

Tony conduziu os homens elevador acima, indo até o escritório de Maya, perto do laboratório 4. Era tarde, mas ela ainda estava lá. Maya vivia na Futurepharm. Devia estar esperando que Tony chegasse. Ele se sentia até culpado por não se tratar de uma visita social nem de uma consulta médica para checar o processo de evolução do Extremis no corpo dele.

A cientista vinha andando pelo corredor, carregando alguns arquivos. Não os ouvira entrar.

– Maya – chamou o Homem de Ferro.

Ela parou e deu meia-volta. Quando viu os militares junto de Tony, deixou cair a papelada que segurava. De olhos escancarados, ficou imóvel feito estátua.

– São necessárias duas chaves para abrir o cofre do Extremis. Você me disse isso – continuou o Homem de Ferro. – Seu chefe tinha uma. Você, outra. Ele não teria como entrar lá e roubar sozinho a dose do Extremis.

Maya começou a tremer e recuou, parando apenas quando suas costas encontraram a parede. Não havia para onde fugir.

– Tive tempo para pensar. Minha equipe abriu os registros de Killian. E minha nova armadura, que você mesma me deu, me conecta a todo tipo de rede. Eu sei de tudo, Maya.

Ela baixou os olhos.

– O exército suspendeu o financiamento do Extremis – ele prosseguiu. – Nada de testes de campo e nada de dinheiro, embora você tivesse o processo operacional todo pronto. Então, você e seu chefe decidiram providenciar uma demonstração ao vivo.

Ela ergueu o rosto, mas evitou olhar para ele.

– Aplicaram o Extremis num terrorista. Depois, ligaram para o seu amigo, Tony Stark, que você não via fazia anos e que, por acaso, é o Homem de Ferro. Queriam mostrar ao mundo um teste do seu experimento. A demonstração perfeita: uma cobaia Extremis testada contra quem usa o sistema de combate individual mais avançado do planeta.

– Sabe o que falavam sobre a bomba atômica? – perguntou Maya. Ela olhava para a frente, sem emoção alguma. – Que ela precisava ser usada uma vez com raiva, para nunca mais ser usada desse jeito de novo.

Dois militares posicionaram-se um de cada lado da cientista. Um deles pousou a mão com firmeza sobre o ombro dela. Aquela fora uma confissão bastante clara.

– Eu aproveitaria os novos fundos para sair da corrida armamentista – ela continuou. – Faria meus próprios projetos. Tecnologia médica. Mais de cinquenta pessoas morrem em acidentes de trânsito todos os dias. O sacrifício do FBI de Houston foi necessário para salvar vidas no futuro. O Extremis poderia pôr fim às guerras. Eu poderia curar o câncer. Poderia ajudar a humanidade toda, mas aquelas cinquenta pessoas tinham que morrer. O cálculo faz sentido.

– Maya, você soltou um lunático superpoderoso no mundo. Achou mesmo que ele iria parar depois de chacinar o FBI de Houston?

– Você fracassou, Tony. O Homem de Ferro devia ter acabado com ele de primeira.

– Sua cobaia era boa demais. Ele não teria parado em mim, Maya. Iria matar o presidente e todo mundo do governo. Acha que os militares teriam dado conta?

– Alguém teria. O Capitão América. O Hulk.

– Não dá pra ter certeza. Seu comportamento foi imprudente. Você colocou milhares de vidas em jogo. O Dr. Killian compreendeu tudo isso e não aguentou viver com a culpa. Você ainda não admitiu nada disso para si mesma.

Maya virou-se e fuzilou o Homem de Ferro com os olhos.

– Meu único erro foi me importar com o homem dentro da armadura de ferro – disse, quase sussurrando. – Você estaria morto se o Extremis não tivesse salvado a sua vida, Tony. E ele continua evoluindo. É instável... É uma responsabilidade grande demais para um homem só. Você virou uma bomba-relógio ambulante.

– Posso viver com isso, Maya. Mas sabe com o que não posso viver? Com o fato de crianças terem perdido braços e pernas por causa de minas terrestres da Stark Internacional. Não faria diferença alguma se elas soubessem que seu sacrifício me ajudou a financiar a pesquisa da medicina do coração. Aquelas pessoas do FBI... não acho que a família delas vai concordar com os seus cálculos. Os fins não justificam os meios. Agora eu sei disso. Mas, obviamente, você não.

– Não há diferença entre a gente, Tony. Você não é melhor do que eu.

O Homem de Ferro baixou o rosto, quieto e reflexivo sob as sombras do laboratório. Tony pensou em sua missão no mundo. Então ergueu a cabeça e deu um passo em direção à luz.

– Mas estou tentando ser. E sei que vou conseguir me olhar no espelho amanhã de manhã.

····

– Vai um uísque? – Sal Kennedy perguntou a Tony, com um sorriso discreto.

O cara usava a mesma camisa florida e os mesmos óculos redondos amarelados, mas parecia mais cansado, menos relaxado do que dois dias antes.

– Sal, já lhe disse. Parei de beber.
– Então está fazendo o que no bar?
– Procurando você, claro. Acha que foi por acaso que parei num bar em Occidental, Califórnia, no trajeto do Texas a Coney Island?
– Certo, certo... Você nunca vem só pra me ver. Tem me evitado faz anos, daí de repente aparece duas vezes na mesma semana, porque precisa do tipo de conselho que só este seu velho amigo sábio pode dar. – Sal forçou uma cara de chateação, depois acenou para que Tony se sentasse no banco ao lado dele. – Precisa de mim de novo. Entre na fila. A garçonete também precisa. Do meu pedido, no caso. Quer alguma coisa? Sei que não vai beber nada, mas tem muita coisa boa aqui pra comer. Pra comer, digo...
– Já comi no avião, Sal. Se você tivesse um celular, poderia ter me poupado de ir até a sua casa e ter de voltar à cidade. Nem precisa comprar. Posso lhe arranjar um bem legal, igual ao meu. Não tem problema o sinal não chegar até você, ele funciona via satélite. Eu mesmo arrumei. Fui até o espaço e tudo o mais.

Com um aceno, Sal interrompeu o assunto.

– Quer me fazer um favor, Tony? Trabalhe mais rápido. Me dê um celular quando for um nanorrobô que eu possa engolir numa pílula. Ou que seja injetável. Ou faça o contrário: me carregue no celular como parte da futura singularidade. Nada de ficar levando essas coisas ao ouvido. Faz mal pro ombro. Enfim, por que veio de carro?

Parece que você evita vir voando até a minha casa de propósito, só pra ter algo do que reclamar.

– Não voo até a sua casa pra você não ter que explicar ao mundo todo que é amigo do Homem de Ferro. Mas tudo bem. A viagem me deu mais tempo para eu me sentir um lixo por ter entregado uma amiga às autoridades.

Sal apontou para o jornal no balcão do bar.

– É, eu li sobre isso. Será que tem aula de ioga na prisão?

Tony baixou os olhos. Não queria encarar Sal.

– Maya não se sente nem um pouco culpada, Sal. Acredita que a inteligência dela não é digna de culpa, e que o financiamento de suas pesquisas valia a vida de todas aquelas pessoas inocentes. Ela não entende que deixar Mallen zanzando por aí, julgando quem merecia ou não viver, era um grande problema.

Por um momento, os amigos ficaram apenas ali sentados, sem nada a dizer. Tony pegou o jornal que Sal estivera lendo. *CIENTISTA É CULPADA PELO INCIDENTE NO FBI DE HOUSTON.*

– Viu as manchetes de ontem? – perguntou Tony.

– Não, recebi uma encomenda de chá psicodélico do Peru, então fiquei em casa.

– Legal – disse Tony abruptamente.

– Comportamento ruim é quase impossível de mudar – Sal disse com ternura. – Não é culpa sua. Fomos condicionados durante milhares de anos. A saída... A sua mudança de consciência, pelo menos... é quase impossível para a maioria das pessoas. Sem o uso de farmacêuticos, digo.

– Ela vai pra prisão, Sal. Depois de ter salvado a minha vida e aprimorado o Homem de Ferro.

– Ela é responsável pela morte de muita gente, Tony, e o potencial de destruição que ela simplesmente soltou no mundo... – disse Sal, sacudindo a cabeça.

Tony franziu a testa. Sal tinha razão, mas Tony recebera uma segunda chance, uma terceira... muitas chances. Fora irresponsável quando mais novo, mas Pepper o acobertara até ele se endireitar. Fora um alcoólatra, mas conseguira parar. Perdera a empresa para Stane, mas a recuperara. Suas armas mataram pessoas, mas agora seus equipamentos eram usados para ajudar outras.

– Onde estaria eu se não tivesse ganhado uma segunda chance? – Tony refletiu, tamborilando os dedos no balcão.

– Eu concordo: é uma pena desperdiçar a inteligência de Maya para fazer placas de carro – disse Sal. – E se barganharmos por serviços comunitários? Ela poderia ficar sob meus cuidados. Vou dar aulas no Vale do Silício no ano que vem, numa faculdade dedicada exclusivamente ao futurismo. Temos um programa de inovação biotecnológica pro qual ela seria perfeita.

– Não vão permitir que ela chegue perto de biotecnologia depois disso... Talvez nem da medicina. Maya não vai poder nem medir temperatura de cachorro. Mas agradeço pela proposta.

– E você? Temos um programa de robótica, Tony. Acho que fazer algo novo lhe faria bem. Por que não vem nos ajudar a ensinar sobre inteligência artificial?

– Vou mandar o Jarvis. Ele imita muito bem o modo como o cérebro absorve e apreende informações. Não precisa que eu ensine nada. E ele decoraria o nome dos alunos mais rápido do que eu.

Sal jogou a cabeça para trás e caiu na gargalhada.

– IA ensinando IA! Vou dar essa ideia. Sabe, você também poderia mandar um dos seus executivos para dar essa aula. As pessoas precisam ter em quem se espelhar quando aprendem. Seria como se você estivesse lá, mas sem nem precisar sair da sala da diretoria.

Tony riu também. Depois se inclinou para a frente, muito sério.

– Qual é o nome que se dá para quando uma pessoa fabrica uma arma que mata pessoas, mas ela mesma não matou ninguém?

– Tony...

– Eu entendo a ironia, Sal. Talvez eu devesse ir pra cadeia também. Fabriquei armas. Não as usei pessoalmente, mas elas mataram um monte de gente. Eu fabriquei armas... e a Maya também. As minhas foram usadas para matar pessoas, mas eu mesmo não matei ninguém. Com ela foi a mesma coisa. O que eu fiz, porém, não foi contra a lei, mesmo as minhas armas tendo matado muito mais do que a de Maya.

– Tony, lembra-se de quando você era pequeno e sua mãe lia *Os três porquinhos* pra você? Ou *João e Maria*?

Tony chamou a garçonete e pediu uma água com gás.

– Sal, minha mãe... Eu não era assim. Ela lia dois livros de criança pra mim. Um era *Mike Mulligan e sua pá a vapor*; o outro, *O motorzinho capaz*. Depois desses, ela passou para *Mecânica popular*, até eu ter idade suficiente para fazer desenhos e ilustrar a *Física*, de Aristóteles. Nunca dei muita bola para os contos de fada.

– Assim você não me ajuda. Que pirralho esquisito, hein?! Bom, mas o que quero dizer é que, quando se é criança, bem e mal são conceitos claros e bem-definidos. Três porquinhos, bons. Lobo mau, mau. Mas aí você começa a crescer e a cruzar as coisas, e elas ficam mais complicadas do que um *"Vou falar pra minha mãe que fui direto pra cama, em vez de admitir que fiquei acordado a noite toda com uma lanterna e aquela edição nova de* Mecânica popular".

– Como assim? Quer dizer então que ficar debaixo das cobertas lendo à noite leva a fabricar minas terrestres que, décadas mais tarde, são encontradas no Camboja?

– A ambiguidade moral é a base de todos os equívocos da vida, Tony. O fato é que você e Maya misturaram as coisas pelos motivos errados. Você produziu munições que puseram alguns em risco, mas que protegeram outros. Só por ser o Homem de Ferro, sua equipe já corre perigo. Como se sentiria se a Sra. Rennie fosse subitamente sequestrada pelos seus inimigos?

– Além de ter pena dos sequestradores?

Sal sorriu.

– Falando sério, Tony. Quero dizer que tem uma diferença entre Maya e você. Ela achava que o esquema dela era a única alternativa capaz de transformar as coisas. Ela não mudaria de jeito nenhum. Você tem tecnologia emergente dentro do corpo, mas vai ver isso já era de se esperar, porque você já estava evoluindo como ser humano. Agora você não apenas trabalha com tecnologia emergente. Você é tecnologia emergente.

Sal e Tony ficaram em silêncio por um tempo. Uma garçonete saiu da cozinha, cruzando as portas duplas e trazendo uma bandeja com uma fumegante torta de frango. Ela sorriu ao depositá-la no balcão em frente a Sal.

Tony caiu no riso.

– Que foi? – Sal arregalou os olhos, fazendo uma careta exagerada por pura gozação. – Espere aí, eu não quis dizer...

– Sei bem o que você quis dizer, Sal. Bom, vou indo. Quero voltar a Coney Island. Trabalhar um pouco. Dar umas voltas para os meus fãs me verem. Falar com a Pepper. Ela vai ficar uma arara por eu ter quase morrido de novo. Me ligue quando passar por um orelhão, tá?

Tony saiu do bar e parou perto da entrada. Podia ver seu reflexo num espelho atrás de uma chapeleira.

– Você de novo? – disse, encarando-se por um instante.

Ele olhou para Sal, que fez um joinha por detrás da torta de frango e depois acenou. Tony abriu um sorriso maroto e tornou a encarar seu reflexo no espelho.

– Bom ver você.

20

—*SR. STARK.*

Como é que a Sra. Rennie faz isso? Tony tivera uma semana cheia e acabara não investigando como sua assistente temporária conseguira conectar o interfone no som ambiente da oficina dele em Coney Island.

— O que foi?

— *Sabe quem está falando, Sr. Stark?*

Ele sorriu. Estava em frente à mesa, trabalhando com um tablet cheio de dados digitais e com um esquema holográfico em tamanho natural de sua armadura desmontável.

— Claro que sei. A maior fã do Homem de Ferro. A mulher que ama *tanto* o Homem de Ferro que, quando estava na faculdade, foi à Feira Mundial conhecer o pai dele, ainda que, naquela época, Tony Stark e o Homem de Ferro nem existissem.

A Sra. Rennie assoviou.

— *Como descobriu isso, Sr. Stark?*

— Foi o Owen, nosso novo estagiário. O garoto que você pôs a bordo na equipe depois do que ele aprontou na Wonder Wheel. Pedi a ele que pesquisasse uma foto que vi no museu, uma que mostra uma garota piscando apaixonadamente os olhinhos para Howard Stark. Ele reparou que era parecida com você, então mostrou ao Happy, que, depois de parar de rolar de rir, mandou que ele enviasse ao Jarvis para análise.

— *Vou me lembrar de mandar o Owen fazer muitas fotocópias mais tarde* — disse a Sra. Rennie.

– Vai ter que esperar. Ele saiu para procurar uma fotóptica que manuseie negativos formato 127. Localizamos a foto original e vamos ampliá-la para lhe dar de presente de Natal, Sra. Rennie. Vai ficar passada com a cara que estava fazendo pro meu pai. Eu, pelo menos, fiquei. Você era *atiradinha*, hein?

– *Ah, que gentileza, Sr. Stark. Vindo de você. Pensando agora, acho que me lembro de Howard Stark ter pedido o meu telefone.*

– Não pediu, não.

Tony ficou horrorizado. Seus pais não deviam ter se conhecido na época em que a Sra. Rennie ainda estava na faculdade, mas a ideia de sua secretária velha e rabugenta flertar com o pai dele, mesmo antes de Tony ter nascido, era demais para suportar. Subitamente, ele se arrependeu de ter começado o assunto.

– *Pode imaginar o que quiser para se divertir, Sr. Stark. Sabe por que estou ligando?*

– Porque a Srta. Potts acaba de chegar ao saguão e quer declarar sua devoção eterna a mim?

– *Pouco provável, Sr. Stark* – disse a Sra. Rennie. – *Tente não morar numa caverna nojenta, pra começar. Ou parar de flertar com outras mulheres. Dizem que ajuda. Enfim, estou ligando porque sua empresa está aqui. A diretoria da Stark está reunida na sala de conferências, pronta para recebê-lo. Tabulei seus dados, expliquei o significado das estatísticas e preparei folhetos para esclarecer meus cálculos. Mandarei Owen distribuir aos diretores.*

– Obrigado, Sra. Rennie. – Havia benefícios em se contratar uma professora aposentada de Álgebra. – Pode cuidar, por favor, para que tenham tudo de que precisam? Café, água...

– *Foram todos muito bem supridos com produtos da Manga Sereia, Sr. Stark. A Srta. Potts já os informou quanto à estratégia do próximo semestre, e todos receberam também as novidades do Markko, da engenharia. Já almoçaram, estão só esperando por você.*

– Desligar sistemas – disse Tony.

O mostrador holográfico no qual ele trabalhava foi se apagando até desaparecer. Ele cruzou a porta, parando para checar o terno novo no espelho. A Sra. Rennie tinha mesmo bom gosto para escolher ternos. Tony saiu e seguiu pelo jardim dos fundos até a entrada de serviço do quartel-general da Stark Internacional, em Coney Island.

....

– Acabei de subir um relatório de teste de campo do Starknet 01 para seus tablets. Acho que vão achá-lo excepcional para campo de batalha, mas teremos que fazer testes para consumo também, dado que a maioria dos consumidores não tem as mesmas necessidades que o Homem de Ferro.

Tony começou a rir. Como nenhum membro da diretoria da Stark Internacional em torno da mesa de conferências ria nem alterava a expressão pétrea do rosto, ele prosseguiu.

– Tá. Então... Geoff, tivemos algum progresso em encontrar possíveis alvos de compra nas telecomunicações?

Geoff pigarreou.

– Sim, Tony. O setor de aquisições encontrou uma pequena empresa subvalorizada que atua numa faixa não popular. Temos algumas ideias de como aumentar a demanda dessa faixa sem entregar nossos planos, até que o aparelho da Stark esteja no mercado. Teremos de discutir a estratégia com o pessoal das relações públicas. Ah, e o Markko, que está implementando as atualizações, quer se encontrar com você no setor de engenharia, já que nenhum de nós conseguiu entender as explicações dele.

– Ótimo. Vamos dar um bônus ao Markko. Alguma objeção?

Tony olhou ao redor. Nenhum dos diretores se opôs.

– Os aquecedores que berram, invenção do Markko, estão voando das prateleiras – continuou Geoff –, e a última atualização, que possibilitou poderem gritar em latim ou alemão, foi um toque legal. Aumentou a cobertura midiática e, consequentemente, as vendas.

– Um minuto – disse Tony. – De quem foi essa ideia?

– Minha – disse Geoff, parecendo envergonhar-se.

– Geoff! Que boa ideia! – disse Tony, rindo. *E não é que o cara manda bem?*

– Obrigado. O celular vai resolver nosso problema financeiro em curto prazo, mas ainda estamos preocupados com contratos futuros, Tony. Todo o seu trabalho com energia alternativa ainda não está gerando resultados.

– Geoff, vamos com calma. Seis meses atrás, nem estávamos planejando fabricar celulares, e agora estamos prestes a dominar o mercado. E se o Markko tiver mais ideias tão boas quanto esse aquecedor dele, ficaremos bem, enquanto o pessoal da pesquisa trabalha com energia alternativa. Confie em mim. Como ficou o valor das ações nessas últimas duas semanas?

– Subiu muito, Tony – admitiu Geoff. – Confiamos em você, sim. É só que, às vezes, você fica um pouco preso demais em novas ideias. Daí some na sua garagem ou na armadura do Homem de Ferro e, quando isso acontece, cabe a nós manter os negócios caminhando. Precisamos saber no que você está trabalhando. E também tem mais uma coisa.

Ah. Tony já estava esperando por essa. Ele preferiu não argumentar que não era bem a diretoria que de fato mantinha a Stark Internacional caminhando, mas, sim, a Pepper. Era preciso não desviar da pauta, visto que ele estava prestes a lançar, de uma só vez, diversas surpresas para a diretoria.

Ele então fingiu não pensar em nada e olhou inocentemente para Geoff.

– E o que seria?

– Estávamos querendo saber se você pensou mais um pouco sobre se afastar do cargo de CEO e se dedicar mais à função de cientista-chefe. Sabe, deixar alguém lidar com o lado executivo da Stark Internacional...

– Pensei, sim. Resolvi aceitar o conselho... – Tony fez uma pausa – ... e pensar em Bill Gates como um modelo a seguir.

Os diretores todos entraram em choque no mesmo instante. Tony olhou ao redor lentamente, fitando cada membro nos olhos, um por um.

– E foi por isso que resolvi... – Tony saboreava cada segundo – ... criar uma fundação.

Na mesa de conferências, somente expressões de incredulidade. Por um momento, ele achou que Geoff fosse se levantar e sair da sala.

– Uma fundação – repetiu Geoff. Após um minuto de pausa, ele perguntou: – Para fazer o quê?

– A Fundação de Aceleração Stark apoiará uma série de incubadoras de tecnologia, fornecendo mentores, financiamento e recursos para engenheiros e empreendedores de partes menos favorecidas do mundo. Geoff, o que há de comum entre o Afeganistão, a Bolívia e o Congo?

Geoff e o restante dos diretores olhavam para Tony sem expressão alguma. Tony sabia exatamente o que estavam pensando: *De que diabos ele está falando?*

– Vamos lá, essa vocês sabem. De onde vêm nossos recursos?

Owen, que tinha acabado de trazer os informativos da Sra. Rennie, disparou, lá do canto:

– O lítio vem da Bolívia.

– Obrigado, Owen. Como é que um adolescente sabe mais que a diretoria?

– É que eu li o informativo, Sr. Stark – admitiu Owen, tímido.

– Garoto esperto – disse Tony. – Vocês todos podiam seguir o exemplo dele.

Os membros da diretoria correram para pegar os informativos que Owen tinha quase empilhado na outra ponta da mesa.

– O lítio é usado nas baterias de quase todos os nossos aparelhos eletrônicos – Tony explicou. – Por ora, os maiores suprimentos do mundo estão localizados nas planícies de sal da Bolívia, mas grandes reservas também foram encontradas no Afeganistão. Boa parte dos minerais usados em produção de alta tecnologia se encontra em lugares que não têm estrutura econômica para que empreendedores e cientistas locais possam construir seus próprios negócios. Outro recurso que compramos muito é o coltan. Por quê? Porque é usado em computadores e celulares, como o Starknet 01. A República

Democrática do Congo tem mais de metade do coltan do planeta. E o que mais eles têm? Não, além de Rumble in the jungle. Isso mesmo. O Congo é sede de uma alta percentagem dos conflitos armados que acontecem no mundo.

Tony fez uma pausa e depois prosseguiu:

– Conseguem pensar em alguém que se beneficiou muito com a guerra? Alguém que talvez tenha ficado devendo uma segunda chance às vítimas desses conflitos? É muito difícil ter oportunidade quando você é um garoto que adora Ciência e mora no Congo. Alguém mais nesta sala acha irônico que as pessoas que vivem nos países que possuem os minérios que o restante do mundo *precisa ter* para produzir tecnologia não consigam sequer começar um negócio nesse ramo em seus próprios países? Quando a matéria-prima de que precisam se encontra no quintal?

Ele aguardou um pouco, embora não esperasse mesmo que alguém respondesse.

– Porque eu, sim. Conheci um homem, em Dubai, cujo irmão era um cientista afegão. Esse cientista acabou indo parar na guerra, porque não encontrava trabalho no ramo da Ciência. E adivinhe só? Ele está morto. Quando anunciei que abandonaríamos os contratos de armas, foi um começo. Quando coloquei o Homem de Ferro para lutar pela paz, passei a enxergar meu objetivo com mais clareza. Mas eu preciso... *nós* precisamos... fazer mais. Temos a oportunidade de ajudar as pessoas a se ajudarem, a criarem algo útil e sustentável. Precisamos gerar oportunidades por aí, para que inovadores que tenham uma compreensão clara das necessidades humanas básicas possam colocar suas ideias em prática. Por quê? Porque podemos ajudar, claro, mas também porque *eles* podem nos ajudar. Ajudar as pessoas é lucrativo. Talvez não hoje, talvez não daqui um ano. Mas, se pudermos ajudá-las a desenvolver seus próprios recursos, acabaremos encontrando um jeito de nos beneficiar com essas alianças.

– Tony... – Geoff, como sempre, era a voz da cautela. – Não podemos mandar executivos para serem mentores no Congo. Não há alojamentos adequados nem instalações médicas. Onde vamos ensinar esses empreendedores? Não há nem laboratórios de pesquisa.

– Me dê um *pouquinho* de crédito, Geoff – disse Tony, revirando os olhos. – O que acha que Pepper fez na missão extracontinente? Ela já resolveu tudo no Congo, porque é pra lá que vamos primeiro... E, claro, porque é muito esperta. Recuperamos um antigo navio alemão, que está sendo reformado para ter tecnologia moderna, laboratórios, salas de aula, cafés e cabines. Ele será desmontado em Dar es Salaam e enviado de trem para o lago Tanganyika, onde será remontado e transportado até o Congo. As equipes virão da Zâmbia e da Tanzânia.

A diretoria não parecia muito entusiasmada. Tony sabia qual seria a próxima pergunta antes mesmo de Geoff abrir a boca.

– E como pretende pagar por essa empreitada?

Reformar navios alemães com o que há de mais moderno em tecnologia no mundo não é nem um pouco barato, disso Tony sabia.

– Que bom que perguntou, Geoff. Owen, pode entregar o próximo informativo, por favor? Obrigado.

Owen distribuiu o folheto com os cálculos da Sra. Rennie.

– Tony, vejo aqui que altos lucros financiarão diretamente essa "incubadora de recursos", como você nomeia no informativo. Mas não entendo de onde vem esse lucro. Os lucros da divisão de celulares e equipamentos devem ser destinados a financiar a empresa, não o seu projeto de caridade.

– Não é caridade, Geoff. Com o tempo, teremos lucro com tudo isso, mas de forma indireta. Pense deste modo: digamos que a China ou os EUA construam uma estrada num país cheio de recursos minerais. Então, uau, alguns anos depois, eles ganham todo tipo de vantagem quando pedem para minerar nesse local. Chamariam isso de caridade? Ou de investimento? Ou de pura inteligência? Nossa incubadora de negócios levará essa estratégia ainda mais adiante. Em troca do nosso apoio, teremos uma porcentagem de controle sobre as empresas que ajudaremos a iniciar.

– Sem contar que haverá um tempo durante o qual não teremos financiamento para essa, ãh... fundação.

— Jarvis, projete o licenciamento do Homem de Ferro — murmurou Tony.

O projetor holográfico acima da mesa de conferências acendeu, e hologramas de camisetas, adesivos, lancheiras e jogos de videogame subitamente encheram a sala. Owen ficou pasmo, sorrindo. Os membros da diretoria hesitaram, mas logo demonstraram interesse.

— Mais um projeto paralelo em que Pepper vinha trabalhando. O licenciamento do Homem de Ferro. Dinheiro instantâneo que poderá financiar totalmente a nova fundação, com sobra suficiente para construir outro satélite Starksat.

— Tenho que admitir, Tony, é impressionante.

— Claro que é, Geoff. Ah, e dê uma olhada nisto. — Tony mostrou um documento de muitas páginas. — Concordei em fazer uma demonstração da nova versão do Homem de Ferro, a Extremis, ao *Garotos bilionários e seus brinquedos*. Não somente serei pago para aparecer, como também investirei esse dinheiro direto na fundação. Teremos merchandising de graça para as camisetas do Homem de Ferro. Legal, hein? Não foi ideia minha, a propósito. Foi da Pepper. Bom, mais ou menos. Pelo menos, foi ela quem disse que, se eu gostava tanto assim do programa, deveria ir logo lá participar e parar de falar nele.

— Bom, Tony — disse Geoff. — Você se superou desta vez. Parece mesmo dedicado a salvar o mundo, e a diretoria o apoia totalmente nisso. Mas estou olhando pra este informativo que você nos deu, e notei que você escreveu, aqui no topo, uma missão para a Stark Internacional.

— Ah, você está se referindo à parte que diz que a nossa missão é trazer o futuro para o presente e sermos parte dele? É isso mesmo que queremos fazer, Geoff. Não vão querer me contrariar nesse ponto, certo? Porque, se quiserem...

Geoff o interrompeu.

— Não, não. A diretoria concorda com a frase. E é por isso que eu queria propor uma mudança na sua fundação.

Tony fitou Geoff com apreensão. *O-oh*.

— Vamos mudar o nome. Vamos chamar de algo estiloso. Nessa linha do que você escreveu aqui.

— Onde?

— Aqui. — Ele apontou para sua cópia do informativo. — *Pilotos de teste do século XXI*.

Tony sentiu os olhos marejando, então ficou em silêncio. Ele apenas se levantou e começou a aplaudir Geoff. Os demais membros da diretoria se levantaram também, não somente para aplaudir o colega, mas também Tony, Owen, o licenciamento do Homem de Ferro e a direção para a qual a companhia seguiria.

A Stark Internacional estava rumando para o futuro.

EPÍLOGO

MAYA ACORDOU com o canto incessante de um galo.

– Ainda está escuro, seu galo burro – murmurou.

Um garotinho congolês de sete anos de idade que estava deitado perto dela abriu os pequenos olhos. Ele usava uma camiseta com os dizeres "Obama 2008". Maya arrependeu-se de ter falado em voz alta.

– Volte a dormir, garoto – sussurrou.

Contudo, as outras doze pessoas que dormiam no leito coberto de lona do antigo caminhão já se mexiam e se espreguiçavam. Nenhuma delas dormira bem sobre os sacos de farinha e cebola, ao lado de cabritos, que serviam de colchão. Não havia como ignorar o alarme desesperado do galo.

Ela ouviu as portas do veículo se abrindo. O motorista e o mecânico saltaram e pousaram na lama do lado de fora do caminhão.

– *Bonjour* – cumprimentou o motorista. Estava animado, mesmo tendo passado a noite num brejo, mesmo depois de dirigir por catorze horas no dia anterior. – Vamos desatolar o caminhão e seguir viagem – acrescentou em francês.

Alguns dos passageiros saltaram, e um zambiano de meia-idade, de jeans gasto bordado com bijuteria, entregou a alguns homens pás e picaretas tiradas dos fundos do caminhão. Sob os primeiros raios do sol da manhã, seis homens puseram-se a atacar o atoleiro. Alternadamente, cavavam a lama e paravam para procurar pedras, que jogavam debaixo dos pneus, reconstruindo, assim, a estrada.

O bater e puxar constante das ferramentas cavando a lama era ritmado, o que fez Maya adormecer por mais uma hora. Finalmente, ela escutou o caminhão dar partida.

– *D'accord*! – gritou um homem. – Vão indo.

Ele fez sinal positivo para o motorista, e os demais ficaram por ali. O motorista reviveu o motor, depois passou lentamente a marcha. O veículo avançou num solavanco. Furiosamente, o homem trocou de marcha, pressionando forte um pé no acelerador e fincando o outro na embreagem. O caminhão deslizou para trás. Ele acelerou de novo. Para a frente e para trás, o motorista sacudia o caminhão. Maya teria ficado alarmada, não fosse o fato de que isso sempre acontecia quando ela ia visitar vilas a fim conhecer o potencial de mercado de empreendimentos de tecnologia.

Os pneus queimaram, soltando fumaça preta. O motorista desligou o motor.

Os passageiros suspiraram. Uma senhora de óculos, com vestido afro laranja e marrom e um turbante na cabeça, apoiou os pés num saco de cebola. Os homens que até então cavavam para liberar o caminhão voltaram ao trabalho, cavando mais lama e colocando mais pedras debaixo dos pneus. Maya reparou que um deles estava quase sem vigor. Quantos séculos tinha mesmo aquele caminhão?

O galo ainda cantava, e os cabritos nos fundos do veículo berravam, desesperados para se livrar das cordas que os prendiam pelos tornozelos.

– Sei como se sentem – disse Maya.

Ela usava uma tornozeleira eletrônica de monitoramento impossível de ser removida por conta própria. Ela escutou cumprimentos.

– *Bonjour*!

Dois homens asseados tinham acabado de chegar, vindos da estrada.

– Viemos encontrar você – disse o mais velho, de terno limpo e passado. – Estávamos esperando na cidade, mas o caminhão... demorou demais.

– "Vamos lá encontrar o caminhão", meu pai sugeriu – acrescentou o mais novo, de jeans e uma camiseta de time de futebol americano.

– Tony está por aqui? – Maya os interrompeu.

– Claro, *madam* – disse o filho. – Se tivessem conseguido andar só mais dois quilômetros, teriam jantado, passado a noite numa cama, com protetor de mosquito, na casa de hóspedes. Assistimos a um jogo de futebol na cidade ontem. Foi uma noite muito agradável.

Os passageiros suspiraram. A senhora com turbante sacudiu a cabeça e sorriu. Vinha enfrentando esses pequenos desapontamentos da vida fazia 65 anos.

– Posso voltar com vocês? – perguntou Maya.

– *Mais oui*.

Maya entregou o menino da camiseta do Obama para a mãe. Tirou os chinelos e deslizou pelos fundos da caçamba do caminhão, pousando descalça numa poça de lama avermelhada, fazendo um ruído molhado.

– Ai, eca! – exclamou sem querer.

O rapaz estendeu a mão para ela, mas recebeu em troca somente uma mochila e um par de chinelos. Com dificuldade, Maya saiu da lama.

O garotinho congolês riu da expressão horrorizada de Maya ao fitar seus pés sujos de lama. O senhor tomou-a pelo braço e, muito galanteador, levou-a a uma poça grande de água. Ele apontou para a água e para os pés dela. Sim, parecia uma boa ideia.

Maya enxaguou a lama por entre os dedos, depois pediu seus chinelos ao rapaz. Ela saiu da poça e pisou com as pontas dos pés na grama, para secá-los.

– Podemos ir?

Os outros passageiros acenaram, muito animados. Veriam Maya em poucas horas, talvez um dia depois, assim que o sol e as pás cooperassem para botar o caminhão a andar de novo.

Ela acompanhou pai e filho, passando da grama para a estrada de terra esburacada, enquanto seus chinelos secavam. Andavam em fila indiana, usando as pontes entre os buracos quase como vigas de equilíbrio entre as poças. Os bancos de lama, tão perigosos para um caminhão, podiam ser facilmente evitados a pé.

– *C'est bom, madam*?

Ocasionalmente, o pai se virava para ver como Maya estava se saindo. Ela sorriu e fez que sim. Sim, passara a noite encaracolada entre cabritos e crianças, mas havia algo de otimista no nascer do sol de uma manhã africana. Ali havia um povo que possuía muito pouco, talvez apenas umas cabras, umas galinhas e um celular, mas eram mais bondosos com ela do que qualquer outro em sua própria casa. Agora, ela acreditava saber por quê. Em casa, ela permitia que o estresse do trabalho contaminasse o modo com o qual lidava com as pessoas. Dirigia com irritação, era rude com caixas de supermercado e vivia furiosa com os colegas. Claro que era uma tristeza só. E as pessoas a tratavam do mesmo modo.

Maya respirou fundo e inalou o ar fresco e limpo que parecia flutuar diretamente da densa floresta a meio país dali. Um pouco do repelente que passara foi aspirado com o ar, fazendo-a engasgar. O rapaz mais novo a olhou de relance, viu que ela estava bem e continuou a andar.

A cientista passou a ouvir mais do que passos: galinhas ciscando a ração matinal, o som distante de crianças brincando... Pai e filho a guiaram pelos campos, até que chegaram ao centro da cidade, uma faixa de terra onde ficavam cerca de dez edifícios grandes e uma dúzia de prédios menores, feitos de lama e madeira.

Não havia tráfego que não fosse de motos, bicicletas e galinhas. Pai e filho levaram Maya diretamente à casa de hóspedes, um edifício rude de tijolos que também funcionava como café, bar, sala de televisão e centro de recarga de celular. Além de uma igrejinha no outro canto da cidade, aquele era o ponto de mais vida da vila.

– Tem um chuveiro aqui?

Maya sentia-se muito suja. Dormira a céu aberto, coberta de repelente para não ser mordida por mosquitos.

– *Oui* – disse o dono da loja, um empreendedor alto, careca, todo vestido de branco, o que chamava a atenção, dada toda a poeira do local.

Ele pegou balde e toalha e pediu que Maya o seguisse. Atrás do restaurante havia um quartinho de tijolos coberto de telhado conjugado de metal, dividido em dois compartimentos menores. Ele parou para encher o balde numa torneira, depois o levou até um dos compartimentos. Segurando a degradada porta para Maya, acenou para que ela entrasse.

– *Merci* – disse Maya, aceitando a toalha.

Ela tirou as roupas sujas e as pendurou num prego no alto da parede, ao lado da porta. Com uma caneca de plástico que encontrou boiando no balde, pôde banhar-se. A tornozeleira eletrônica foi completamente molhada, mas não tinha problema. O maldito apetrecho era à prova d'água. Talvez à prova até de radiação, ela imaginava.

Preciso me lembrar de trazer sabonete nestas expedições. Era preciso lembrar-se de muitas coisas nessas incursões que fazia pelo interior do Congo. O contraste entre a alta tecnologia de sua cabine, no navio no lago Tanganyika, e a atual situação era gritante, embora os moradores locais não parecessem se importar nem um pouco tanto quanto ela.

Maya trouxera pasta de amendoim, repelente, pão, utensílios de plástico, um lençol, água potável, um garfo, fita adesiva, gel antibacteriano, papel higiênico e uma faca de múltiplas utilidades, mas essas expedições de um dia nunca duravam somente um dia. As condições das estradas e do ônibus, que os locais chamavam de caminhão, eram tão precárias que problemas eram comuns e quase certos. Ela se dividia entre querer viajar mais equipada ou fazer como os moradores de lá. Os residentes eram estoicos, dormiam com a roupa do dia e não pareciam se preocupar com não conseguir levar fita adesiva em suas viagens.

Contudo, trabalhar na incubadora de tecnologia da Stark Internacional *in loco*, no Congo, era muito melhor que os quatro meses que ela passara na prisão, no Texas, em que via o sol apenas uma vez por semana, durante vinte minutos no máximo, só podia beber água e leite, e não curtia muito a dieta bastante gordurosa e a troca semanal de toalhas. Conseguia comprar doces e salgadinhos da carceragem, mas o chocolate barato que comia ocasionalmente não ajudava a tornar a situação exatamente tolerável. Era-lhe permitido escolher livros de um carrinho de exemplares doados, mas quase não havia nada que valesse a pena ler. Eram livros péssimos, best-sellers e romances. Havia alguns sobre experimentos científicos pouco plausíveis e que obviamente não deram certo, nos quais os autores apenas jogavam um ou outro termo de tecnologia para impressionar o leitor. Maya era ateia convicta, mas chegara até a ler a Bíblia, por puro desespero.

Agora, contudo, estava contente de ter estudado a Bíblia enquanto esteve presa. Muitas das pessoas que conhecera no interior eram religiosos devotos.

Ao tomar banho, Maya ouviu um distante rugido de motor por cima do barulhinho que fazia com a água. O caminhão devia ter escapado do atoleiro. Mas também havia outro som. Um som familiar. Um que ela conhecia muito bem.

Botas a jato, pensou.

– *Madam Maya* – ela escutou uma criancinha chamando da porta do compartimento. – *Un monstre*! O monstro quer ver você! Venha, por favor!

Além do FBI, somente uma pessoa poderia encontrá-la onde quer que fosse. Somente seu supervisor tinha acesso ao sinal de rastreamento emitido pela tornozeleira e enviado para a Starksat.

– Diga ao Homem de Ferro que espere. Não vou me apressar por causa dele.

Tony Stark. Durante os meses passados na prisão, Maya tentara dissolver o ódio que sentia por ele, mas concluiu que seria impossível. Tentara lembrar-se da paixão que um dia tivera por ele, anos antes, quando somente enxergava a genialidade de Tony. Antes de reparar quão frágil era o ego dele, quão danoso tinha sido para ele crescer com um pai genial, desatencioso, rico e alcoólatra. Antes de vê-lo chamar a atenção das mulheres para sentir-se mais interessante e desejável.

Agora, Maya não encontrava nem ódio nem amor dentro da alma. Para sua surpresa, sentia apenas compaixão pelas pessoas que estava ajudando. Na Futurepharm, devotava-se unicamente ao trabalho, nunca socializava com ninguém e tinha poucos amigos. Ali, onde estava naquele momento, as pessoas a aceitavam com facilidade, faziam-na rir e davam nome e rosto ao mundão que ela sempre imaginara estar ajudando com seu trabalho. Quando pensava no homem em que injetara a última dose de Extremis, ficava surpresa com sua própria ambivalência. Não esperava deixar no passado a traição de Tony Stark tão rapidamente.

Lembrava-se de ter ficado furiosa com ele. Era ele o homem que fracassara em derrotar Mallen, em Houston, o que custara a vida de diversas pessoas em explosões e batidas de carro. Era ele o homem que nunca era punido por seus erros, enquanto ela fora parar na prisão e perdera acesso a qualquer tecnologia médica, a todas as ferramentas de seu campo de atuação. Já Tony podia andar livremente, mesmo tendo criado armas que ainda assombravam antigos palcos de guerra. E ela fora punida basicamente por ter testado um experimento.

Stark já não fabricava armas. Agora seu dono era uma arma ambulante. Ou tinha potencial para sê-lo. O que aconteceria se, algum dia, ele perdesse o controle sobre si mesmo? Se começasse a beber de novo? O soro de Maya não fora testado em longo prazo. E se o Extremis reformulasse o Homem de Ferro mais uma vez, de um modo que Tony não esperasse?

Isso, porém, ainda estava por vir. No momento, Tony voava ao redor do mundo, divertindo-se, enquanto Maya estava presa no Congo, restrita a um raio de pouco mais de 150 quilômetros. Às vezes, imaginava que a tornozeleira era desligada e que ela podia desaparecer dentro da floresta. Ela seguia para o oeste, de caminhão, até Kinshasa, cruzava o rio e começava uma longa jornada ao norte, passando pelo

Gabão, a Nigéria e o Senegal, indo até o Marrocos, e depois pegava uma balsa para a Espanha. O que ela não daria por uma comidinha mexicana e um dia na praia do Mediterrâneo...

A cientista terminou de limpar-se o melhor que pôde, secou-se e pôs de volta as roupas sujas. Atrás da cabine de tijolos, Maya tombou o balde de água cinzenta numa hortinha, depois retornou à entrada do café, com o cabelo ainda pingando. Em poucos instantes, estaria novamente coberta de suor, por fazer tanto calor naquele dia – precisaria tomar outro banho mais tarde.

Ela avistou o Homem de Ferro na direção da estrada de terra, onde o caminhão tinha estacionado sem se importar de parar em apenas um dos lados. Não havia tráfego ali.

O Homem de Ferro planava no céu, com os jatos das botas soltando dramaticamente suas chamas, e a armadura reluzindo em vermelho e dourado contra o azul-claro da manhã. Ele segurava a porção frontal do caminhão no alto, permitindo que o mecânico, metido ali debaixo, limpasse a bagunça resultante da jornada de pedras e lama.

– *Um moment* – gritou o mecânico de debaixo do caminhão.

– *Pas de probleme* – disse Tony. – Oi, Maya.

Ela não reparara que Tony já a tinha visto, mas, claro, nem era preciso. A tornozeleira dela já devia ter sido apontada no HUD assim que ele chegou ali.

O mecânico saiu rastejando de debaixo do caminhão e se levantou, fazendo sinal de joinha para o Homem de Ferro. Tony baixou gentilmente o veículo, quase sem sacudi-lo ao pousar.

Os mecanismos hidráulicos da armadura sibilaram muito sutilmente quando os motores foram desligados, e o Homem de Ferro aterrissou com apenas um ruído seco. Maya notou com certa satisfação que havia um pouco de lama na brilhante armadura dele.

Um garotinho ficou com medo, correu para Maya e enfiou a cabeça debaixo do braço dela.

– *C'est bon*, mocinho. Tá tudo bem – disse ela, dando tapinhas nas costas dele.

O Homem de Ferro foi até o café. A armadura não fazia tanto barulho quanto antes, Maya reparou. Agora Tony detinha o mais íntimo controle sobre o traje, o que o tornava menos prótese e o fazia ser cada vez mais parte dele.

Tony viu a cadeira de plástico na qual a cientista estava sentada e sacudiu a cabeça.

– Desligar armadura – disse.

As juntas de dentro do traje se soltaram. Algumas partes retraíram-se, e outras ficaram apenas flutuando.

– Dobrar.

A armadura dobrou-se num pacote perfeito, que baixou até pousar no chão.

– Belo truque – disse Maya friamente. – Mas está assustando as crianças.

– Que nada! A criançada me adora. Devia ter visto a reação delas lá no brejo, quando desatolei o caminhão. Tive que impedir que subissem em mim enquanto eu trabalhava.

– Ei, Homem de Ferro. – O motorista, todo jovial, careca e redondo, com a barriga despencando para fora da camisa regata, foi até Tony e o cumprimentou. – Bom trabalho lá no brejo. Eu não queria mesmo passar mais uma noite num daqueles. Pelo menos, não até amanhã. Quer uma cerveja?

– Não, obrigado – agradeceu Tony.

Ele então chamou o dono do café e pediu um refrigerante. Tendo tirado o traje climatizado, sua pele começou a brilhar de suor, como a de todo mundo.

– Então, Maya, vim dar uma checada no progresso do programa do Congo. Como estão se saindo os empreendedores?

– Por que não usou a Starksat para falar via rádio com o navio, como a Sra. Rennie faz?

Tony murmurou algo que Maya não ouviu.

– O quê?

– Eu disse que é um requisito da sua condicional eu vê-la pessoalmente uma vez por mês.

Maya sentou-se e sacou um pedaço de pão, a faca de múltiplas utilidades e um naco de pasta de amendoim. Quando ela começou a espalhar a pasta no pão, duas criancinhas magricelas correram para ela.

– S'il vous plais, madam.

As duas olhavam-na com olhos esbugalhados e tristonhos. Maya abriu um sorriso. Os pequenos sabiam bem quem era manteiga derretida. E ela, agora, era. Gostava de fazer algo pelos outros, humildemente, sem possibilidade de engrandecimento ou recompensa pessoal. A única pessoa que recebia os créditos pela incubadora de tecnologia Stark no Congo era o homem que pagava por ela: Tony Stark.

Ela deu pão para as crianças, que tentaram ser polidas e formais – todas tinham muito boas maneiras por ali –, mas estavam empolgadas demais para conseguir se conter. Quase guinchavam de empolgação.

– Onde arranjou pasta de amendoim? – perguntou Tony. – Não tem supermercado no navio.

– Um dos empreendedores está criando mini-helicópteros 3D... não muito maiores que o seu braço. Eles transportam itens leves sobrevoando as estradas, que você já deve ter reparado que não são das melhores. Esses helicópteros podem detectá-las e segui-las, contanto que não tenham muita chance de escolher outros caminhos. O combustível é óleo de amendoim, que é típico daqui, então tem quilos e quilos por aqui. Pedi a um dos estagiários que pesquisasse como fazer a pasta. Por que não? Mais uma utilidade para algo que o empreendedor já estava desenvolvendo. Então acrescentamos uma mistura de vitaminas a ela, para dar um empurrão na nutrição, e a garotada nem sente a diferença.

– Parece bem útil – disse Tony. – Tipo correio em vilas remotas. E, ainda por cima, rola uma pasta de amendoim. Ele já definiu um valor razoável para entregas via helicóptero?

Maya fez que não.

– O mentor de vendas está tentando ajudá-lo a resolver. É aí que sempre acabamos tendo problemas, porque, no fim das contas, somos obrigados a usar minutos de ligação como moeda. E ninguém tem dinheiro suficiente para comprar, então não cobramos quase nada, e os empreendedores não conseguem sustentar o negócio. Temos que esperar. A economia aqui está na infância ainda.

– Como estão indo os outros empreendedores? E o restante de nossa equipe?

Maya reluzia de orgulho. Quase se esquecera de que conversava com seu carcereiro.

– Uma maravilha. Tem gente trabalhando com inversores de energia, energia solar, jogos para celular sobre proteção a gorilas e um aplicativo fantástico de permuta que funciona por SMS. Nem precisaremos de dinheiro pra esse, se pudermos vender para companhias telefônicas.

Maya subitamente reparou que estava entusiasmada demais – não era assim que pretendia manter Tony Stark se sentindo mal pelo que fizera a ela. Ela então fechou a cara e tentou parecer brava, mas uma das crianças deu um gritinho de susto e ela caiu na gargalhada.

– Maya – Tony disse baixinho. – Gosto muito do trabalho que está fazendo.

– Bom, é bem melhor do que ficar sentada numa cela com três mulheres, lendo a Bíblia o dia todo. Mas continuo brava com você, Tony. Se eu não tivesse reconstruído o seu corpo, você teria morrido.

– E o agradecimento que você recebe é estar aqui fora, no mundo, aprendendo sobre empatia e ajudando gente que precisa da sua ajuda, com maneiras sustentáveis que podem fazer a diferença de verdade. E não tem que bater em ninguém para isso. Tenho inveja de você, Maya. Tem o emprego dos sonhos.

Ela foi obrigada a concordar.

– Mas tem uma coisa – disse Tony. – Quando você mencionou que está formulando a pasta de amendoim para dar um empurrão na nutrição das crianças... Olha, não estou dizendo que é uma coisa ruim. Não é. Mas assim você está atuando em campos muito próximos daqueles em que foi proibida de trabalhar. Está violando os termos da sua condicional.

– Entendido, chefe – respondeu Maya. – Eu nem ponho a mão nisso. Foi o estagiário que fez a pesquisa. A cozinha que produziu. Eu só levo na mochila pra quando tenho fome.

Tony assentiu e preferiu não insistir no tema.

– Beleza, Maya, vou indo. Estão fazendo um ótimo trabalho por aqui. Você tem mais seis meses, depois passamos para a próxima incubadora, na Bolívia. Só que o navio não pode ir até lá. Talvez a gente tente construir instalações feitas de sal. Pesquise. Ah, esqueci... Você não tem acesso à internet. – Tony fez careta. – Você vê quando chegar lá.

– Queria mandar dois dos nossos alunos para a escola esquisita de tecnologia do Sal, no Vale do Silício, se ele puder ensinar de graça. Pode pedir a alguém que cuide das questões de visto?

– Claro. Fale sobre isso com a Sra. Rennie na próxima ligação. Vou comentar com ela que aprovei a ideia.

Tony levantou-se e estendeu os braços. Sua armadura foi se montando. Ele caminhou até a estrada de terra, perto do caminhão, e acionou os jatos das botas. Um grupo de crianças correu até lá para ver o Homem de Ferro voar num disparo rumo ao céu.

Maya continuou onde estava, dando mais pasta de amendoim às crianças.

– Está pronta, madame? – Ela virou e viu o dono do estabelecimento esperando por ela. Ele era estudante de Medicina. – Juntamos todos os medicamentos que você enviou por mini-helicóptero, e seus pacientes estão no aguardo. Temos um adolescente com inflamação respiratória aguda decorrente de malária, uma gestante com HIV e uma senhora com sintomas de infecção intestinal bacteriana. Esperamos até você estivesse sozinha, como pediu.

Maya pegou os suprimentos médicos e seguiu o homem até os fundos do café, onde os pacientes aguardavam, deitados. A tornozeleira apontaria um deslocamento de pouco mais de dez metros. Ela andara ainda mais que isso quando fora tomar banho.

Estava violando a condicional, mas ajudar aquela gente a superar doenças era uma segunda chance para ela. Valia a pena o risco. Não tinham médicos, e a clínica mais próxima ficava a dias de viagem por aquelas estradas terríveis.

Quem sabe cuidando daqueles congoleses do campo, ela poderia, de certo modo, o mínimo que fosse, redimir-se pelas mortes das pessoas assassinadas por Mallen.

Ser proibida de ajudá-los e ter que vê-los morrer seria um destino pior do que qualquer punição que Tony Stark ou o sistema de justiça pudessem lhe aplicar.

Além disso, pensou ela, *se eu os deixar morrer, nunca mais vou conseguir me olhar no espelho.*

AGRADECIMENTOS

ESCREVER UM LIVRO É UM DESAFIO – e pode ser dos mais difíceis – sob quaisquer circunstâncias. Escrever um romance inteiro só me foi possível com o encorajamento de três grandes amigos.

Um deles é o editor Stuart Moore, que me incentivou, lembrando-me sempre de que a vida acabaria retornando ao que passava por normal no meu estranho mundo. Outro é o autor Warren Ellis, que escreveu a série de quadrinhos na qual este livro foi baseado. Ele me conferiu certeza absoluta de que concluiria a empreitada, mesmo quando eu não estava tão certa disso. Finalmente, o artista que virou escritor e voltou a ser artista, Steve Pugh, que nunca deixou de me apoiar. Ele tomou Alice Hotwire, personagem criada por Warren, e fez dela algo inteiramente dele.

Seria possível, então, escrever este livro? Com um pouquinho de ajuda, sim. Tenho sorte o bastante por conhecer o tipo de gente que sabe responder, sem nem um segundo de hesitação, a pergunta "Como o Homem de Ferro faz para ir ao espaço?". "Armadura espacial, oras. Em que planeta você vive?"

Mais ideias e encorajamento vieram de Marc Siry, Steve Buccellato, David Wohl, Shannon Wheeler, Howard Mackie, Michael Kraiger, Carl Potts, Roberta Melzl, Ed Ward, Denise Rodgers, Monica Kubina e minha mãe. O coletivo de ideias dessa minha rede pessoal sempre foi muito útil (e, em geral, hilário), como quando Jack Tavares me ajudou a batizar o avião espacial.

Agradeço a Warren e Adi Granov por reimaginarem o Homem de Ferro para o mundo moderno e por me darem um material complexo e algumas surpresas ocasionais com os quais trabalhar. Mesmo na terceira ou quarta leitura, acabei acrescentando coisas que achei que ficaram faltando. E obrigada a Spring Hoteling pelos projetos atentos e claros, sempre à mão; Axel Alonso e Stuart, por me darem essa chance, e Jeff Youngquist, por ser um dos mais eficientes editores que conheci na vida.

Finalmente, agradeço às pessoas que contribuíram com o livro inesperadamente: minha irmã, meus vizinhos de infância e o pessoal com quem trabalhei no ramo de fast-food, em Alexandria, Virgínia; Frankie, por me levar à corridas de camelo no Kuwait, e um cara que conheci no Congo. "Não precisamos de ajuda nem de estradas", disse ele. "Somos pessoas educadas, como vocês. Precisamos mesmo é de emprego."

Foi daí que tirei a ideia da incubadora de tecnologia de Tony Stark. Queria, ao menos, que ela fosse realidade.[*]

---

[*] A norte-americana Marie Javins é autora de quatro livros de não ficção, incluindo *Stalking the Wild Dik-Dik* (publicado em 2006), uma narrativa sobre sua viagem da Cidade do Cabo para o Cairo. Marie viajou sozinha pelo mundo – duas vezes – utilizando apenas transporte público e relatou sua experiência em livros, revistas e em seu próprio site. Ela também atuou como editora, colorista, blogueira e professora de coloração de quadrinhos na New York's School of Visual Arts. Marie Javins fez parte da equipe da Marvel por mais de uma década. Lá, tornou-se uma aclamada editora de quadrinhos, especializada em projetos para públicos mais maduros. Ela também colaborou em diversas edições colecionáveis da Marvel, atuando como colorista de vários quadrinhos dos X-Men e como redatora-chefe da série de quadrinhos *The 99*, do Kuwait.

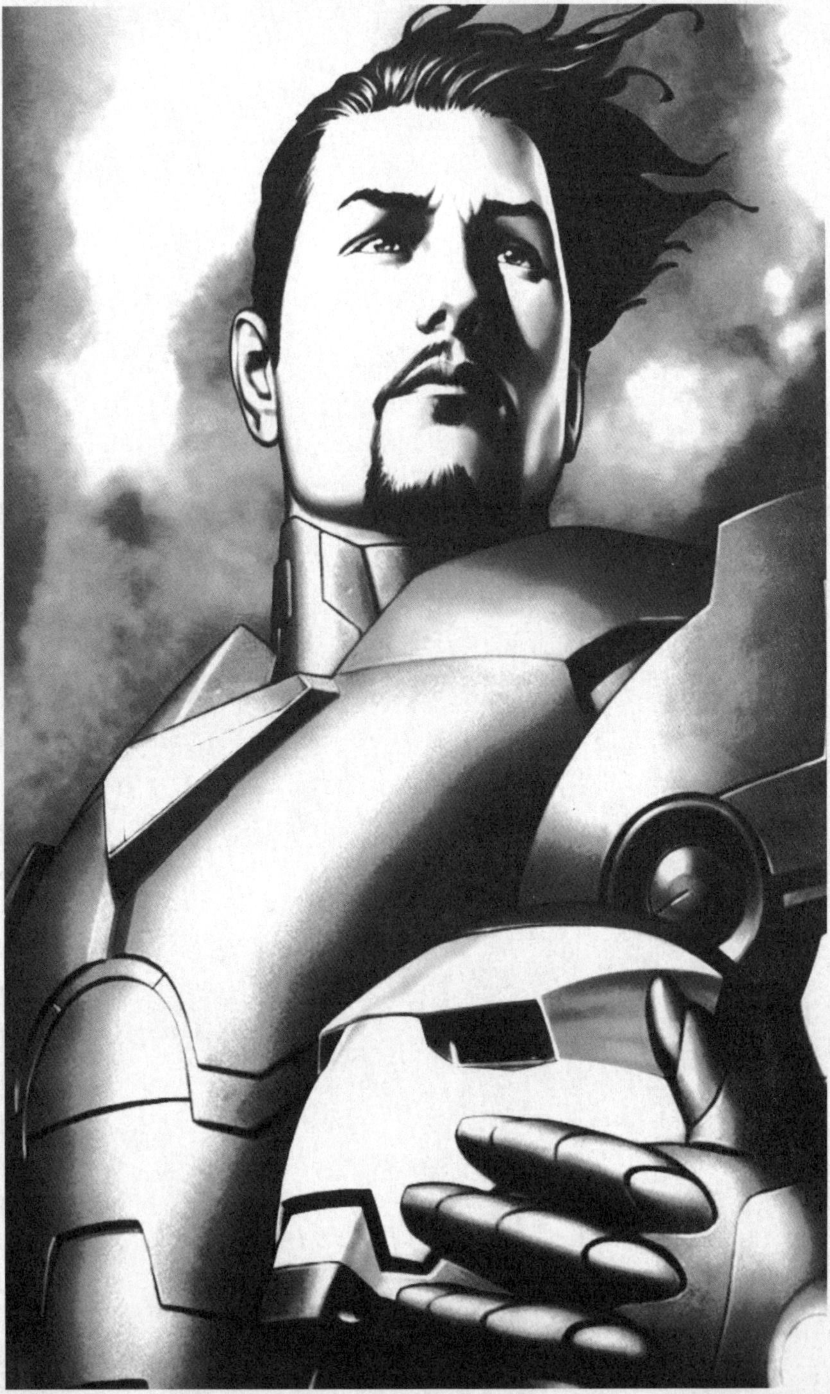

FONTE: Chaparral Pro
IMPRESSÃO: Searon Gráfica e Editora

#Novo Século nas redes sociais

www.gruponovoseculo.com.br